历史的细节与温度

# 萨苏不信史

萨苏 著

重庆出版集团 重庆出版社

**图书在版编目（CIP）数据**

萨苏不信史 / 萨苏著. -- 重庆：重庆出版社，2020.2
ISBN 978-7-229-14035-9

Ⅰ.①萨… Ⅱ.①萨… Ⅲ.①随笔—作品集—中国—当代 Ⅳ.①I267.1

中国版本图书馆CIP数据核字（2019）第028075号

### 萨苏不信史
萨苏 著

| 策　　划： | 华章同人 |
|---|---|
| 出版监制： | 徐宪江 |
| 责任编辑： | 何彦彦 |
| 责任印制： | 杨　宁 |
| 营销编辑： | 王　良　刘　娜 |
| 封面设计： | 今亮后声·小九 |

重庆出版集团
重庆出版社　出版
（重庆市南岸区南滨路162号1幢）

投稿邮箱：bjhztr@vip.163.com

三河市天润建兴印务有限公司　印刷
重庆出版集团图书发行有限公司　发行
邮购电话：010-85869375/76/77转810

重庆出版社天猫旗舰店
cqcbs.tmall.com

全国新华书店经销

开本：787mm×1092mm　1/32　印张：9.75　字数：195千
2020年2月第1版　2020年2月第1次印刷
定价：45.00元

如有印装质量问题，请致电023-61520678

**版权所有，侵权必究**

# 目录

自序 何以不信史 / 1

## 第一章 被误读的帝王将相

未央,市井英雄刘邦 / 3

"爱开玩笑"的海昏侯 / 7

不良少年曹操 / 15

三国用戟哪家强? / 19

狼群中的英雄——冉闵 / 26

前秦帝国的秘密 / 33

帝王家的真情 / 41

"万事不会,唯会做官家"的皇帝 / 47

到总参三部去见朱祁钰 / 59

御医的药方不治病 / 65

从陵墓揭开光绪皇帝死亡之谜 / 70

## 第二章　古来圣贤不寂寞

朔风追司马 / 83

一群疯子中间的正常人 / 88

曲阜孔庙的错别字含冤情？ / 97

在孔府体会圣人家的刑罚 / 102

在孔庙澄清一则历史"谣言" / 106

孔子和孟子的祖辈曾是政敌？ / 111

被阉割的汉使 / 117

"海龙王"后代变科学家 / 122

## 第三章　影像时代的中国

比芈月更强悍的王后 / 129

一位没做过皇后的皇太后 / 136

杨贵妃是伊朗美人？！ / 143

谁敢和东、西两太后争丈夫？ / 149

这是谁家的皇后？ / 154

末代皇帝的岳母是谁？ / 162

光绪帝的珍妃是美女吗？ / 168

真真假假的皇帝和后妃们 / 172

## 第四章　历史的福尔摩斯

武则天是不是医闹？ / 181

盗墓贼也要有文化——闻崇祯陵遇盗 / 188

隆宗门箭头疑案 / 200

清宫密档中的慈禧变身医学圣手 / 205

慈禧太后是被老虎吓死的？ / 214

邢台有条翻白眼的龙 / 220

古琉球国中国人后裔之谜 / 225

虎符，消失的猛虎记忆 / 234

谁捡了天下最大的漏儿 / 240

最后几声象鸣 / 245

妖猴无支祁 / 250

西沙群岛沉船宝藏之谜 / 256

## 第五章　老北京那些事儿

一舟看兴衰 / 265

老照片惊现十二兽首 / 270

月波楼下的慈禧盆景 / 275

定格的圆明园 / 280

慈禧的小舰队 / 283

北海畔的大清皇家铁路 / 291

## 后记　今夜有梦　当是故国中山 / 297

# 自序

## 何以不信史

玄宗与亲王下棋，好面子不愿意认输，杨贵妃带的小狗忽然蹦到了棋盘上，这局棋顿时乱了，只好作和棋。君王美人的嬉笑之中，贵妃的披肩被风吹落在琵琶师的头上，瞬间，香彻头巾。十年后，琵琶师以藏于铁盒尚有余香的头巾呈给安史之乱后的太上皇，已经白头的玄宗呜咽道：此瑞龙脑香也。[1]

南洋进贡瑞龙脑，玄宗曾以十枚赐杨贵妃。

余香犹在，斯人，已是马嵬坡下的一抔黄土。

历史就好像毛衣上的一个线头，拽一下，不知道会拽出什么来，有可能一下就扯断了，但也没准就拽出个五彩斑斓来。

中国的历史浩如烟海，如"猧子乱局"这样的线头不知凡几。当我

---

[1] ［唐］段成式《酉阳杂俎·忠志》载：上夏日尝与亲王棋，令贺怀智独弹琵琶，贵妃立于局前观之。上数子将输，贵妃放康国猧子于坐侧，猧子乃上局，局子乱，上大悦。时风吹贵妃领巾于贺怀智巾上，良久，回身方落。贺怀智归，觉满身香气非常，乃卸幞头贮于锦囊中。及二皇复宫阙，追思贵妃不已，怀智乃进所贮幞头，具奏它日事。上皇发囊，泣曰："此瑞龙脑香也。"

们走近它，便会犹如被五色炫目般，心荡神驰，这便是一个古老文明故事的魅力。

商朝的妇好王后竟然是个酒豪，而且能够在考古学家面前"地遁"[1]，令人匪夷所思。不过，她还是不要露面的好——看那扳指上深深的勒痕，就知其生前射杀过不少敌军大将。

关于摄政王的真容连故宫博物院都搞错了，难怪溥仪在面对专家的质询时，哭笑不得地说："他是我爸爸。"——儿子和专家，谁对？不言自明。

当你具备了福尔摩斯的眼睛，就会发现历史原来如此有趣，帝王将相，才子佳人，英雄豪杰，你方唱罢我登场，上演着一幕幕悲欢离合的精彩历史大剧。

---

[1] 1976年5月16日发掘妇好墓时，探到5米多深仍是夯土，因而有专家断言这些夯土不过是残留建筑物的痕迹。但中国社会科学院考古研究所原研究员郑振香坚信下面有墓，坚决下探到8米处，才发现了墓葬。如果不是郑振香的坚持，我们可能就与妇好墓擦肩而过了。

或许因为中国的历史太丰富，历史的谜团和答案其实并不那么难以追寻，所谓"福尔摩斯的眼睛"，其实并不需要多聪慧（连老萨这样的都可以滥竽充数），有时候需要的只是好好想一想。

比如，很多高门大院的门前，都有一对石头狮子。一天，老萨忽然想到一个有趣的问题——这对石头狮子，到底是公的，还是母的？

这个问题几乎连街道大妈都能回答——小伙子，你咋这么糊涂呢？这是一公一母啊，你看，公的那个踩着绣球，母的那个踩着个小狮子……

大妈，您说我糊涂，这话我还得还给您。您说这狮子是一公一母，您见过满头鬃毛的母狮子吗？

又或者到东陵去看西太后慈禧的陵墓，会发现隔壁便是东太后慈安的陵寝——那里的石雕居然也是凤在上，龙在下，说明这位咸丰的正牌皇后也远不是大家所想象的那样温柔糊涂。再提醒您一下，这二位一人一个陵园，她们的老公在哪里？

咸丰皇帝的墓离两位太后有好几里地呢，见个面还得打车……按照明清葬制，皇帝不可能一个人睡在墓里，连崇祯的墓里还有一后一妃呢。可是两个太太都独立出去了，又是哪位女子和咸丰葬在一起了？按照常理来说，慈禧那么跋扈，又怎么能容忍别的女人跟老公长相厮守呢？

或许，答案就是这么匪夷所思，出乎意料又在情理之中。

《萨苏不信史》里面，大多是这样的话题，从北京猿人和鬣狗的争霸，到西沙群岛上的沉船，让我们一起在历史的角落里，寻找有趣的故事。

这本书的题目，或许让人觉得丈二和尚摸不着头脑。"不信史"，是不可信的历史，还是不相信前人书写的历史？其实，很多时候，作者本人也在抓狂之中，比如前面说过的，我们看了无数次的高门大院门前的石狮子竟然都是公的？这个颠覆性的结论，你说我们该不该相信？其实这种偏差本身便是老萨想要表达的。前人书写的历史，多多少少会与真实发生过的事情有所偏差，这是必然的事，所以有"不信史"之说。我们所能做的，便是秉持真诚的信念，不急于去相信历史的结论，自己去寻找真相,对历史做出独立的判断。这便是这部"不信史"的含义吧。

  本部书中会有一些颠覆性的认识,但这种颠覆只是战术性的,看得越多,越觉得我们有关历史的整体认识还是值得信赖的,但有些内容未必权威,仅是于史有据而已。我写这部作品的初衷,只是希望于大家有所启发,提高对历史的兴趣,那便是我最大的欣慰了。鉴于自身水平有限,难免会有错漏,也期待着读者的指正与帮助。

  历史,是充满温度的。

萨苏<br>2019.4 于北京

# 第一章

## 被误读的帝王将相

# 未央，市井英雄刘邦

**【小编按语】**

【汉高祖刘邦，是中国历史上一位白手起家的"无赖"皇帝。自幼不务正业，游手好闲，是个十足的流氓无赖，年近中年方才娶妻，论勇略他远不及项羽，然而，在楚汉争霸的角逐中，刘邦却最终战胜了项羽，平定四海，建立了大汉帝国。仔细探究，他身上的市井之气或许是他最终夺取天下的最大助力。】

12月，到未央宫访古，正赶上西安入冬以来气温最低的一天，似乎不太合适出行。

但等到了未央宫，反而觉得来得刚刚好。或许只有在这个季节，我们才能读出"伤心秦汉经行处，宫阙万间都做了土"的苍凉。不过若是要看马踏匈奴的气象，似乎还欠一点祁连山上的雪。

"未央"一词，最早出自《诗·小雅》（"夜如何其？夜未央，庭燎之光。君子至止，鸾声将将"），是未尽、未已的意思。不知"未央宫"是否也取其绵绵不尽之意？未央由名臣萧何建造，以富丽堂皇著称。其名气之大，远远超过其他宫殿，后世也几乎将未央宫当成了汉宫的代名词。

未央，便是无尽头，长乐未央，两座宫室合在一起便是一种堂皇不夜的感觉，那就是大汉的长安。

长乐宫的建成年代要早于未央宫，据说比未央宫还要壮美。一代名将韩信，便死在了长乐宫中。在这件事上，杀伐果断的吕后似乎比刘邦更能胜任政治家的名号，"高祖已从豨军来，至，见信死，且喜且怜之"[1]。喜，是一个政治家清除威胁后的快意；怜，是一种惋惜，高祖毕竟是一个市井英雄，大风起兮云飞扬，无情未必真豪杰。

刘邦的老伙计们出身都不高，有杀狗的、卖布的、土豪、富二代、吹鼓手、县吏、刀斧手，没有尊卑意识，西汉开国后，他们在刘邦面前还是像以前那般随心所欲，在朝会上争功吵嚷，在宫廷宴会上，喝醉了会狂呼乱叫，生气了甚至会拔剑砍柱子。毫无规矩，混乱不堪。刘邦也出身底层，匪气十足，平时也就罢了，但做了皇帝以后，开始觉得这样的场面看着很心烦。直到叔孙通制礼，才算是把这种事情禁绝了。长乐宫成之日，看着俯首帖耳跪在面前的臣子，刘邦也体会到了当皇上的乐趣：做皇帝竟然如此尊贵！如此这般，才能配得上巍巍宫殿啊。

据说萧何修未央宫的时候，刘邦说天下初定，修建得太过奢华了，萧何说"天下方未定，故可因遂就宫室。且夫天子以四海为

---

[1] 《史记·淮阴侯列传》

家。非壮丽无以重威，且无令后世有以加也"[1]，体会到皇家威严的刘邦自然也不会拒绝，就这样把宫室修了起来。没想到，如此一来，未央宫竟然成为中国历史上使用朝代最多、存在时间最长的宫殿！

说起刘邦，自然少不了项羽。历史上说刘邦是个流氓，项羽是个悲情英雄，这或许是有道理的，而以我个人的观点来看，出身不同，做事的方法自然不同。项羽倒是光明磊落，但动不动杀几十万降卒，楚人一炬，可怜焦土，这个人做事大开大阖，跟这样的人共生一个时代，太容易被他误伤，即便作为一个普通人好像也不安稳。刘邦对功臣不好，但是他约法三章，不折腾老百姓。刘邦的出身，决定了他的行事方式是不会按照常理出牌的，用管理黑社会的方式来管底下的一帮人——对付这些头上长角、身上长刺的家伙，也唯有汉家之道，王霸间杂。

"沛公不好儒，诸客冠儒冠来者，沛公辄解其冠，溲溺其中。与人言，常大骂。未可以儒生说也。"[2]——刘邦原来不读书，不是说刘邦不知道读书的重要性，而是因为他知道很多书不是给自己读的，是要用来教育人的，而教育人的目的，是为了他人方便，不是让自己受益。

这样的书，读它何用？

刘邦的天下，是打下来的，这位高皇帝，几乎每战都要披

---

1 《史记·高祖本纪》
2 《史记·郦生陆贾列传》

甲。至于阴谋诡计，要是只会玩这个，最多也就是个厚黑教主。

没有一分英雄气，成不了大事。

刘邦喜于杀韩信，是从利益角度看得明白——韩信的时代已经过去了，如果韩信不肯退场，就变成了威胁。在生活中，刘邦倒是有几分恢宏甚至可爱的——"昌尝燕时入奏事，高帝方拥戚姬，昌还走，高帝逐得，骑周昌项，问曰：'我何如主也？'昌仰曰：'陛下即桀纣之主也。'于是上笑之。"[1]

或许这才是他的真性情，只是时势消磨，豪侠的刘邦，最终要让位于现实冷酷的汉高祖。

其实，无论刘邦还是项羽，我要是生在他们的时代，都要离他们远一点儿。英雄的故事看看就可以了，走得近了，你可能会失望。就像月亮，看起来很美，走得近了，才发现它遍体鳞伤，冰冷没有生气。

曾经盛极一时的未央宫，如今已经没有什么留存下来了。唐朝末年，朱温割据关中，一场大火之后，未央宫便近乎永久地废弃了。现在能看到的，只有荒草萋萋。

如今，我们能遥望的也只能是高祖的陵冢了！高祖的陵冢虽然没有他的孙子汉武帝的那样高大，但正如他从一介平民成为帝王的经历一般，他的陵冢比坐享其成的子孙后代的陵冢多了一分霸气，少了一分华贵，多了一分野性，少了一分庄重。

---

[1]《史记·张丞相列传》

# "爱开玩笑"的海昏侯

**【小编按语】**

【海昏侯刘贺（前93—前59年），汉武帝刘彻之孙、昌邑哀王刘髆之子，被权臣霍光扶上帝位后仅二十七天就因"荒淫迷惑，失皇帝礼仪，乱汉制度"遭废黜，成为历史上第一个被废黜的皇帝。在世三十三年间曾经历王、皇、侯三种身份的转变。他的坟墓被发现后，所存文物之丰富震动世界，但这座墓葬中藏着许多令人哭笑不得的秘密，以至于考古人员不时头疼地抱怨——"这个海昏侯，又和我们开玩笑"。】

因为协助旅游卫视制作有关西汉海昏侯墓发掘工作的节目《中国故事》，老萨有机会和参加发掘工作的几位文物工作者做了交流，最后得出一个古怪的结论——这位海昏侯，可能是一个爱开玩笑的家伙！

昌邑王刘贺，汉武帝的孙子，相传二十七天干了一千多件坏事的西汉废帝，也是蜚声海内外的海昏侯墓的主人，关于他的荒唐不仁乃至被霍光废黜，等等，在相关的历史文献中都有详细记载，但从未有任何一条记录说此人爱开玩笑，难道老萨写错题目了吗？

的确，目前的考古发现并没有海昏侯刘贺"爱开玩笑"的记载，但对于参加挖掘"海昏侯墓"的考古工作者来说，在这位当过天子的侯爷这里遭遇的"玩笑"和"戏弄"，可谓前所未有。

**调戏盗墓贼**

据我所知，首先被海昏侯戏弄的，是一批试图入其墓盗宝的河南盗墓贼。据说，这批贼人对海昏侯墓窥伺已久，且十分专业，是带着遥感测试仪进行盗墓的，实施盗墓活动后被公安机关抓获。令人惊讶的是这些经验丰富的盗墓贼却没有盗出什么有价值的东西来。对此，盗墓贼也有些困惑，直言这次盗墓十分古怪。

原来，这群盗墓贼每次下手都是利用遥感工具搜寻地下王陵的主墓室，而后从地面向着主墓室正中打洞。这是因为主墓室是存放墓主棺椁的地方，也是随葬品最为丰富的地方，而按照惯常的礼制习俗推断，墓主的主棺就摆放在棺室的正中间，如此打下去，就能直通棺木。盗墓贼很快便打到了木结构，欢呼雀跃之后却发现木头下面还是木头。难道是有好几层棺椁？那里面的东西岂不更可期待？

因为根据古代典籍的记载，棺椁有严格的等级限制，棺椁的层数越多，墓主的身份越尊贵。带着这样的热切，盗墓贼越发激动起来……然而，当探出木头厚达一米多的时候，盗墓贼的手都软了——这是什么人的棺材啊？！

肯定是什么地方出错了，深感失望的盗墓贼只好悻悻然收手，结果在撤离的时候被警察擒获。

世间怎么会有这么厚的棺椁？考古人员在打开墓室后，终于揭开了这个谜底。原来，刘贺的墓室竟是设计成了居室的样子，外间布置成了客厅，而棺椁放在里间，并没有在墓室的正中间。盗墓贼的盗洞虽正对墓室中心，但洛阳铲打在了椁木上，所以没有任何发现。

现在，很多五星级宾馆最昂贵的房间便是"总统套房"，难道海昏侯也有这情结？

考古学家认为这事儿可能不是刘贺自己干的，而是他的后人有意为之。因为刘贺给自己准备的墓室比较宽大，严格来说有违诸侯规制，是逾制的。刘贺是被废的皇帝，一直受到监视，其子孙可能担心被人指责僭越，于是在墓室中做了这种设计，使其棺椁所在的主墓室面积缩小了一半，但也恰好是这种设计，让海昏侯墓躲过了一劫。

这应该不是第一批被刘贺戏弄的盗墓贼。在对海昏侯墓的抢救性挖掘过程中，出土了一盏灯，而这盏灯，明显是唐代以后的样式，当时就有工作人员说道：这不是汉墓的东西呀。

这果然又是海昏侯和大家开的玩笑。

这盏灯是五代时期的盗墓贼留下的。盗墓贼打通了墓室西北角存放衣服的衣笥库，只拿走了几件衣服，把箱子丢在了那里。但这伙盗墓贼辛辛苦苦地忙活半天，却为何只拿走了几件衣服，而没有进一步盗掘呢？原来是因为刘贺下葬后约300年，附近的鄱阳湖发生了一次大地震，地下水位上升，墓室都泡进了水里。

那时候没有抽水机，估计这贼当时一定纠结得很——明知道底下就是金玉满堂，但没有黄帮主和紫衫龙王的本事，就是进不去啊。只能眼睁睁看着，干着急，没办法，这个玩笑开得太大了，估计这贼得郁闷死。

**吃喝玩乐享生活**

刘贺宽大的墓室让考古人员心存期待，希望通过地下文物的发现，解开一个历史谜团：刘贺在被废黜后，是否仍心怀不满，有复位之心。把自己墓室设计得这么大，是否便是这种不甘心的体现？

在考古挖掘过程中，考古人员在墓内发现了一批被泥沙埋渍的铜鼎。一位经验丰富的教授便侃侃而谈起来——大家注意了啊，数一数鼎的数量。礼器是有定制的，如果是按照王侯的规制来安葬的，最多应该放七个鼎；如果是九个鼎的话，那就是按照天子的规制来安葬的了。

此时，墓主已经基本可以确定是海昏侯了，如果墓里的规制是天子级的，那他的复辟之心便昭然若揭了。

等文物清理出来，便有学生开始数："一，二，三，四，五……九！"

一锤定音，九个鼎。教授感叹道："看来这个海昏侯啊，还真是贼心不死。"

话音刚落，忽然有人接着报了一声——"十……"

教授当时就晕了。九个鼎是天子，刘贺的墓里竟然有十个鼎！这个天杀的海昏侯，这是要当齐天大圣吗？然而，的的确确是十个鼎，摆在那儿，好像这位海昏侯就在等着看后人的笑话。

这个结果真是令人啼笑皆非，随葬九个鼎的是天子，随葬十个鼎的呢，那只能是吃货了！

原来，海昏侯墓中的鼎，并不是当作礼器来随葬的，而是葬于其墓室的厨房位置，有位工作人员开玩笑道："这是他用来吃火锅的吧。"十个鼎，摆开了，完全是簋街火锅自助的架势。

不过这也顿时让这个大墓室，变得可疑起来。难道这又是海昏侯在开世人的玩笑吗？

而海昏侯的玩笑还在继续。

海昏侯应该是位很会享乐的"潮人"，他的墓里面竟然出土了"二维码"……这听来似乎有点儿扯，但出土的"海"字铜印看起来还真有几分像二维码。

这个印章曾经引发了一些争论，有记者说汉朝的印一般在两厘米见方，而现在出土的这个印章拳头那么大，怎么可能是汉代的呢？这墓主的身份可疑，没准儿不是海昏侯。

面对这些质疑，考古人员给出了答案——原来，这枚"海"字印的确是汉代的，但如此不合规制，则是因为它并非用于发布政令，而是用在马身上的。

今天，我们的汽车有专门的牌照，发动机箱上还有金属的打码，即便丢了，被人改装了，只要看看发动机上的编码，警察叔叔照样能确定这车是谁家的。

汉代的马，跟今天的豪车可谓是一个级别。海昏侯墓中，单单随葬的马车就有五辆，那他家中的马匹肯定不会少，如果被人给偷了，或者这马自己跑出去被人家扣了，引起了纠纷，怎么断定谁才是马真正的主人呢？

其实，古人的办法和今天的差不多，只不过不是在发动机上打码，而是在马屁股上烙一个印记。中国如此，外国也如此。那么，如果马丢了，马主人因为马的归属权而和人有了争执，只要看一看马屁股上的烙印，就可以分辨出来。

您瞧，这玩意儿的功能还真跟二维码差不多。

海昏侯似乎胸中还是有点儿文墨。你看，他把墓室分为东西两部分，外间既然不摆放棺材，便将其设计成了一个会客室的样子，里面还摆放着装饰精美的屏风，上面绘有孔子画像，并写有其生平。大家在感叹这位废帝并非不学无术时，忽然有考古人员发现这屏风上所记载的孔子生平与现有史料不同，按照屏风所记，孔子的出生日期提前了十五年！这是一个大发现吗？

之后，考古人员又在海昏侯墓的乐器库中发现了三堵悬乐——这也不符合礼制，按照《周礼》中的礼乐制度，"四堵为帝，三堵为王"。西汉礼乐制度沿袭周代，使用这样的三堵悬乐，明显高于墓主"侯"的爵位。也就是说，刘贺是没有这个资格的。难道这又是一个刘贺想复辟的证据？

在清理墓室北侧遗物的时候，工作人员发现了一大块长达两米多的带漆木板。一看其形制大小，大家第一个反应便是——"棺材板"。然而，也有人对此提出疑问，认为棺材应该在墓室里面，这墓室外面放棺材板是个什么风俗呢？西汉的王侯有些性情古怪，有随葬豹子的，难道还有随葬棺材的？！

最后，这个谜团还是在清理时解开的。考古人员在木板的边缘发现了一些残存的痕迹，才明白这是一件乐器，一具瑟。"琴瑟相合"中的瑟，便是此物。然而，这具瑟却有两个不一般的地方。普通的瑟长约1.5米，大瑟能达到1.8米到1.9米，而这具瑟的长度却超过了2.1米，体形硕大。普通的瑟只有25根弦，而这具瑟却有35根弦，我国音乐史上从无此物。

专家的看法是这样的——你看这个海昏侯啊，活着的时候用的车是定制版的赛车（墓中发现其精美到令人发指的殉葬马车，还带有疑似赛车时破坏对方轮辐的装置），看来这位侯爷生前可能是个飞车党；对琴做了独创性的革新，这分明是个音乐发烧友——那三堵悬乐只怕也是为了追求完美的音效；吃饭的时候要上十个火锅，是个典型的小资加纨绔，就是学问上不认真，弄个孔子年表，是对是错，他根本不在乎。

这算是一家之言吗？然而，想想也蛮有道理的。

其实，海昏侯自己大约对这些玩笑一无所知，毕竟灵异这种事情仅仅存在于传说中。然而，通过这些所谓的"玩笑"，海昏侯刘贺完整、立体的形象便比较清晰地展现在我们面前了。对于这位两千多年前的废帝而言，这应该说是件难得的事情。

# 不良少年曹操

**【小编按语】**

【有"治世之能臣,乱世之奸雄"之称的曹操,与历史上所有大权在握的男人一样,掌权后好色成性。据记载,历史上曹操有三次"霸占"人妻,分别是董卓部将张济的寡妻、吕布手下秦宜禄之妻(与关羽相争)、大将军何进的儿媳妇尹氏。不知少年时的曹操是否也如此"多情"呢?话说这位汉丞相,年少时,便已有了不良少年的嫌疑。】

在张国良先生的《三国志》评话中,有一段诸葛亮参与的舌战桥段,老先生讲得颇为精彩。说的是诸葛亮智激周瑜,试探出了周瑜联合抗曹的真实想法。周瑜是有名的聪明人,如何才能激怒他呢?诸葛亮用了一个巧妙的办法,称曹操下江南的真实目的是要夺取两个美女——孙策的夫人大乔与周瑜的夫人小乔。泥人还有三分土性子,敌人竟然盯上了自己媳妇,不由得周瑜不怒。

这一段诸葛亮与周瑜的斗智也存在历史合理性,那就是曹操其人,的确有"好人妻"的恶名。他的妻妾众多,其中好几人曾是他人之妻，比如董卓部将张济的寡妻（《三国演义》中为邹氏）、吕布手下秦宜禄之妻（与关羽相争）、大将军何进的儿媳妇（尹氏）等。如果输给了曹操，那就不仅仅是输掉了战争，可能还会输掉老婆，这让周瑜怎么能不心生忌惮呢？

曹操"好人妻"的理由很复杂，有人认为他这样做是受胡人风气影响，即收对方的寡妻其实是帮助其在乱世中获得生存的机会，但这无法解释杜氏（秦宜禄妻）等人的丈夫尚在就被曹操收房的情况。

老萨倒认为曹操只不过是在这方面不拘小节罢了。他对自己的妻妾很好，去世前更有"顾我万年之后，汝曹皆当出嫁，欲令传道我心，使他人皆知之"[1]，由此可知曹操的私生活不过是他个人的私事而已，且处理得很好，外人何需为之愤愤呢？

倒是曹操给人好色无羁的印象，以其性格而言，当属顺理成章。曹操自幼便不是那种循规蹈矩之人，倒有三分纨绔气息。据《曹瞒传》记载，"太祖少好飞鹰走狗，游荡无度"，"为人佻易无威重"，即便作为魏国臣子的陈寿所"恭修"的《三国志》也说曹操年少时"任侠放荡，不治行业"。这一位在洛阳城里虽然算不上"高衙内"，也是"净街虎"的水平，看他年轻时的所作所为，绝对算是纨绔子弟、不良少年。

比如，《世说新语》上记载，他曾经带着袁绍（四世三公的正宗"衙内"，却是跟着曹操混的小弟，可见曹操在洛阳纨绔圈的

---

[1]《三国志·魏书·武帝纪·让县自明本志令》

地位）去偷看新娘子，中间还用了一些计策。最后"抽刃劫新妇，与绍还出"，两个不良少年竟然劫走了人家的新娘……

去偷看新娘子也罢，这很像是调皮捣蛋的莽撞少年会干的事，还不算太出格，但若竟敢挑衅当权的太监，那恐怕就只能说是胆大包天了。

孙盛《异同杂语》记载："太祖尝私入中常侍张让室，让觉之；乃舞手戟于庭，逾垣而出。才武绝人，莫之能害。"张让，乃是当时最炙手可热的大太监——汉灵帝身边宠信的十常侍之首。这段记录是说曹操曾经偷偷进入张让的内室，被张让发现了，于是他舞着手戟跳墙而出，因为武艺高强，才没有被抓住。

有人认为曹操进入张让卧室是试图行刺，但原文并无这样的描述。从曹操的履历来看，他在二十岁被举为孝廉，任命为洛阳北部尉，但没多久就因为打了汉灵帝的心腹宦官蹇硕的叔叔蹇图被调任顿丘令，后来又受姻亲即被废死的宋皇后一家的牵连而被免官……若是真有刺杀张让这样的事情，很难解释他为何没有被追究。即便不是刺杀，一个官宦子弟拿着凶器跑到张让的内室，也可能会演变成一个严重的政治问题。故此，这个故事应该还是曹操少年任侠时期所为，和抢新娘子一样，都是胡闹而已。一来未成年，少年易冲动，天不怕地不怕的，干些出格的事也不意外；二来曹操名义上的祖父曹腾也是太监，曾经权倾朝野，或许也正因为如此张让才未对此事予以深究，甚至没有秋后算账从而影响了曹操的仕途。

那么问题就来了,如果曹操不是去行刺张让的,那他跑到一个太监的内室去干什么?第一种可能是纨绔子弟们打赌,看谁敢干这样的悬乎事儿。第二种便是曹操因为对张让这个大太监的私生活有浓厚兴趣,前去探秘(干爷爷虽然也是太监,但肯定不属于可探范围)。

如果是前者,那可以理解,和大院子弟对着五路公共汽车扔石头子儿一样,属于精力过剩的发泄;如果是后者,那,曹操就是个天不怕地不怕的浑不懔!

## 三国用戟哪家强？

**【小编按语】**

【在《三国演义》中，吕温侯的方天画戟威震天下，然而，真实历史中吕布的兵器并不是这种类似行为艺术的古怪兵器，而是普普通通的矛。汉朝开始遭遇骑兵的严重威胁，自身也开始大量使用骑兵，故而在军队中大量使用的兵器是刀和矛，而戟正处在淘汰的边缘，在三国的战场上书写着其最后的辉煌。】

三英战吕布是《三国演义》中的经典桥段，吕奉先胯下赤兔马，掌中方天画戟的三国第一武将形象，也就此定格。三国中谁是用戟的名家，似乎是不应该有疑问的。

吕布，字奉先，五原人，因先后依附丁原、董卓而后叛之，被认为政治品格不高。但据《三国志》记载，吕布"便弓马，膂力过人，号为飞将"，故有"人中吕布，马中赤兔"之说。正史中也确有他在阵前与敌将进行一对一决斗的记载，《英雄记》中载有他在长安与郭汜战于城北，"汜、布乃独共对战，布以矛刺中汜，汜后骑遂前救汜"，其武勇可见一斑。

　　正史中的吕布，与罗贯中在《三国演义》中刻画的吕布，有着些许不同——他并不曾在虎牢关与刘关张三兄弟阵上交战，用的兵器也不是方天画戟。

　　在冷兵器时期，戟是一件常用的兵器。我国曾出土了大量青铜时代的兵器，其中长兵器主要是三种——进攻用的矛，防守用的戈，以及矛戈一体、攻守兼备的戟。

　　而方天画戟，是戟的一种变形，前方如枪，侧面有一月牙形戈刃，看起来威风漂亮，但作为上阵武器其实很不适宜。首先，它的重心过于靠前，难以控制；其次，仅在头部的一侧有硕大的月牙形戈刃，在挥舞时易造成左右不平衡，伤到腕部；最后，它的结构复杂，以当时的工艺，无论是用铆接还是套接都难以保障其整体强度，在交战中易折损。而且随着时间的推移，作战方式也发生了变化，戟也慢慢退出战争，多应用在仪仗中了。故此，吕布在与郭汜之战中，用的武器就是矛。

　　吕布用矛符合当时的军事发展潮流。三国时期，春秋战国的车战已经被淘汰，武将多骑马作战，而此时还没有完善的马镫，故此双方交战如同欧洲的骑士决战时那般只能一冲而过，无法做太多花哨的动作，这样一来只有单边有刃的环首刀，以及有突刺功能、形制更简单的矛更为实用。矛长身阔体直刃，其突刺性能远比戟类优越，加之其制造比戟简单，易于大量消费，淘汰戟是必然的。

　　所以，吕布和他的方天画戟，只是一个江湖上的传说罢了。

但在三国时代，戟依然是一种比较普遍的重要兵器。"折戟沉沙铁未销，自将磨洗认前朝"，杜牧的这首七律，或许能侧面印证三国时代戟仍在被广泛使用。

据史书记载，很多我们耳熟能详的历史人物都用过戟。比如，据《三国志》记载，有一次吕布因小事触怒了董卓，董卓抄起身边的戟掷向吕布，幸而吕布骁勇灵活，才未受伤。而吕布面对陈登的时候，也曾经"拔戟斫几"以表达愤怒之意。这里的戟，都指的是手戟。

繁盛于春秋战国的戟发展到三国时代，虽已处在淘汰的边缘，但仍保持了顽强的生命力，长短两种都保存了下来，而手戟是短戟的简化型。

短戟头部如同两柄相互垂直、锻打在一起的匕首，一端朝前方，一端朝侧面，后部有杆，这种戟的简化版和缩小版，便是可以投掷的手戟。这种手戟由于头部重量大，容易控制方向，在三国时代是比标枪、飞刀更加常见的手掷武器。

不过手戟似乎是高级将领的专利，因为当时金属的价格很高，见到敌人扔一支手戟过去，相当于拿一大沓人民币砸人，不是谁都能用得起的。

后世也有人认为手戟是匕首的一个起源，[1]古人有的随身携带

---

1 匕首因其类短剑形态上像匕，故得名。早在夏代，匕首就已经作为防身工具出现了。而手戟是在东汉末年到晋初才比较流行。

手戟并不仅是为了防身，它还有更加实用的功能——吃饭时用来割肉。吕布"拔戟斫几"估计就是顺手将这种"餐刀"砍在了桌子上。

长的戟被称为"马戟"，是骑兵用的长兵器，头部简化成"卜"字形，套在木杆上，酷似一根侧面带钩的长矛——这种兵器之所以能留存下来也是因为有这个钩，戟的用法比长矛更为灵活。作战时，戟除了可以刺，还可以啄——把对方从马上钩下来。但这种兵器只有马战水平极高的人才能用得好，比如曹魏大将张辽。

张辽，字文远，马邑人，原为吕布部将，与关羽等私交甚笃。降曹后长期负责防御东吴的任务，是曹魏在江淮地区的定海神针。建安二十年（215年），孙权以重兵攻合肥，张辽力主乘夜主动出击，"平旦，辽被甲持戟，先登陷陈，杀数十人，斩二将，大呼自名，冲垒入，至权麾下"[1]。这一仗张辽用的便是长戟，杀得吴兵丧胆，确立了张辽的威名。据说，此战中孙权遭到张辽突袭的时候，也"走登高冢，以长戟自守"，一场精彩的以戟互相钩刺的战斗似要上演，但可惜"辽叱权下战，权不敢动"。

《三国志》中用戟最为精彩的，如果典韦认第二，那就没人敢认第一。

典韦，陈留人，曹操部将，《三国志》云："好持大双戟与长

---

[1] 《三国志·魏书·张乐于张徐传》

刀等，军中为之语曰：'帐下壮士有典君，提一双戟八十斤。'"汉朝一斤实重约为现代半斤（接近二百五十克），所以典韦使用的双戟，重约四十斤，是典型的重武器。他作战时"重衣两铠"，加上威力惊人的大铁戟，活脱脱是一台人形坦克。

猛将典韦一生中曾有多次精彩搏战被记入正史，而每一次几乎都和"戟"有密切的关系。在和吕布交战中，他曾率数十人的敢死队，披重铠持长矛大戟冲击吕布军。在敌军反扑之际，他怀抱十余支手戟，待敌人近到身前五步时掷戟杀之，敌人应声而倒，当即稳定了战线。特别是他的最后一战，更打得震惊四方——建安二年（197年），张绣反叛，攻入曹操军营，典韦死守营门，掩护曹操突围。"贼前后至稍多，韦以长戟左右击之，一叉入，辄十余矛摧。左右死伤者略尽。韦被数十创，短兵接战，贼前搏之。"[1]最终，典韦身负数十处伤而死，但其手持大戟血战四方的勇武，连敌人也为之敬畏。

不过，三国使用戟的人物中，若是论身份地位，典韦便排不上号了。魏蜀吴三国的皇帝，都是以戟为兵器的。

三国皇帝在战场上以戟为武器且史籍有记录的是吴国开国君主孙权，而且他用戟水平颇高。他的哥哥孙策曾在恶战太史慈的时候夺过太史慈的手戟——用武术术语说属于空手入白刃了，而孙权则是在狩猎中用戟猎过老虎。据《三国志》记载，孙权"射虎

---

[1]《三国志·魏书·二李臧文吕许典二庞阎传》

于凌亭，马为虎所伤，权投以双戟，虎却废"。他击伤老虎所用的，可能是手戟，也可能是类似曹丕所用的短戟。我们在前文还介绍了孙权曾在和张辽对战中使用过长戟，所以可以大胆猜测这位皇帝用戟的水平可能不亚于大将。

从《横槊赋诗》来看，魏武帝曹操善用的兵器应该是马槊。而《三国志》中记载，曹孟德少时"尝私入中常侍张让室，让觉之。乃舞手戟于庭，逾垣而出"。可见，曹操也会用戟，他的儿子曹丕据说武艺也相当好，曾以一根甘蔗将奋威将军邓展打得狼狈不堪。

在兵器方面，曹丕也是一位用戟的大家，《典论·自叙》记载曹丕"少晓持复"，而且"自谓无对"，因为"俗名双戟为坐铁室，镶楯为蔽木户"。结果"后从陈国袁敏学，以单攻复"，居然"每为若神，对家不知所出"。对于用戟的心得，与曹操孙权不同，曹丕可以用单兵破双械，说明他的身法和兵器的使用技巧都已经很娴熟和高明了，而且在实战中还融入了兵法和自己的武术见解，这可是上升到理论水平了，已窥得大家门径。然而曹丕在战场上的表现并不多，他和其父曹操的戟法更接近于游侠的风格。

有意思的是，据传蜀汉的开国君主刘备也会用戟。三国中似乎没有谁用武艺高强之类的形容词描述过这位蜀汉先主，但历史上刘备却是三国君主中临阵最多的，可谓一生都是在征战中度过的。《云别传》记载长坂坡刘备败于曹军，刘备脱险后发现赵云不见了，就有人讲赵云投曹操去了，刘备当即拔出随身携带的手戟丢了过去，表示坚决不相信，这件事把赵云感动得不行。当然，刘备没有打中那个散播谣言的家伙，掷戟可能只是为了表明态度，但也可能是准头差了一点儿，他毕竟没有典韦的武艺。

说了半天用戟名家，其实真正想说的是，在那样一个连君主都亲临阵前的时代，英雄人物个性鲜明、武艺高强，在历史记载中被描绘得栩栩如生，让人心生向往，难怪直到今天我们依然在诉说着三国的魅力，那的确是一个英雄辈出的时代。

## 狼群中的英雄——冉闵

**【小编按语】**

【冉闵是一个几乎被人遗忘,但又被一些人作为英雄时时提起的有争议的历史人物。这位后赵武帝石虎的养孙、冉魏政权的建立者,因为"杀胡令"而广为人知,死后被追谥为"武悼天王",那他到底是怎样的一个人呢?】

"五胡十六国"是中国古代史上最混乱的一个时期,政权更迭频繁,战火纷飞,百姓饱受战乱之苦。

公元349年,后赵首都邺城变乱忽起,大将军石闵悬赏杀胡,斩胡人首级送至凤阳门者,凡文官进位三等,武职可任牙门将。一天之内,数万胡人被杀。石闵还亲自率部参加诛杀,不分贵贱无论男女少长一律杀头,死者达二十余万。这在五胡乱华,即北方游牧民族大举进入中原后,是十分罕见的事情,而且事后发现其中很多人只是因为高鼻深目而遭错杀,几占一半。

石闵,到底是何许人也?我想这个名字之所以再次引起读者的关注，和网上流传的一篇《杀胡令》有关。

石闵，本姓冉，后世史书一般称他为冉闵。冉闵，字永曾，小字棘奴，魏郡内黄人（今河南内黄西北），出生于兰陵郡，以善战著称。他幼年时追随父亲在乞活军中生活，被后赵军队俘虏后，因骁勇受到赏识，被后赵君主石虎收为义孙，逐步成为后赵军事集团中的重要将领。他乘后赵内乱之际取而代之，成为东晋十六国时代冉魏帝国的开国君主，在位不到两年，于廉台之战中惜败，被前燕慕容儁擒杀。

由于冉魏政权存在时间极短而且统治范围不稳定，十六国中并未将其计入。在那个纷乱而豪雄辈出的时代，冉闵如同一颗流星，一度灿烂，但转眼间便消逝在滚滚红尘之中。

然而，和诸多十六国时期转瞬即逝的豪杰不同，冉闵在21世纪的网络世界忽然成为热门话题，据说是因为一篇冉闵所做的《杀胡令》。因而，一些读者对于他的评价，一度上升到近乎救世主的高度，认为他在"五胡乱华"的时代拯救了北方华夏文明，是盖世大英雄；但很快所谓的《杀胡令》便被确定为伪作——史书中，冉闵的确曾下令杀胡，但以他的文化水准和当时人的用语习惯，写不出这么有现代范儿的作品。

又有人考证冉闵本是后赵皇室养子，于是评价便陡然翻转。网络时代特有的敏感和躁动使得对冉闵的描述迅速两极化，事实变得不再重要，口水战引发的点击量昭示着一场网络经济行为的巨大成功，而冉闵，也在千年之后再次引起人们的关注。

他究竟是什么样的人呢？

记得曾有一部享誉海内外的中日合拍电影《敦煌》，其中西田敏行饰演的汉军武将朱王礼令人印象深刻，尤其是当他高呼着"杀死李元昊"冲向西夏军阵时，先后四次冲锋，至死方休，更让人为其豪气所感。

冉闵与这个朱王礼的经历颇为相似。朱王礼在影片中的设定是曾为李元昊征战的汉人武将，但最终率部反戈一击，血染沙场，宁死不屈。冉闵，也曾为羯人建立的后赵效力，后来却覆灭后赵，自立为帝，最终也战败不屈而死。

如果抛开层层喧嚣，到历史中去寻找真实的冉闵，首先映入眼帘的，便是"乞活"这两个字。冉闵的父亲冉瞻为乞活军将领，因战败随陈午投降后赵石勒，从此效力于后赵。

假如不能理解"乞活"这两个字，恐怕很难了解冉闵的性格。

"乞活"，最初是西晋末年因并州大饥而转到冀州求食的一支流民武装，算是晋王朝的一支雇佣军。后分裂成不同的支系，游走于各个政权之间。他们曾协助祖逖北伐中原，但也成了石勒的羽翼，派系间也会因利益而自相残杀。乞活军的活动范围极广，北到幽州，南到江南都可以找到他们的身影。

以东晋为正统的史书记载乞活军忽降忽叛，过着游离不定的生活，很难对其性质进行界定。

其实，我想很多人都忽略了这支军队的名字——"乞活"。乞活军的经历，其实便是那时普通人的命运写照——他们为了活命而聚集起来,用集体的力量相互保护,可以为任何人去杀人,也不在意什么底线问题。这是一个非常现实的军事集团,冷血而残酷,生存是他们唯一的目的。

换句话说,这就是一群来自北方的狼。

"乞活军",是西晋末年乱世衍生出的特殊团体,而冉闵身上也带有乞活军那种特殊的"狼性"。

首先,狼群中以勇者为王,而冉闵似乎就是天生的狼王,"及长,身长八尺,善谋策,勇力绝人"[1]。冉闵几乎一直与战争相伴,称帝后"与羌胡相攻,无月不战"。年少的他因此为石虎所赏识,并成为石虎的儿子们争相拉拢的对象。盛名之下,他不得不以微弱的兵力迎战强敌。他曾以区区千余骑兵迎战石琨、张举、王朗的七万人,竟然还大获全胜——狼群就经常袭杀比它们大得多的猎物。

其次,狼总是保持着超人的警惕性。冉闵在掌权之后一度留下傀儡皇帝石鉴,或许希望能"挟天子以令诸侯",而石鉴则将计就计,暗中召集大臣举事,但被冉闵发现,在冉闵敏锐的观察力和铁血镇压下失败了。

狼群极端现实,而冉闵也没有严格的政治原则。

冉闵的父亲冉瞻被俘后,后赵武帝怜其勇而将其收为养子,改名石瞻,冉闵自然也随之改名石闵,至少在名义上成了后赵皇族中的成员。乞活军,是受乱世伤害最大的群体。按照常理,他

---

[1] 《晋书·载记第七》

们会对引发变乱的胡人存有敌意，但冉闵没有表现出反感，反而在很长时间里忠诚地为后赵征战四方，甚至与汉族同胞晋军作战。《资治通鉴》记载"石闵败晋兵于沔阴，杀将军蔡怀"。

狼多疑残忍，同类相残起来也毫不留情。冉闵曾杀过对他有恩的人。一个是后赵太后郑樱桃，当后赵皇族意识到冉闵的危险性要杀掉他时，郑氏维护了他，但冉闵反扑时却杀了郑氏；另一个则是来自乞活军、曾与他长期为盟的汉人重臣李农。李农是冉魏的二号人物，冉魏建立时，冉闵认李农为义父，但一个月后便突然杀掉了他，史书没有记载任何理由，大约只有"卧榻之侧，岂容他人鼾睡"能够解释了。此外，石虎曾待他如亲孙，但冉闵最终将后赵皇室、石虎的孙子等三十八人全部杀掉。

由冉闵的所作所为来看，只能说他是在努力活着。他在中原活动的时间并不长，地盘也仅限于河南与河北南部，无法说他在短短两三年之中的活动对这一阶段的整个历史造成了多大的影响。从保护华夏文明的角度而言，当时晋室尚在，被视为正统，且面对北方游牧民族的进攻颇有建树——冉闵死后的淝水之战，晋军八万人大败前秦军八十余万，可谓战争史上的奇迹。而且，冉闵在邺城颁布杀胡命令，是有铺垫的。当时，后赵朝廷因为继承人的废立问题而动荡不安，冉闵乘机攫取了大权。他曾考虑与胡族上层共同执掌政权，故此颁布命令——"与官同心者留下，不同心者听任各自离开"。结果胡人纷纷逃走，这让冉闵明白自己很难获得他们的支持。于是，他下令杀胡——在某种意义上，这是让追随他的人缴纳"投名状"。"杀胡"持续了一段时间之后，冉闵自己却改弦更张，以胡人的习惯任其子太原王冉胤为"大单于"，并配给千人的胡人卫队，这似乎是一个和胡人和解的姿态。

尽管网络上有些人因为其快意恩仇而称赞冉闵下令杀胡的故事，但对于以善战著称的冉闵而言，杀掉这些胡人平民实在不值得骄傲。

如果和收复淮北的祖逖、淝水之战力挽狂澜的谢玄、三度北伐的桓温和金戈铁马气吞如虎的刘裕等东晋大将相比，冉闵能与之相类的恐怕仅是其沙场上的辉煌战绩。西晋"八王之乱"后，匈奴等边地游牧民族重新武装起来，战斗力不可小觑，中原将领与之交战，大多以谋略取胜，只有自称"晋人"的冉闵与众不同，可能是因为长期生活在后赵皇室之中，对于游牧民族的战术比较熟悉，每次与胡人交战，冉闵都是硬碰硬，实打实地获胜。虽有败绩，也多半虽败犹荣。

《晋书》中有一段关于冉闵的描写，很容易被忽略过去，实际上却十分重要——"闵至自苍亭，行饮至之礼，清定九流，准才授任，儒学后门多蒙显进，于时翕然，方之为魏晋之初"。

这个凶狠的狼王被称为优秀的军事家，以勇武为中原文明之盾牌，或许也有其道理。在东晋十六国的乱世时代，"我不杀人，人即杀我"，也许正因为如此，虽然冉闵杀戮过重，史书中对他也不乏正面评价——强行要求冉闵在那个时代施行仁术，是不现实的。

东晋十六国时期的胡汉之争,本质上是两种文明的博弈——代表先进但略显懦弱的中原文明与尚处于半愚昧状态却颇有战斗力的边地游牧文明。相对于整个人类的进步而言,保守的中原文明能够延续壮大繁荣昌盛才更为有利。而冉闵无意中保护了中原文明。

这一点,对冉闵个人来说可能有些过于复杂了,可能他考虑得没有这么丰富,只是无心插柳。在这里,我们不论是非,还原冉闵的真实形象,或许才是最值得探究的。

# 前秦帝国的秘密

【小编按语】

【苻坚（338—385年），东亡前燕，西并前凉，北吞代国，平仇池、定益州，完成了五胡时期北方的唯一一次统一，并攻占了东晋领有的蜀地，与东晋南北对峙。然而，这样一个颇有成就的君王，却因为淝水之战的败绩而沦为千古笑柄，这是否是一件公平的事情？】

说到苻坚这个名字，知名度大概远不如金庸小说里的"南慕容，北乔峰"（前燕慕容家族），就算是知道苻坚的，恐怕也离不开三个成语——投鞭断流，草木皆兵，风声鹤唳。

太元八年（383年）八月，自称天王的前秦君主苻坚率大军八十多万出征东晋，大臣认为晋有长江天险，此战不易与，苻坚傲然道："以吾之众旅，投鞭于江，足断其流。"[1]是为"投鞭断流"。

然而秦军却在淝水之战中败给了谢石、谢玄率领的八万晋军。交战前，苻坚"与阳平公融登寿阳城望之。见晋兵部阵严整，

---

1 《晋书·载记第十四》

又望见八公山上草木,皆以为晋兵",是为"草木皆兵"。

秦军大败,"其走者闻风声鹤唳,皆以为晋兵且至,昼夜不敢息,草行露宿,重以饥冻,死者什七八"[1],"风声鹤唳"就此流传于世。

三个成语串联起来,苻坚骄横而无能的形象便跃然纸上,与悠然东山的谢安先生形成鲜明对比。对手是如此优秀,以至于苻坚这辈子似乎就只有这次大败仗可以论说。

然而,历史上的苻坚并不是如此骄横而无能。大家一定对金庸先生笔下的"南慕容,北乔峰"印象深刻,其中那位"南慕容"慕容复一生的偶像和祖先——大燕皇帝慕容垂,曾是苻坚的部下。能让一代帝王俯首称臣,苻坚自然也不会差到哪里去。

虽说淝水之战对苻坚和前秦帝国来说是个巨大的转折点,但在此之前的苻坚堪称一代英主,自370年前秦灭前燕,至383年前秦败于淝水这段时间,北方核心地区就处在苻坚的统治之下,从而获得了十几年相对和平安定的时光——仿佛历史的宿命一般,前秦和秦朝统治时间几乎相同。北方民族在混战了半个世纪后,战争成为生活常态,彼此间满怀仇恨和戒惧。在这种情况下,各民族居然能够在前秦的统治下和睦相处起来,且长达十几年之久,这真是一个奇迹。创造这个奇迹的,便是苻坚——一位一统北方的英主。

在很多人的印象中,苻坚不是荒唐的君主,便是赴死的英

---

[1] 《资治通鉴·卷一百五》

雄，而维持了多久的和平这件事，常常为人们所忽略。

其实在学者眼中，苻坚从来不只是淝水之战中的配角和小丑。历史学家范文澜曾评价苻坚"在皇帝群中是个优秀的皇帝"。历史学家陈登原认为苻坚有四大善事：文学优良，内政修明，大度容人，武功赫赫。作家柏杨则认为："在中国数千年历史上，有资格称得上大帝的不过五人，他们是秦始皇、汉武帝、前秦王苻坚、唐太宗李世民和康熙。"

苻坚做了什么？竟然有资格得到大帝的称谓？

其实，苻坚不仅仅是那个时代的一位优秀帝王，甚至可以算作是中国封建时代的一位理想君主。

那么，就让我们来看看这位被误读的苻坚大帝吧。

苻坚不是生来便可以当皇帝的。严格来说，他在前秦皇室中的地位宛如前些日子受人瞩目的那位海昏侯刘贺。刘贺的父亲刘髆只是一个王爷，而他的祖父汉武帝刘彻和叔父汉昭帝刘弗陵才是皇帝。苻坚的父亲苻雄也不是皇帝，而祖父苻洪（追封）和伯父苻健才是皇帝。苻坚和刘贺后来都继承了帝位，但命运大不同。

因为昭帝无子即位的刘贺登基理直气壮，但仅仅当了二十七天皇帝便被废黜了，而苻坚的登基过程要艰险得多，却成就了一番伟业。他的伯父前秦世祖苻健有子，而且已经继位，即厉王苻生。如果不是这位君王好酒无度，嗜杀成狂，苻坚也许一辈子就是个平安王爷，那前秦也就可能只是割据关中一隅而已。

但苻生其人可能因为眇一目而心理存在缺陷，故即位后淫杀不绝，连皇后也被其无故杀死，导致上下离心，人人自危。357年，他私下说"阿法兄弟亦不可信，明当除之"[1]，意将杀了苻坚和他的哥哥苻法，苻坚等这才闻讯起兵夺位，而苻生的卫队都不肯抵抗，可见其失政。苻坚的夺位，对前秦帝国来说，是一个中兴的起点，这个王国从此开始了统一北方的步伐。

从西晋八王之乱后，中国北方便陷入混战之中，东晋王朝退据东南，而以石勒、冉闵之雄，也未能统一北方，偏偏苻坚做到了，那他的秘诀是什么呢？

令人意外的是，苻坚这个出身氐族酋长家庭的君主，其主要治政理念竟然是儒家推崇的德政。

苻坚自幼倾慕汉族的先进文化，少时即拜汉人学者为师，继位时已经是氐族贵族中罕见的儒门子弟。他潜心研读经史典籍，曾说过："为政之体，德化为先。"根据历史记载，在群雄环伺之中，苻坚推崇汉文化，即位后却不事征战，而下令各地方官员上举孝悌、廉直、文学、政事四项有才德的人才，整饬吏治；同时注重农业，还亲自参与耕作，并让皇后主持亲蚕仪式，鼓励百姓恢复生产；他致力于教育，恢复了太学和地方各级学校，并广修学宫，甚至每个月亲自到学宫去检查贵族子弟的学业。

这是一个典型的"仁君"，而且有些事情"仁"得令人惊讶。比如，在此后他率领前秦灭亡前燕、前凉、代国等政权之后，苻

---

1 《太平御览·偏霸部五·苻生》

坚对被俘获来投的各族首领十分宽厚，基本不杀，大多封官后仍令其率领本部，即便有些人此后谋反，他也往往只是平定叛乱，连首犯都不杀。

这段文字虽然很客观而且似乎很有道理——儒家的圣王不就应该是这样的吗？不打仗，兴教育，重农桑，清吏治……如果苻坚真的是靠这样的治政理念赢得成功，那就是一个"仁者无敌"的典型了。

然而，现实世界，仁者从来不是无敌的。

儒家这种内圣外王的思想在战争年代常常处处碰壁。孔子和孟子这样的大圣贤，在春秋战国的乱世抱着自己的理念去游说各国国君，效果都不怎么好。梁惠王问谁能得天下。孟子曰不好杀人者王之。结果，却是被称作虎狼之国的秦一统了天下。汉宣帝曾这样形容统治之道——"汉家自有制度，本以霸王道杂之，奈何纯任德教，用周政乎"。究其原因，儒家的这套学问是治平之学，一旦遇到乱世，便有些力不从心。事实上，淝水之战后，苻坚宽待的那些少数民族首领纷纷反叛，致使前秦在北方的统一局面瓦解。

只是，在苻坚二十八年的统治时间中，失败的似乎只有最后几年。东晋十六国是典型的乱世，出现苻坚这样的仁君，不修兵甲，不爱打仗，怎么会被他一统了北方呢？难道这是儒生们篡改了历史？

应该说，是儒生改变了历史。苻坚之所以能够成功，一方面是因为他肯认真做事，另一方面，则是他重用了一个叫作王猛的汉人儒生。

王猛，字景略，青州北海郡剧县人，素有贤名，"博学好兵书，谨重严毅，气度雄远"，年轻的时候隐居华山。公元530年，他曾到进军关中的桓温军营中"扪虱而谈"，使桓温惊异于他的才华。不过，王猛最终选择了跟随苻坚。

《晋书·苻坚载记下·王猛传》对苻坚和王猛的一段君臣关系记录得十分详细。苻坚与他见面一席谈之后便感叹这是管仲子产一样的人物，当即大加提拔。王猛也不负众望，先治理州郡得力，后协助苻坚废除胡汉分治之法。苻坚对其十分满意，以周文王得太公望比喻两人的关系，曾一年连续五次提升王猛的官职。王猛后担任前秦宰相，并位列三公。

在王猛的辅佐下，前秦空前强大起来，先东灭前燕，再西平前凉，收代国、仇池、巴蜀、襄阳，并在西晋灭亡后第一次重新将西域收归版图。有人认为，苻坚得王猛，如刘备得诸葛亮。

仅仅一个人的力量竟然如此强大，以至于影响一个帝国的兴衰？那么王猛岂不是"多智而近妖"？

其实王猛只是一个代表而已。在苻坚当国时期，重用了包括房默、房旷、崔逞、韩胤、田勰等一批关东名士，不仅仅王猛一人而已，而他们也乐于为苻坚所用。苻坚得到了以王猛为代表的北方汉人势力的支持。氐族武装集团和汉族地主阶级的合作，使前秦的统治基础远比其他政权更为宽广。

自西晋后期的战乱以来，北方基本为匈奴、羯、鲜卑、氐、羌等少数民族政权所控制，战乱频仍，由于晋政权节节败退，北方的汉人势力分裂为两部分，一部分士族随东晋南迁，而以王猛为代表的庶族居无定所，留在北方，则要面对各族军事政权的残酷杀戮和摧残。此时，虽然出身胡人，却推崇儒术，而且肯重用汉族士人的苻坚，怎么会不受到他们的拥戴呢？

仁政，智者相助，是苻坚得以称霸北方十余年的重要因素，是其成功的最深刻基础。

有意思的是，正是这些正牌子的儒士，在与苻坚合作时，不断纠正他过于宽仁的理念。比如王猛刚刚入仕，便因为大杀豪强而受到苻坚的委婉批评，苻坚指责他过于残酷，但王猛回答道："臣闻宰宁国以礼，治乱邦以法。陛下不以臣不才，任臣以剧邑，谨为明君剪除凶猾。始杀一奸，余尚万数，若以臣不能穷残尽暴，肃清轨法者，敢不甘心鼎镬，以谢孤负。酷政之刑，臣实未敢受之。"和平的时候行您的仁政可以，现在是乱世，那该杀就杀，我杀的还少呢。

这些有治政之能的儒家巨子对政治的理解，让苻坚十分震撼。

此后王猛治政，也多行峻法，且从来不信任那些归降的异族首领，想将慕容垂等人都除去，却为苻坚所阻。所以，终王猛当权时期，慕容垂、姚苌等人都还算安分。

不过，这里也不能忽略苻坚自己的作用。苻坚以异常开阔的胸襟，接纳各族英豪，建立了一个多民族和平相处的环境，这是十分难得的。可以说，苻坚与王猛，正如汽车上的油门和刹车，一个海纳百川，带动帝国滚滚向前，另一个明察秋毫，随时清除可能威胁帝国生存的"地雷"，才造就了前秦的功业。

不过，由于王猛英年早逝，苻坚在统治后期实施缺乏节制的宽仁，导致帝国内各族势力悄然膨胀，不能不说这也是前秦帝国崩塌的重要缘由之一——一如汽车没了刹车，很容易发生事故。

细细解读那个淝水之战以外的苻坚，看到的恐怕不仅仅是一名被历史冷落的优秀君王，也让我们不得不感慨为政之道的复杂，所谓"能攻心则反侧自消，从古知兵非好战；不审势即宽严皆误，后来治蜀要深思"，并非只是对诸葛亮一人的感慨吧。

# 帝王家的真情

【小编按语】

【唐太宗,开创了至今为人向往的大唐盛世,称得上是千古一帝。这样一位杀伐决绝的铁血皇帝,无情杀兄弟有情为慈父。唐太宗对子女疼爱、偏爱的事迹在史书上多有记载。晋阳公主是唐太宗三十五个子女中最受宠的一个。晋阳乃是李唐龙兴之地,将女儿封号"晋阳",可见其对爱女的重视。在长孙皇后去世后,唐太宗悲痛欲绝,遂决定亲自抚养出自长孙皇后的晋阳公主和李治。】

天家无情,似乎已成公论。然而,只要是人,便难免有情。一代雄主唐太宗,虽弑兄弟,夺取帝位,但面对儿女也难免流露真情。

老萨因为查找高阳公主的资料,翻看《新唐书》,偶然看到一段令人感动的文字,那就是唐太宗第十九个女儿晋阳公主的小传。

小传的全文不长。这段文字,与其说是史料,不如说更似抒情之作。

　　晋阳公主，字明达，幼字兕子，文德皇后所生。未尝见喜愠色。帝有所怒责，必伺颜徐徐辩解，故省中多蒙其惠，莫不誉爱。后崩，时主始孩，不之识；及五岁，经后所游地，哀不自胜。帝诸子，唯晋王及主最少，故亲畜之。王每出合，主送至虔化门；泣而别。王胜衣，班于朝，主泣曰："兄今与群臣同列，不得在内乎？"帝亦为流涕。主临帝飞白书，下不能辨。薨年十二。帝阅三旬不常膳，日数十哀，因以癯羸。群臣进勉；帝曰："朕渠不知悲爱无益？而不能已，我亦不知其所以然。"因诏有司簿主汤沐余赀，营佛祠墓侧。

　　晋阳公主，性格温婉。在太宗发脾气时，晋阳公主察言观色，事后会找机会慢慢为人辩解。朝臣多受其恩惠，因而都喜爱这位小公主。长孙皇后去世的时候，只有时封晋王的李治和晋阳公主最小，所以悲痛的太宗开始亲自照顾这两个孩子。

　　晋阳公主的小传不过二百字，其中"涕""泣"字出现了三次，两次是公主泣，一次是太宗为公主泣。有泪无声谓之泣，都是伤心到了极点吧。

　　太宗给晋阳起乳名"兕子"。太宗的子女中乳名被记入史册的，其中有李治（乳名"雉奴"）和晋阳（"兕子"）的。这两个乳名，都不雅观，晋阳的乳名尤甚。

"兕"在古文中被认为是与犀牛并列的一种动物。据《山海经》记载，"兕在舜葬东，湘水南，其状如牛，苍黑，一角"。中国古人可能把双角的犀牛称为"犀"，而把独角的犀牛称为"兕"，具体说来，兕应该是中国的小独角犀，也就是爪哇犀。这种犀牛的分布区与《山海经》的描述接近，今天中国已经没有这种动物了。

　　所以，兕是一种粗笨的动物。史料中没有具体记载晋阳公主的相貌，不过她的母亲长孙皇后的乳名是"观音婢"，想来她应该聪慧而美丽，与犀牛这样的动物毫无相似之处。猜测，可能自幼失去母亲的晋阳，身体一直不是很好，作为父亲的太宗希望她能够如同小犀牛一样强健吧，这比对于女儿容德的希望更为强烈。民间有一说，将名字起得贱一些，阎王的生死簿上是不好意思写上的，或许太宗也有此心。此时的太宗，似乎忘掉了自己的"天子"身份。

　　唐太宗，以其政绩无愧千古一帝，而在李宗吾先生看来，其人格是厚黑学的极致。理由是玄武门之变李世民杀兄长建成、弟元吉，迫高祖退位而粉饰史书，此人的脸皮可算厚到极点了，心也黑到了极点，所以才能如此成功。后人不能成功如此，盖脸皮不够厚，心不够黑。

　　或曰，宗吾厚黑，终是书生气。

　　而在我看来，这一解依然未必正确。

　　太宗人情味儿的一面，并不仅仅表现在对待女儿上。他的妹妹丹阳公主嫁给了猛将薛万彻。薛万彻粗鲁，丹阳公主羞于与其同席，夫妻感情有了问题。太宗知道后大笑，要给妹妹家调解矛盾，于是召集公主驸马们宴饮，席间故意让驸马们以自己的宝刀为赌注，进行比武，并暗中示意大家输给薛万彻。结果宝刀都落入薛万彻之手，丹阳公主这才觉得夫婿也是个大英雄，自己很有面子。"喜，命同载以归。"[1]

若李宗吾先生读此，必曰，薛万彻是太子建成的嫡系，李世民借此伸手拉人呢。

那么太宗哭女呢？或许是"故意显示仁慈以拉拢人心"吧。

若只有玄武门一事，太宗不过一司马昭而已；我想，若只有黑和厚，天下是不可能有贞观的。

在丹阳面前，他是一个兄长，在晋阳面前，他是一个父亲，或许，渭水桥的机变和玄武门的阴谋一样，皆为太宗的本色。

这大概就是太宗之为太宗，而宗吾之为宗吾吧。

再读这段晋阳公主小传，短短的文字之下，似有无限的感伤。在她短暂的生命中，可依恋的除了哥哥，大约只有父亲吧。

忽然有一种想法，莫非留下这段记录的史官，也是"多蒙其惠莫不誉爱"的朝臣中的一员？不然，何以这段文字如此的精炼，又如此的让人心动呢？

掩卷叹息，那个眼看唯一相依为命的哥哥又要远离而哀哀饮泣的小公主，仿佛就在眼前。

这件事并不是孤证，《唐会要》记载：贞观十六年七月三日，

---

[1]《新唐书·列传第八》

敕晋王宜班于朝列。晋王及晋阳公主幼而偏孤，上亲加鞠养。晋王或暂出阁，公主必送出虔化门，涕泪而别。至是公主言于太宗曰："兄今与百僚同列，将不得在内耶。"言讫哽噎不自胜，上为之流涕。

文字大体相同，唯末尾一字，《新唐书》为"乎"，《唐会要》为"耶"，前者是还似带有一线希望的询问，后者，则带出了明了后的无奈。不管怎样，这个聪慧的女孩儿明白自己的兄长再不能如以前一般和自己嬉笑游戏了吧。

李治的感受如何，我们无从知道。

《新唐书》中另一段描述或许可以做个注解：新城公主，晋阳母弟也。下嫁长孙诠，诠以罪徙巂州。更嫁韦正矩，为奉冕大夫，遇主不以礼。俄而主暴薨，高宗诏三司杂治，正矩不能辩，伏诛。以皇后礼葬昭陵旁。

翻译成白话文，就是说：新城公主，是晋阳公主的同母妹，下嫁长孙诠，长孙诠因为犯罪被贬斥到巂州。改嫁韦正矩，韦任职为奉冕大夫，对公主粗暴无礼。不久公主急逝，高宗令三司审问韦正矩，韦不能自辩。高宗遂杀韦正矩。以皇后礼将新城公主葬在昭陵旁。

因为公主死而杀驸马，即便驸马有逾矩之处，也是比较罕见的，这显然是有伤皇家体面的事情。而且，对此事的处理还远不止于此，高宗更因此贬斥做媒的东阳公主一家。考古挖掘新城公主墓时，发现壁画上所有的侍女都没有脸部，据专家推断，这是因为高宗认为这些侍女没有照顾好公主，无颜见公主于地下。

高宗，就是原为晋王的李治。

新城公主应该是李世民和长孙皇后最小的女儿，但历史上没有记载李世民对她有特别的疼爱。老萨推测既然晋阳公主在长孙皇后死时只有四岁或更小，而长孙皇后从病至死历时约两年，所以新城公主很可能是在皇后生病期间出生的（长孙皇后卒年三十六，死于哮喘），或许新城公主也因此为太宗所不喜。

李治即位的时候，晋阳公主的墓木已拱，即便想疼爱这个小尾巴似的妹妹也无从做起。对于李治来说，在新城公主这个最小的妹子身上，或许也寄托了他对晋阳的爱。葬新城以皇后仪于昭陵，是不是也有对晋阳的歉疚？晋阳死时因为年幼，按照当时的礼制是不能与父母同葬一陵的。

正因为如此，妹妹的悲惨遭遇，让李治心痛乃至做出了超出寻常的报复举动。

高宗其实是个政治上很有成就的皇帝，永徽的光芒只是被掩盖在了贞观的灿烂之下，但李治为人感性，这也是众所周知的。

## "万事不会,唯会做官家"的皇帝

**【小编按语】**

【宋仁宗赵祯(1010—1063年),宋朝第四位皇帝,真宗赵恒第六子,在位四十二年,也是宋朝在位时间最长的皇帝。在位期间可谓是"万事不会,唯会做官家"[1],是个胸怀大度的仁君。他去世后,不仅百姓痛哭流涕,连辽国皇帝都为之悲伤。直到七百年后,看谁都比自己差一大截的乾隆皇帝,也不得不承认:平生最佩服的三个帝王,除了康熙和唐太宗,就是宋仁宗了。不过,这样一位仁君,也好色,也闹离婚,让我们看到皇上也有男人的苦恼。】

### 皇帝的离婚案

如果说古代的一起离婚案对当下仍有重要参考意义,那肯定有人反对,因为在婚姻法的有关规定上古今差别实在太大了。

古代男尊女卑,男人要想离婚通常比女性简单,如果妻子犯

---

[1] [宋]施德操《北窗炙輠录》中载有:"周正夫曰:'仁宗皇帝百事不会,只会做官家。'"

有"七出"之过，不需要对方同意就能离[1]，这今天能参考吗？

通常来说，有权势的男性，选择权要比普通人大些。但想要随心所欲却不太可能，即使是至高无上的皇帝也得有诸多的考虑。

为何？原因无他，在古代人的心目中，皇帝是大君，皇后是小君，一阴一阳，都是国家的象征。那时候的人相信天人感应，俗话说天家无小事，一旦阴阳不调，弄到要离婚的份儿上，上天会降下灾难示警。

更现实的原因是，皇上的婚姻掺杂了太多的政治因素，常常是用来平衡朝局或者拉拢群臣的砝码，一旦离婚，便可能会带来现实的政治危机。

所以，如果皇帝露出废后，也就是要离婚的口风，便会有很多大臣前去谏阻，前仆后继，皇帝要和整个朝堂打擂台，如果不是心志坚定或者背后有谋士出谋划策，这种事儿是很难干成的。即便真的办成了，得罪了士林，朝政上恐怕也会出问题。可见，即使是天下至尊，皇帝要离婚一样要受到很多制约。

然而，宋朝的第四个皇帝，宋仁宗的离婚案却是处理得比较成功的——明道二年（1033年），这位皇帝因与皇后感情不和要求离婚，最后还真离了，而且舆论普遍还站在了仁宗一边。

---

[1]《仪礼·丧服》曰："七出者，无子，一也；淫泆，二也；不事姑舅，三也；口舌，四也；盗窃，五也；妒忌，六也；恶疾，七也。"但"七出"中有三种情况是不能休妻的：一是夫妻先贫后富，如果休妻，男人会被视为不义；二是妻子为公婆尽孝道；三是女方娘家没有人的，一旦女方被休就会无家可归，这种情况下男人休妻会被视为不仁。

宋仁宗和郭皇后两人并不是自由恋爱，而且当时仁宗十分不情愿。因为他已心有所属，一位张氏小姐。但仁宗的养母，当时垂帘听政的刘太后却选中了郭皇后，仁宗不得不从。插一句，这位刘太后大家也并不陌生，她就是"狸猫换太子"中的那位太后。

婚后的郭皇后，酷似一个小辣椒，不让宋仁宗前往其他妃嫔处，还时不时给刘太后打小报告——这整个儿一个潜伏在皇帝身边的女间谍啊。

刘太后在的时候，仁宗也就忍了，但皇帝多亲近嫔妃是一种责任，这样才能及早诞生继承人。皇后阻止皇帝接近其他嫔妃，也算是犯了"七出"之一。以现在法律而言，这属于包办婚姻，感情破裂，调解不成，是要判离的。

说起来，这位皇帝和皇后的关系从一开始便不正常。郭皇后从辈分上说竟然是仁宗的表姨！

这并不是老萨编造历史，宋史中对于名人的族系都是有记载的，郭皇后的伯父郭守璘和仁宗的爷爷宋太祖赵光义是连襟，娶了同一对姐妹，从辈分上来说郭皇后是仁宗的表姨！如果在今天的话，这桩婚姻恐怕就不会出现！古代人虽然对近亲结婚不敏感，但辈分问题肯定是个大事儿……

既然如此，怎么能让两个人结婚呢？

这可能是出于政治考虑。刘太后选中郭皇后，一是郭皇后出自将门，是个女汉子，这丫头能帮自己看好皇帝不惹事，二是其显赫的家世。郭皇后的祖父郭崇威父祖皆是代北地区的酋长，而他本人也是北宋初年和契丹交战时的一员大将，代表着北方将门。北宋时皇室交好将门，是国策，其中一个重要手段便是联姻。所以宋仁宗和郭皇后这段不甚合礼法的婚姻带有强烈的政治色彩，若是二人离婚，很容易让将门误解为皇室的态度出现了转变，所以，这件事无法完全用律法解决。

皇帝要离婚，从来不是皇帝自己下决心就行的，所谓天家无私事，过不了朝臣这一关，那就不要想。

仁宗要离婚的原因是感情不和，从朝臣的角度来看皇帝离婚从来都是政治问题：皇帝离婚明显是把个人放在了国家之上。一旦涉及国家安定的大事，皇上就应该少给政府添麻烦，要相忍为国才对，所以如果不是皇后淫荡或是谋反，他们天生就是皇后的律师团。宋朝的大臣和明清不同，是和皇帝坐着讨论朝政的，战斗力超强，遇到这样妨害安定团结的事情，怎么可能轻易放过呢？

偏偏仁宗不是一个强势的皇帝。有一次仁宗宠爱的张贵妃，想让自己伯父张尧佐升个官，枕头风吹了无数，临上朝的时候还在谆谆嘱托。结果仁宗一提出来便遭到众官喊打喊杀。仁宗吃不消了准备跑路，竟还被包拯抓住衣袖苦苦劝谏，被唾沫星子喷了一脸。这位皇帝回去也只是唠叨了一句"险被臭汉熏杀"，也就没了下文。在朝堂这个大法庭上，作为原告，一贯好脾气的仁宗皇帝，怎么能打得赢这一朝"穷凶极恶"的皇后律师团呢？

说起来，仁宗也是有支持者的，这就是当朝宰相吕夷简。

吕夷简出身名门，所谓"大事不糊涂"的名相吕蒙正是他的叔父。不过他能够当上宰相，并不是因为家世，而是确有治世之才，后来的宰相王珪称赞他"聪明亮达，规模宏远"，但他也以善权谋、工于心计著称。

不是说大臣们天生都是皇后的律师团吗？吕夷简怎么不一样呢？

这是因为他和皇后有私怨。刘太后去世的时候，仁宗亲政，一朝天子一朝臣，自然要换上自己的班底，而刘太后垂帘听政时期的大臣张耆、夏竦、晏殊等人纷纷被下放外地，这件事便是仁宗和宰相吕夷简商议处理的。然而，小辣椒郭皇后听闻此事，不以为然地对仁宗说："夷简独不附太后邪？但多机巧善应变耳。"[1]意思是吕夷简难道不也是依附太后的人吗？他只不过是比较狡猾，善于随机应变而已。这么一说，仁宗觉得也有道理，第二天传达下放人员名单的时候，便把吕夷简也放进去了。吕夷简听到自己的名字也在其中，特意外，完全不知道是怎么回事儿。后来吕夷简在宫中的好友、宦官阎文应告诉他，是郭皇后说了坏话。

吕夷简是社稷之臣，不久仁宗觉得离了他还真不方便，就又把他召回来当宰相，但老吕和皇后的梁子，自然是就此结下。

不过，吕夷简虽然位居宰相，堪称"大律师"，但面对废后

---

1 《宋史·列传第七十·吕夷简传》

这样的事儿，他也不敢明确支持皇帝。

明眼人看来，皇上有理，皇后有势，虽然律师团里有皇帝的内应，但总的来说对皇帝不利。不过，仁宗皇帝在召见重臣们讨论离婚的事情时，一个小人物给他出了个绝妙的主意，彻底扭转了局面。

这个小人物，便是前面提到的那个宦官阎文应，面对随时可能来哭谏，甚至死谏的大臣们，阎文应对皇上说：请您把领口解开给各位宰辅看看。当皇上真的把衣服一脱，满堂皆惊，鸦雀无声，人人心中不由自主地嘀咕着——那啥，不作不死啊。

宋仁宗性格宽和，他和郭皇后固然有种种矛盾，但这么多年夫妻过下来，也不是没有感情，当时甚至听了郭皇后的话把吕夷简给罢免了，这说明他还是挺信任自己这个老婆的。怎么就闹到要离婚的地步了呢？

原来是皇帝的尊严受到了挑战，这个至高无上的男人竟然遭遇了家暴！

那个时代，没有录音机也没有摄像头，皇上说皇后对自己家暴，能有证据吗？还真是有证据的——元刻版《宋史全文·仁宗卷》对此有一段生动的描写："宫人尚氏、杨氏骤有宠。尚氏常于上前出不逊语侵后，后不胜忿，起批其颊，上亦起救之，后误批上颈。"仁宗宠幸宫中的尚美人和杨美人。尚美人恃宠而骄，在皇帝面前说对皇后不恭敬的话，皇后大怒，起来打她的嘴巴，仁宗赶紧跳起来去救，皇后误打了皇帝的脖子。

难怪仁宗要离婚，这实在是受不了啊。

要知道男人多少都好面子，写《梦溪笔谈》的沈括屡次被老婆家暴，有一次连胡子都被扯下一绺，却还要百般掩饰，留下"家中的葡萄架子倒了"这样的典故。把老婆抓伤的地方给大臣们看，仁宗这也是豁出去了。

看到皇帝脖子上抓痕的大宋臣子们，恐怕也不敢再替皇后辩论了——都是男人，如果给社会树立这么一个母老虎的典型，自己家的葡萄架子会不会倒？！这可是比政治问题更加严重的事情，是可忍孰不可忍。

在众宰辅瞠目结舌之下，吕夷简大律师当即发难，要求法庭接受皇帝的离婚请求。

大概是平时被群臣欺负惨了，皇上还有点儿战战兢兢——"仁宗疑之"，但吕夷简马上发表了雄辩的公诉："汉光武帝刘秀可算明主啦，他也有一个郭皇后，只是因为怨怼就被废掉，何况这一位伤了陛下您的脖子呢？"[1]

果然，这件事很快在重臣中便达成了共识，唯一给郭皇后留有颜面的是将离婚理由从"家暴"改成了"无子"。

这一消息传出去之后，倒是有几个不明真相的言官出来打抱不平，而皇帝这回底气足了，只是让他们自己去见宰辅，由宰辅向其说明真相——皇上也不能见谁都脱衣服吧？结果好几个言官

---

[1]《宋史·列传第七十·吕夷简传》："仁宗疑之，夷简曰：'光武，汉之明主也，郭后止以怨怼坐废，况伤陛下颈乎？'"

因为这事儿被下放外地——考虑到被下放的都是吕夷简的政敌范仲淹等人,恐怕是这位大律师趁机打击了一下政敌。

将门会不满吗?当然不会,难道他们家里没有葡萄架子吗?而仁宗皇帝定下的新皇后是大将曹彬的孙女,也是将门之后,大家自然更不会说什么了。

于是,这起离婚案顺利通过。

等等,本案被告连申诉的机会都没有,难道不值得同情吗?

这件事还有后续——仁宗是个重感情的皇帝,离婚后再娶了曹皇后,过了一段时间偶然在宫中看到郭皇后用过的轿子,顿时忆起小辣椒的种种好处,不觉想念起来,于是派人探望已经废为净妃,幽居长宁宫的郭皇后,赐以乐府。此后,还想召她回宫。结果,这位前皇后回答说:"若再见召者,须百官立班受册方可。"[1]也就是说,让我回来可以,需要百官出席,重新册封我为皇后才行。

这么一来,宋仁宗也不好做什么了——你派人探望前妻,送东西,曹皇后都没有说什么,已经算是很给面子了。现在若是照着她的要求来,把人家曹皇后放在哪儿啊?

于是,这件事只能就此作罢。

## 皇帝也是人

话说这位宋仁宗,也是一位比较有意思的皇帝。说起宋仁宗,

---

1 《宋史·列传第一·仁宗郭皇后传》

大家可能一时没反应过来，毕竟中国历史上建有丰功伟业的帝王太多了，而在历史的记载中，仁宗一生似乎没有多少像样的功绩。

大家一定听说过《狸猫换太子》，这位宋仁宗就是那个狸猫太子。据《宋史》记载，其母李氏生下仁宗后，被刘德妃窃为己子，仁宗即位后，仍认刘后为生母，李氏临死也没敢母子相认。刘氏死后，仁宗才知道内情，追封李氏为皇太后。后人根据这段历史编写成了《狸猫换太子》。戏里的刘太后是个老刁婆，历史上她虽然有夺人之子的残忍，治国倒是很有一手，宋仁宗早期就是她"垂帘听政"，天下太平得很。

仁宗时期，于内，范仲淹的"庆历新政"无疾而终；于外，偌大的大宋，竟然向少数民族政权送岁币，几十年没有改变，大伙儿觉得这位皇帝窝囊了点儿。

不过，宋仁宗还是有很多可圈可点之处，宽容仁厚，能容忍各种激烈的批评意见，哪怕是对他的私生活妄加非议，也从不挟愤报复。他可是中国历史上第一个庙号中有仁字的皇帝。他的很多事情被生动地记录下来，这些趣事让我们时隔千年，仍能感受到这位皇帝是怎样的一个人——

仁宗的才华：

宋仁宗深受祖辈熏陶，和宋徽宗一样，也是一位附庸风雅、爱好书画的皇帝。他擅长飞白书法。宋欧阳修云："仁宗万机之暇，无所玩好，惟亲翰墨，而飞白尤为神妙。"[1]

---

[1]《归田录·卷一》

仁宗好色：

仁宗喜欢女色被写入史书，看来不假，奇怪的是却没有后代，生了三个儿子都是早夭。他的飞白书法，其实是和皇后一起研究的。曹皇后是北宋大将曹彬的女儿，虽然出身将门，却熟读经史，也善飞白书，又和仁宗一样喜欢节俭，亲自带领宫嫔们在苑内种植谷物，采桑养蚕。两口子一起写写字，谦谨节俭，是模范夫妻。

可是仁宗确实好色，于是，有个大臣王德用就进献了美女，皇上很受用。

但是马上就有那种死羊眼的大臣来劝谏了。来的这位叫王素，他老爸王旦也是宰相，父子都是敢于对皇上扔砖的——请皇上以国事为重，不要贪恋女色，等等。仁宗皱着眉头听着，很舍不得的样子，最后还是咬着牙同意了。王素虽然死羊眼，却不是没情商，看皇上这个样子，就说："皇上知道错了，也就罢了，这女子既然已经进宫，过几天再送出去也不晚。"这么一说，皇上的眼泪就下来了，说："朕虽然是帝王，但也和普通人一样有七情六欲，若是让她待久了，有了感情，朕就舍不得赶她走了啊。"

仁宗的节俭：

有一天早上起来，仁宗对亲信太监说："昨天夜里想吃烤羊腿，馋得睡不着，给朕烤点儿来吃。"那太监笑道："皇上昨晚干吗不招我来办呢？"仁宗道："假如让你去办，以后大家知道了，就要每晚预备，那要杀多少羊呢？浪费。"[1]

又有一天，仁宗吃高兴了，对身边的人说："今天的这个蚝，很好吃呀。"仆从高兴地回道："当然了，皇上，这是海边送来的呢。"皇上就问："那要不少钱吧？"仆从回说："一个运过来要二百钱呢。"仁宗当时脸就绿了，说："朕这有十个蚝，一吃就是两千钱，朕吃不下了。"

仁宗怕大臣：

据《邵氏闻见前录》记载，有一天，宫里做道场，皇上觉得热闹也要去看，看完挺高兴，吩咐说："赏每个和尚一匹紫绸子。"和尚们喜出望外，连忙谢恩。这位皇帝却顾不得会不会丢份了，认认真真地说："明天你们从东华门出宫，把紫绸子都藏在怀里，别让人看见了。"至于原因，他也如实道来——"恐台谏有文字论列"[2]。

仁宗爱和平：

有一次，大臣报告，说高丽国越来越不像话了，送来的供品越来越少，索要的回礼却越来越多，明摆着不把大宋当回事，请仁宗派兵把它灭了吧。仁宗语重心长地说："这只是国王的罪过。

---

[1] ［宋］魏泰《东轩笔录·卷三》："一日晨兴，语近臣曰：'昨夕因不寐而甚饥，思食烧羊。'侍臣曰：'何不降旨取索？'仁宗曰：'比闻禁中每有取索，外面遂以为例。诚恐自此逐夜宰杀，以备非时供应，则岁月之久，害物多矣。岂可不忍一夕之馁，而启无穷之杀也？'"

[2] ［宋］邵伯温《邵氏闻见前录·卷二》："仁宗朝，因赴内道场，夜闻乐声出云霄间。帝忽来临观，久之，顾左右曰：'众僧各赐紫罗一匹。'僧致谢，帝曰：'来日出东华门，以罗置怀中，勿令人见，恐台谏有文字论列。'"

现在出兵,国王不一定会被杀,百姓却会因此遭殃。"

仁宗在位四十二年,统治期间国内富庶。1063年,病逝于宫中福宁殿,终年五十四岁。

讣告送到敌对国家辽国,那时辽国的皇帝是《天龙八部》里面萧峰的大哥耶律洪基,得知此讯,耶律洪基握着使者的手,号啕痛哭道:"四十二年不识兵革矣。"一时竟然"燕境之人无远近皆聚哭"[1],可见受惠于他的不只是宋朝百姓。

看看仁宗这一生,就忍不住叹息一声:"这皇上,也是人啊。"

---

1 [宋]邵伯温《邵氏闻见后录·卷一》:"仁皇帝崩,遣使讣于契丹,燕境之人无远近皆聚哭。虏主执使者手号恸曰:'四十二年不识兵革矣。'"

## 到总参三部去见朱祁钰

【小编按语】

【明代宗朱祁钰（1428—1457年）乃明朝第七位皇帝，明英宗朱祁镇异母弟。明英宗在土木堡之变中被瓦剌俘虏，为稳定政局朱祁钰被拥立为帝。景泰八年（1457年）正月，夺门之变爆发，明英宗复位，朱祁钰被软禁于西苑，不久去世，葬在北京西山，是明朝迁都北京之后，唯一一个没有被葬于明十三陵的皇帝。】

因为采访一个老兵，路过总参三部干休所，快出门时偶然一抬头，注意到不远处露出一片红墙黄瓦，古意斑驳。部队单位内部还有仿古建筑？不觉新奇，问路人，才知道那竟然是《女医明妃传》中腹黑男朱祁钰的最后归宿——景泰陵。

信步前往，果见一座明代特色的碑亭，亭中一座清代乾隆年间的御诗碑，刻有"大明恭仁康定景皇帝之陵"字样，却不是安放在传统的"驮碑乌龟"——赑屃背上，而是放在一座莲花托座上，可谓颇有特色。明代宗朱祁钰的年号是景泰，故其陵墓又被称为"景泰陵"。

转了一圈,才发现,我是从侧面走到景泰陵的,它的墓道为南北向,碑亭前尚有一座祾恩门,也是黄色琉璃瓦覆顶。这是景泰陵仅存的建筑,周围则保存着大片的绿地,以及古柏苍松。

朱祁钰是明朝十六帝中除明太祖、建文帝外唯一没有葬于北京十三陵的皇帝,他的墓地颇为简陋,是按照明代亲王礼仪安葬的。

电视剧是电视剧,历史是历史,谈起这位电视中英俊而小心眼的皇帝,一般人认为黄轩版的朱祁钰是被丑化了的,加入了现代人的阴暗心理。有不少人为其痛惜——历史上的朱祁钰于危难中登基,随后明军便打赢了抗击瓦剌的北京保卫战,击败也先挽救危局,算是一位于社稷有功的皇帝,却在病重时被兄长朱祁镇复辟成功,被废除帝号后暴亡。

老萨对这位命运多舛的皇帝,倒是另有一番理解。

若是说他和朱祁镇的兄弟之争,腹黑方面他的确不如其兄。朱祁镇打仗不行,但身段之柔软,之善忽悠天下难寻。他在土木堡被俘后,虽然当了俘虏,但竟以气度非凡博得蒙古对手的好感,尤其是和也先弟弟伯颜帖木儿感情深厚,《明史演义》和《正统临戎录》皆有对应的记载,说伯颜帖木儿送他走时依依不舍。一曰:"我等敬事上皇,已阅一年,但愿上皇还国,福寿康强,我主人设有缓急,亦得遣人告诉,请转达上皇,莫忘前情!"一曰:

"我每伏侍了皇帝一年,今日天可怜见,皇帝回去……太师今日着我送皇帝来,我这等心里的话奏在皇帝心里知道……你若回家去坐了皇帝位时,就是我的主人一般。我这里有些好歹,我便表投你。"[1]

第一段话多少有些矫情,个人以为掺了大明永远正确,是宇宙中心这类的理念,第二段话虽然不乏错字,倒是更多了几分真实。

至于说兄弟俩谁更加厚道,祁钰当皇帝,祁镇回来了,八年后还能活蹦乱跳地砸门;而祁镇当皇帝后,祁钰不到一个月就翘辫子了。这种事,不说也罢。

不过这些话估计不少人说过,但除了几分野史之趣外,并无可取之处。

真正有点儿价值的,恐怕还在于祁钰为何如此"厚道"。

从事实来看,祁钰对他哥哥十分顾忌,恨不得他早死。但他最终也没杀哥哥,恐怕并非是还有一丝亲情,而是没法杀。

朱祁钰大概是有明以来最弱势的一个皇帝,朱祁镇的存在或是文官集团用于制衡他的一个筹码,不可能容他杀了朱祁镇。

这位英俊小生是大臣们在混乱中拥立的,既无准备,又无基础,毫无话语权,第一天议政大臣们便在朝堂上打死了人,他连避开都不敢。他的母妃是汉王府罪女,外戚也不得力,在朝中全

---

[1] [明]杨铭《正统临戎录》

无着力处，所以虽然是皇帝，并没有掌握足够的权力。

明朝开国以后皇权与文官集团的权力博弈，至此第一次出现了文官占全面优势的局面。

明朝建立后，朱元璋实行的是全面的集权制度，但子孙没有他的这份能力，所以渐渐变成依靠大臣（文官集团）和宦官（家奴集团）平衡治国的特色。明代文官集团有自己强大的利益链，比如江南的海上走私和漠北的晋商走私，都有他们的影子。这也不是坏事，如果皇家和文官的斗争最后能够形成一种有法律依据的分权，那未必不是中国之福，但双方的斗争贯穿始终，只围绕利益和权力的归属无序进行，最终皇帝有心无力，大臣有力无心，把国家推向了崩溃的边缘。

在这种博弈中，崇祯朝是坏典型——皇帝动辄杀大臣，使其没有安全感，从而离心，大臣则不在乎改朝换代，不能也不敢把社稷当自己的事情。

景泰帝登基是典型的以于谦为首的文官集团与皇权合力，共同挽救危局案例。

此后，占据主动的文官集团以天下为己任，在自律和治国方面都做得很好，景泰帝多数时候属于橡皮图章——皇帝这种生物可能还是做橡皮图章对国事好一些。

景泰帝做橡皮图章，可以从以下几件事中得到印证。景泰帝之前，天子立储敢站出来说话的大臣不是二愣子就是帝王的亲信，而且得小心翼翼。岳飞就是因为立储得罪了皇帝，那么大的功劳也被杀了。只有在景泰帝这里，大臣谈立储简直是家常便饭，谁也不担心掉脑袋。他死后有人拍英宗马屁，说景泰帝滥封，太子太保这个级别的一封十个，仔细想想，这其实不是皇帝的问题。

不过皇帝这种生物通常不会坐视大权旁落，尤其这种大权旁落还不是落于某个"曹操"之手，而是可能形成与皇帝分权的制度性惯例，所以大臣们自然要警惕朱祁钰试图夺回权力。

搞个法律体系搞定这件事情，在当时并不现实。于是，养着朱祁镇，既让他活着，又不让他复辟，便是在朱祁钰身边放一个定时炸弹，随时可以让他变成海昏侯。一切似乎就此太平无事，文官们想得很好。一旦让朱祁镇复辟，他的背景会使他成为一个强势皇帝，但这也不是文官们想要的。

不幸的是他们忽略了还有一个早被打得不成样的武勋集团，在文官和皇帝都一错眼珠的时候，石亨等鼠目寸光的家伙发动了一场"夺门之变"（又称南宫复辟），杀了于谦，拥英宗复位，文官们喜欢的世界就此一去不复返。

英宗与文官们的博弈，依然在可控的范围，到了武宗（朝中有"八虎"）和世宗（嘉靖）的时代，就完全反转过来了。

再经历了张居正死后被抄家，险被开棺鞭尸，其家属或饿死或流放之事，大臣们也寒了心，所谓天子与士大夫共治天下，不过是镜花水月，于是大家不妨多为稻粱谋，国家事，管他娘，忍把浮名，换了浅斟低唱。

皇帝在朝中安全了，帝国在世界迅速衰落，最终，曲终人散，一拍两散。

历史要说复杂了，就这么复杂。

景泰陵的享殿旧址已经变成了一个门球场，老人们嬉笑着在这里为一个球争来争去。但这里也不过就是个门球场，打法和我们家门口那个没有两样。

历史，说简单，就简单。

# 御医的药方不治病

**【小编按语】**

【嘉庆帝(1760—1820年)是乾隆的第十五子。乾隆六十年(1795年),乾隆把皇位传给了嘉庆。这是历史上最顺利的一次传位,但也仅仅是"传位"而已。直至乾隆逝世,嘉庆才亲政,诛杀权臣和珅,整饬内政。但可惜内乱频仍、外患渐逼,嘉庆帝背着治国无方而致国势中衰的黑锅遗憾而去。】

有一段时间老萨的心脏不太好,做了治疗以后大大缓解,但仍然不时要拜访几位大夫。其中一位李洪岩医生出身中医世家,问诊之余谈起清宫的脉案,觉得颇有所得,于是节录于此,也算对历史的一点儿探索。

在存放皇家档案的皇史宬,有一部分资料最近很受青睐,这就是清代各位皇帝的医疗档案,俗称"清宫脉案"。皇史宬是中国明清两代的皇家档案馆,是我国现存最完整的皇家档案库。如果要查皇室的事,去皇史宬准没错。

不过，来皇史宬的医生不多反而电视台的编导不少。这是因为养生节目深受欢迎，跑到这儿来查当年太医们有什么绝招的节目编导络绎不绝。其实这并不靠谱，因为皇上和后妃们大多也没有比一般人多活几年，考虑到他们的医疗条件，让人深深怀疑当年的太医有混饭的嫌疑。

皇家药方，倒不是没有，而且大多副作用小、用料环保。但从实效角度，再考虑到医学这些年的进步，当年这些药方适不适合现代人服用，可就不好说了。不过，这显然还是有价值的。国人喜欢秘方，认为秘方几乎可以包治百病，所以市面上有很多打着清宫秘方旗号的大力丸、春药等，上当的不知凡几。

以我的看法，这些脉案的历史价值多于医学价值，我们可以从中发现若干帝王们的秘密。比如，清朝几位皇帝到底是怎样龙驭上宾的。

拿嘉庆帝为例，这位皇帝的身体一向很好，而且弓马娴熟，却在去避暑山庄时暴卒，整个病程勉强算来也只有一天多不到两天的时间。前一天皇帝还骑马飞驰，第二天便翘了辫子，这事儿怎么看都有些蹊跷，以至于民间有嘉庆是被雷劈死的这样的怪诞说法。

然而，事情可能没有那么玄虚。如果用现代医学术语来说的话，嘉庆的病症，太像心肌梗死了。

从嘉庆帝的脉案中，可以看到嘉庆老爷子发病之前便是个典型的心梗潜在病人。嘉庆帝的饮食肥腻而少蔬菜水果，以致身体肥胖。即使上了岁数他还是如此，以致肠胃经常出问题，焦三仙、猪苓一类的药物在他的药方中经常出现。饮食不加节制，年纪大点，就会体重超标、血脂过高，从而引发经常性的头痛、眩晕。这都是典型的高血压症状。在现代，只要服用降压药，调整饮食，这也不是什么大病。

嘉庆年间没有现代的降压药和血压计，但他的太医们还是看到了问题，而且在努力解决。他常用的所谓解热祛湿之剂，应有一定的效果。不过，心梗病人的大忌，是过于勤奋。

嘉庆在清代诸帝中不算是最有才能的，而他接手的帝国又问题重重，西有英国人支持的张格尔叛乱，东有白莲教起义，白莲教甚至打进了皇宫。以一人治天下，嘉庆又不想凑合，其辛苦和压力可想而知。

这一切积蓄下来，引发问题也就在情理之中了。嘉庆发病是在去避暑山庄途中，于七月二十四日感到不适。当时没有高铁，去避暑山庄是一件辛苦的事情，即便是皇上，从北京到承德也要走七天。天气酷热，加上这时嘉庆已经六十岁了，这样的长途跋涉对他来说也是不小的负担。

嘉庆感到不适的表现是在轿中感到气闷，于是出来乘马。他是个马上皇帝，骑术甚佳，直达避暑山庄，奔驰甚久。这时候，问题已经变得更加严重了——如果在轿中气闷只是由于缺氧，这在奔驰一阵后应该有所改善，但皇帝并没有觉得舒服，反而身上如针刺般疼痛，同时大汗淋漓。这是典型的心绞痛！

心绞痛最初往往是钝痛，常常伴随着压迫感、憋闷、发热等；重度的心绞痛往往伴随着大汗淋漓，而且肢体特别是左臂会骤发胀痛，但心绞痛倒不一定心脏疼，它的疼痛范围可以是弥漫性的。因为没有心电图，也不能查肌酸激酶，太医们没能立刻断定皇上是心绞痛，也能说得过去。

想当初老萨心梗第二天去一家三甲医院看专家号，也被当作颈椎病打发出来了。事后我的主治医生说您的心脏太有力了，不和以前的心电图对着看，一时也没看出来。看来即便是在今天误诊也是时有发生的，毕竟人体的构造太复杂了。

被当作中暑治疗的嘉庆据说当晚病情有起色。据记载，随行的太医郝进喜、商景霱、李澍名、苏钰等都参与了对嘉庆的救治，用了藿香正气丸、清鲜代茶饮、导赤代茶饮等调理的药物，没有任何药物是和心脏病有关的，假如嘉庆真的是心脏病，那这些药物不会有什么用处。如果放在今天，医生会告诉你心绞痛可能引起心肌梗死，症状也是间歇性的，太医们可能把两次心绞痛之间的间歇期当作了治疗有起色。而心绞痛背后喻示着冠状动脉梗死，引起心脏大面积缺血根本没法改善。

心肌梗死常常会因为劳累过度而诱发，这一点在第二天也就是二十五日便体现出来了——嘉庆每天早晨有看书、批阅奏折的习惯。尽管前一天身体不适，但仍然坚持工作。但大臣们一看批阅的奏折，便有些疑惑——这写的是什么啊，难道皇上病了？

大臣们比太医还提前发现了问题，这也不奇怪。历史上是有相同案例的，据说梁思成先生也是如此。在去世前，梁先生曾被连续批斗并被勒令写检讨。梁先生努力写出的检讨书却有些奇怪，文辞不通，宛如小学生的笔法，究其原因，便是梁先生已经患上了心肌梗死了，大脑供血不足，思维混乱。

嘉庆被大臣们发现思维混乱后，也支撑不住了，很快就陷入昏迷之中，不到晚上便找张仲景喝茶去了——皇帝肯定觉得自己死得有些遗憾，啥也没安排呢，就这么离开了，这得要引起多大的乱子啊，医圣你这一摊怎么管的？这些四平八稳的御医咋没把朕救回来啊！朕还想再活五百年呢。

心肌梗死造成的死亡通常都是猝死——心源性休克引起脑部缺血，因而离世很快。嘉庆折腾了半天时间，中间还苏醒过，可以说年轻时候的底子相当不错了。当然，也不排除嘉庆皇帝心梗之后引起脑血管等并发症，那病情就复杂了。

忽然觉得至少在疾病方面，帝王好像也不比咱普通百姓好多少——都得听从医生的摆布，也可能遭遇误诊，该受的罪一样也少不了，生死面前人人平等。

# 从陵墓揭开光绪皇帝死亡之谜

【小编按语】

【光绪（1875—1908年），慈禧的养子，可算得上是一位"囚徒天子"。光绪四岁登基，但即使十八岁亲政后，仍受慈禧的挟制，未曾掌握实权。在位期间的大事有甲午战争、戊戌变法、庚子国变。可惜这位空有治国理想却无力抗衡保守势力的无枷之囚，最终比养母慈禧早一天离世。而他的离世也留下了很多谜团。】

在明十三陵之一的定陵考古发掘之后，为了更好地保护地下文物，周恩来总理曾经指示，不再主动挖掘帝王陵。这一规定至今被我国文物部门严格执行着。

然而，这其中却有一个特例，那便是清德宗光绪的陵寝崇陵。1980年，文物部门在部队的配合下进入了崇陵地宫。这究竟是怎样的一次行动，其中又有怎样的发现呢？老萨采访了当时亲临现场的资深老记者，原中国电视艺术家协会纪录片学术委员会副会长西冰先生，他的讲述让我们重回了那个神秘的时刻。

作为一个弱势皇帝，光绪生前并没有修建自己的陵寝。在他去世一年之后，清朝廷才于1909年开始在清西陵为其择地营建陵墓，是为清崇陵。这一陵寝在1912年方才完工，此时民国已经替代了清王朝。按照清帝退位协定，民国政府有责任协助完成光绪的葬仪，在1913年与逊清小朝廷共同葬光绪帝于崇陵。作为一个封建皇帝，光绪却是在共和政府的主持下得到安葬的。

不幸的是，仅仅二十六年后，光绪的这座陵寝便遭盗掘，被洗劫一空。西冰先生曾经于1980年参加了对崇陵的考古发掘，这次发掘其实是典型的抢救性发掘。

原来，工作人员在同属清西陵的泰陵上发现了盗洞。

泰陵，是清雍正帝的皇陵，也是清西陵最大的陵寝，位于崇陵西南约四公里处。1980年春，清西陵文物保管所所长陈宝蓉在巡逻时于泰陵月牙城琉璃影壁右前方发现一个盗洞，怀疑泰陵地宫被盗，于是通过管理处上报国家文物局，国家文物局因此批准河北方面的发掘申请。

4月8日，河北省、保定市和易县文物局开始联合发掘泰陵，但在实际发掘中发现盗洞只深入到地下两米左右便消失了——这是一个没能打穿地宫的失败的盗洞。同时专家鉴定这一盗洞并非是近日形成的，应该是新中国成立前盗贼偷挖的，所以泰陵既没有被盗迹象，暂时也没有被盗危险。

在这样的情况下，社科院考古所所长夏鼐先生力主暂停对泰陵的发掘。这一主张得到了国家文物局的支持。国家文物局局长任质斌、副局长孙仙逸陪同夏鼐先生来到清西陵，制止了对泰陵的发掘，并下令将盗洞回填。

从今天来看，这无疑是一个正确的决定。但是，这对于当时很有期待的河北文物部门来说，无疑是有些失望的。也许正是因为如此，国家文物局在叫停发掘泰陵的同时，给了河北方面一个安慰奖——如果清西陵有已被盗掘的陵寝，可以进行发掘，以抢救残存的文物。

清西陵中，唯一确定被盗的，便是光绪帝的崇陵。

7月，河北省文物部门下达了对崇陵进行发掘考古的命令。考虑到发掘的工作量，除了文物局的人员以外，部队也派人参加了考古。西冰先生当时是作为河北电视台的见习记者参加工作的，他给负责拍摄发掘考古纪录片的摄影师田榕林充当助手。除了文物局的两个工作人员以外，还有工兵和一名军医在场。这位军医在此后的考古中充当了法医的角色，起到了很关键的作用。实际上，此前文物部门已经进行了一定的探查，确定盗洞已经通入地宫，也设法检验了地宫内的基本情况，证实光绪帝后的棺椁确实都遭到了盗掘。

盗洞位于琉璃影壁的前方，这说明盗墓贼十分有经验。正常情况下琉璃影壁后面的地下，便是将棺材运进地宫的墓道。盗墓贼将盗洞一直向下打，绕过金刚墙后再向上，形成一个巧妙的U字形盗洞，避开了破坏金刚墙的大工程。

与此前流传是某军阀部队盗掘了崇陵不同，专家根据盗洞的大小和墓内情况，推断盗崇陵的可能只有两个人：一个成年人指导并在外望风，一个未成年人进入墓穴盗窃。根据盗墓行当的惯例，他们很可能是父子俩。也正是因为进入墓穴的那个盗贼可能年纪不大，没有经验，很多珍宝才没有被盗出。

打开墓道后，由于几道石门已被盗墓贼打开，工作人员便直入墓室。西冰先生等也跟随拍摄。电视台使用的是一台16毫米摄影机，四个双联碘钨灯，以及一台长城135照相机，文物部门的工作人员也带了一台双镜头照相机。故此，发掘崇陵的工作尽管短暂，却留下了较为丰富的影像资料。

西冰回忆了当时的情景："我们到达崇陵第一天是拍摄墓道挖掘，当时工程尚在进行中。初进墓道，顿觉寒气逼人。由于正值夏季，天气炎热潮湿，外面的空气遇到墓道墓室的低温顿时凝成水汽，墓道墓室的顶部都在滴滴答答地滴水，很是潮湿。墓室地面好像下过一场雨一般湿漉。没有淤泥。拍摄按照计划从外向内进行，考古人员和工人按照规制逐一复原了几道墓门的关闭和打开的形态，以供拍摄所用。墓室内，正式拍摄前只有两盏工地照明灯泡，光线昏暗，周围似乎鬼影幢幢。待我们将架在墓室四角的碘钨灯全部打开，墓室顿时一片明亮，水汽也开始快速散去。我们拍摄了墓室现场的情况和几组特写镜头，接着又拍摄了文物专家勘查现场的情景，我也用照相机记录下了当时的场面。"

盗墓者留下的现场触目惊心，叫人不由得心生凄凉之感。进入墓室后，人们首先看到的，便是被揭开盖的棺材里躺着的隆裕皇后，化作骷髅的隆裕皇后仰面向天，两只黑洞般的眼睛直直望向上方，仿佛在诉说着不甘和愤怒。由于盗洞破坏了墓室的密封，地宫十分潮湿，顶部还在滴水，地上很泥泞。虽然时值盛夏，墓中却满是阴森。显然，不清除墓室中的积水，考古工作是无法进行的。

怎样完成这一工作呢？工作人员看到电视台的设备灵机一动。当时为了拍摄开挖光绪墓的纪录片，河北电视台配置了一辆发电车和四部强力照明灯，在场的考古工作者发现这种照明灯瓦数大，打开后热力强劲，于是与电视台商量，是否可以利用照明灯将墓室"烤"干。

不能不说这是个奇思妙想，也是个有效的奇思妙想。经过几个小时的"烘烤"，被盗的崇陵地宫终于现出了本来的面貌。

在地宫中，有两具比邻而置的棺椁，经过检查，棺椁都上过十道漆。每具棺椁的棺床四角各有一个石台，棺椁放在上面，与地面有一定距离。这两具棺椁，左侧的是光绪，右侧的是隆裕。既然崇陵是光绪皇帝的陵寝，大家关注的首先便是光绪帝的棺椁。在棺椁侧面左下方有一个砍开的破洞，人们注意到在破洞外面的地面上有一些散乱的细碎骨骼。

这是什么骨头呢？

那名军医戴上一副手术用的乳胶手套，准备扮演法医的角色——有意思的是这位"法医"居然是一位内科医生，此人胆大心细，后来竟然爬到了光绪皇帝的棺材里，猫腰蹲在里面进行清理。他看过之后判断，这是人足部的骨骼。事后人们推断，盗墓贼在打开棺椁之后，抓住光绪帝的两只脚，试图将尸体拖出棺外。然而，因为尸体已经腐烂，盗墓贼硬生生将尸体的两只脚拽了下来，也没能将其拖出来。于是，盗贼改为自己爬入棺木，将光绪帝尸身上的随葬品取下，再将尸体翻转过来，对其背后的随葬品进行洗劫。因此，光绪帝的遗骸是面朝下俯卧的。打开棺椁后，经过初步检查，这位皇帝的肉身除去少量软组织外，已经腐烂殆尽。而小腿处尚有肌肉附着，棺内遗骨周围都是烂泥似的糊状物。由于一直有人怀疑光绪帝是被人害死的，此时外面有人在问："有没有头？"工作人员仔细观察了遗骸的头部，证明其头部和颈部连接自然，并不像某些小道消息说的那样，曾被刺客砍下后重新装回去的。此后的检验也证明光绪帝的遗骸上并无外伤。棺材里有帐子，上饰经文，但皇帝的身上未见礼仪性的龙袍，不知是已被盗走还是葬仪中并未使用龙袍。（据说，现西陵管理处存有出自崇陵的光绪龙袍一件，与西冰先生的回忆略有出入。）光绪的衣服已经与尸身周围杂物混为一体，依稀可见属于内外衣的黄色和红色丝织品，仅勉强可以提取。这些织品提取后有些许变色。

为了整理光绪帝的遗骨，那位医生半跪着一块一块地将骨骼递给外面的考古人员，同时讲解"这是枕骨"，"这是尺骨"，等等。军人的胆子大，他还半开玩笑地说应该将光绪帝的骨骼制作成一副人体标本，让这位据说热爱科学的皇帝为医学作最后的贡献。当时工作人员打了井水，在宝顶上清洗待整理的遗骨。

这位军医不乏勇气，然而，当处理隆裕皇后棺椁，把手插入腐烂的尸身时，这位大胆的医生也无法忍受，跑到墓室外呕吐起来。

西冰回忆："隆裕皇后的棺材看起来就是一个酱缸，这与棺材被掀开，墓室内水滴落入棺材有关。"他强忍不适在地宫中坚持拍摄，却有一个意外的感受——尸体腐烂的糊状物虽然望之令人反胃，但却没有异味，这是怎么回事儿？

事后工作人员将这些糊状物从棺中铲出，晒干后进行辨认，才发现了其中的秘密——原来，这种糊状物并非腐烂的尸体，而是香木的碎屑。这应该是帝后下葬时，放在棺材里防腐和防潮用的香木屑。从盗洞中进入的水分使这些香木屑化作了烂泥状，倒是让"法医"白白地恶心了一番。

在隆裕皇后的棺椁中还意外发现了若干宝物，西冰回忆："隆裕皇后骨盆下珠宝袋的发现是当天沉闷工作的一个亮点和惊喜，当时所有人都不抱希望了，只想清理干净收工。军医拿起盆骨时突然眼前一亮，在碘钨灯强烈的光线下，大大小小的珠宝发出一片光亮。"原来隆裕下葬时腰间带有一个锦袋，里面装了一百多颗珠宝，盗墓贼并没有发现它。光绪皇帝手中所握的翠环、鸡血石也没有被盗走，与隆裕的珠宝一同成为这次抢救性发掘的重要收获。

工作人员还对光绪帝的头发进行了取样。西冰先生回忆，由于当时光绪帝头部的肌肉和皮肤已经不复存在，其头发初看时仿佛一个头套，套在骷髅头上。以手触之，仿佛一团，感觉不出何处为头何处为尾，拿出棺外整理，才能看出形状，共两段，上面还有下葬时打的节。

由于当时设备所限，无法对光绪帝的遗骨和遗发作进一步检验，但在场的工作人员都知道光绪帝之死仍是一个谜团，而这些遗蜕无疑是未来解开谜团的重要证据，故此都赞成将其有效保存，以备将来查证。事实证明，这个有远见的决定是十分正确的。

光绪帝的棺椁内，根据记录原有一百余件随葬品，大部分被盗墓贼席卷一空，但也不是没有遗存——该陵的金井没有被盗。

当时参加发掘的陈宝蓉先生回忆："金井内发现的保定子母铁球和玉石球，为研究保定铁球的发展过程，提供了很重要的历史实物。五块亨得利怀表更有研究价值，其中一块小小的金壳珐琅表盘周围镶有米珠一百七十八颗，至今无一破损或脱落，可见当时工艺水平之高超；表壳上是金丝珐琅组成的图案，五彩缠枝莲和繁茂的绿叶连接在一起，三只彩凤展翅腾空，首尾相顾。大片彩蝶于花丛中追逐起舞，异常精美。估计这块表可能是在亨得利定做的或者是亨得利进贡给光绪皇帝的，而凡是进贡品或皇帝的定制品，都是单独设计，专门制作，数量不会多，质量也一定是上乘的。常言说，物以稀为贵，那么这块表就无法估价了。金井里还发现有白玉立人、翠玉八宝、雕花白玉石等文物，也极为珍贵。"

据说，光绪帝生前喜欢自己动手修理钟表，而且墓中发现的玉器也多有把摩的痕迹，看来，金井中放置的多半应该是主人生前的珍爱之物。

崇陵被盗时西陵地区的治安已经失控，所以没有人像东陵盗案后那样对帝后尸骨进行重新收敛下葬，这也是其残存随葬品得以留存的一个重要原因。

传闻光绪帝死于砒霜中毒，后来工作人员对光绪帝的遗骸进行了检验，在光绪帝的发辫、肩胛骨、胸骨，以及相邻位置的衣服上发现了砷的聚集。

砷中毒通过检验头发发现线索需要一定的条件。如果是慢性中毒，随着毒物积累，死者头发中会有超标的砷元素保留，但如果是急性中毒，毒物多半来不及进入头发，是难以检验出来的。

从目前种种涉及光绪帝死亡的记载来看，这位皇帝如果是被毒死的，其直接导火索应该是慈禧病重。慈禧一旦死去，按照正常程序应是光绪重新掌权，在慈禧看来光绪一定会更弦易辙，会毁了大清的基业。这是慈禧所不能容忍的。慈禧病重的时间不长，在死前半个月还曾到万牲园游玩，故此她如果决心毒杀光绪，也是在较短时间内实施的，光绪帝的死亡应该是急性中毒。对他的头发进行检验，正常情况下不会有多大意义。

然而，对光绪帝头发的检验，偏偏验出了超出正常值两百至三百倍的砷含量。由于这一点与常识不符，故此有些历史学者对检验结果存在疑问。这可能也是对光绪帝遗物遗骨的检验持续数年之久的原因。

如果仔细阅读检验报告，会发现这应该是一个科学的结论。光绪帝是被毒死的根本证据，并不是其头发，而是其骨骼和衣服残片。在光绪遗骨中检验出了超标数倍的砷，与胃部越接近的骨骼，含砷量越高。尽管经过了清洗，但其胸骨、胸腹部衣物等处检验出的残存砷的总量高达二百一十毫克，已经超过了致死剂量。考虑到这只是百年后的遗存，光绪帝遗体内的砷含量当初当在十倍以上！

与此相对应的是光绪其他部位的骨骼和衣物中，含砷量很低，如足部、手部等远端骨骼含砷量基本正常。这一检验结果从法医学的角度直接指向了一个结论——光绪帝死于急性砷中毒。他的死亡应该是口服大量砒霜类的毒物造成的。

奇怪的是，这根发辫的含砷量很不均匀，它含砷最高的部位是中段，而不是接近于头皮的部位，如果说这些砷是通过代谢进入头发的，显然不合理。

最初的推测是光绪的发辫被压在身体下方，由于尸体腐烂，包含大量毒物的胃内容物渗出，浸染服装后也将旁边的发辫污染了，故此出现发辫中部严重超标的现象。

然而，从西冰先生所述的崇陵的发掘情况看，光绪皇帝的头发当时是"如同头套一样"散于头骨周围，而不是压在身体下方。

历史学者芦继兵先生结合各种史料提出了一个大胆的假设——光绪发辫的砷超标，源自于其中毒时的反应。很可能是光绪服用慈禧所赐的毒"塔喇"后吐了，呕吐物沾染了发辫的中段，虽然下人肯定会对尸体进行清理和擦洗，但沾附在发辫上的砷依然保存了下来，这就是其发辫砷含量不均匀的原因。

光绪帝服砒霜后发生呕吐是符合毒物学原理的。砒霜具有强刺激性，如果毒物的浓度过高，服用者会出现呕逆。慈禧如欲毒死光绪，砒霜浓度自然越高越好，因此光绪服用时可能出现了呕吐。

但也存在另外一种可能，那就是光绪对于慈禧毒死自己也有预感，故此在服用慈禧送来的"塔喇"后试图将其呕吐出来。或者在太监逼迫其服用时试图反抗，吐出了部分毒物，然而，这种反抗终究无效，光绪还是被活活毒死了。这是一个让人充满惆怅的联想吧。

光绪的死亡原因，尽管已基本有了结论，但有些学者认为，这仍不能被视作是最后的定论，还需要更进一步的证据。光绪到底是不是被慈禧毒死的，其死亡经过如何，未来也许还有新的史料来颠覆这一结论。历史的魅力，也许就在这种不确定之中。而我们能确定的是，无论光绪是怎样死的，那个时代的政治必定充满了罪恶和阴谋。

# 第二章

古来圣贤不寂寞

# 朔风追司马

**【小编按语】**

【司马迁（前145年—？），诞生于太史家族，他的祖先就曾长期担任周朝的太史。他的父亲司马谈，也是一个有抱负的太史令，"究天人之际，通古今之变，成一家之言"是父子共同的心愿，所以司马迁才会因李陵案牵连，被施以污及先人、见笑亲友的腐刑后，仍忍辱完成了被誉为"史家之绝唱，无韵之离骚"的《史记》。】

"司马迁和李陵是世交，李陵和苏武也是朋友，"我问道，"那么司马迁和苏武两个人有交集吗？"

"没有见过这方面的记载……"对这段历史颇有研究的侯杨方先生，居然也有了一丝犹豫，不过他随即点头道，"应该有的，他们三个人都担任过汉武帝的侍卫，也就是郎官，而且是同一时期的。"

按理说应该有吧，即使不是熟人，也应该打过照面。那个大汉的风云时代，三个人，便已经是半部史，有泪，有笑，有叹息。不同的选择，造就不同的人生，如今只能徒留感叹！

之所以会问这个问题，是因为我刚刚游览了司马迁的墓。

到了韩城，司马迁墓是一定要去的。太史公的墓和祠设在一起，位于黄河北岸的一座孤山之巅，从山下到墓园祠堂，据说有九十九级台阶。我上山的时候，没有数到底有多少阶，只感到山风刺骨，越向上，越硬，越冷。

司马迁祠下方的一方匾额，恐怕便是到这里的后来者们发自内心的感叹——"风追司马"。

我知道这是北国的朔风，它本来就应该有这样的骨气。

在中国传统的丧葬中，山之巅一般不会被当作丧葬之地，这是因为山巅有"孤寒"之意，所以一般人不会选择这样的墓地。但太史公的墓偏偏在这样的地方。

一步一步行来，没有一条捷径，你只能一个台阶一个台阶地攀登而上，这就是历史。

"高洁"二字，可以硬生生把"风水"改过来。登山而上，这里并没有"孤寒"之气，这里有的，只是深湛得仿佛要融化的蓝天，厚实得看不到底的黄土，还有，奔流不复还的大黄河。

步步向上，一路行来，真如风追司马，高山仰止。

我到这里也许不会特别受导游小姑娘的欢迎。这是因为当她介绍到司马迁墓的历史时，我做了一点点纠正。

小姑娘说，司马迁墓的形状很奇怪，像一个蒙古包，因为这是元世祖忽必烈为他修建的，周围还嵌有八卦符号，所以被称为

"八卦墓"。

别说,看起来还真有几分像呢。后来还在网上见到类似的说法,甚至有评论指出,忽必烈修司马迁墓,是为了感谢司马迁对匈奴描写得比较客观,有一份惺惺相惜之情。

然而我还是饶舌地告诉小姑娘,司马迁的墓修成这个样子,和忽必烈没什么关系。其实这座墓里也没有司马迁的遗骨,这里只是他的衣冠冢。最初司马迁的墓是由西晋的殷济主持修建的,当时太史公已经去世几百年了,他真正的坟冢已经不可考了,不可能找到他的遗骨迁过来。

殷济修的司马迁墓是什么样儿的已经不可考,因为到了宋代,这里已经是"荒祠临后土,孤冢压黄河"[1],一派荒败景象了。故此,北宋靖康年间曾对其进行重修,今天司马迁祠的寝殿和山门,都是宋代建筑的遗存,已有八百多年的历史了。从宋金时代,司马迁的墓就已经变成了今天的圆形,虽然司马迁的墓历代多有重修,但忽必烈应该是没有重修过司马迁墓的。

理由呢?

因为在元仁宗年间,韩城县的学正段彝所撰《重修汉太史祠记》内云:"后存巨冢,互嵌山石,刻诸新诗雄文,乃宋金钜人魁士之作也"——元仁宗已经是忽必烈之后的第三代君王了,如果忽必烈重修了司马迁的墓,这时候墓上应该会有相关的记载和碑文。如今司马迁的墓上,仅保存着从宋代到清代历代重修墓地的

---

[1] [宋]李奎《题司马迁墓·之二》

碑文，其中并无与忽必烈相关的内容。

另外，如今这座蒙古包状的"八卦墓"，其实是清朝嘉庆十九年（1814年）重修的，当时是"用砖从外裹而缮之"，距今也有将近两百年的历史了。这些，是韩城县文化馆供稿的《司马迁祠墓沿革》中记述的。

"那么，它为什么修得像个蒙古包呢？"小姑娘不服气。

那我只能猜测了：在司马迁墓的顶上，有一棵已经生长了一千七百年的巨柏，它的根系已经与墓体合二为一了，重修时若砍伐了去，未免过于可惜。所以嘉庆年间重修时便修了这样一座蒙古包状的圆形"砖城"，一方面更好地保护墓冢，同时，砖城内保存更多的土殖，也可以给柏树提供更多的生存空间。

"那么，它上面为什么有八卦图案呢？"

有人曾这样解释："据《易经》所载，八卦的原意是'以通神明之德，以类万物之情'，有研究天地万物变化规律之意。而司马迁著述《史记》的宗旨是'究天人之际，通古今之变'，将《易经》的基本理论应用到撰史中来，也可以说是对《易经》理论的实践和发展。这大概就是司马迁的墓冢上镶嵌八卦符号的用意吧！"

这个也只能是推测了。我更愿意把修墓的家伙想得聪明一点：他在上面放八卦图，是有用意的。要知道中国古代的八卦研究，最有名的恐怕要算周文王。"西伯拘羑里而演周易"，西伯指的便是周文王，他在被囚禁落难期间推演周易，最终把伏羲八卦扩展为六十四卦。

这符合清朝人的思路。清代是文字狱最深重的时代，于是人们想出了种种隐晦的方法表达意见。在司马迁墓墙上刻制八卦，大概是想对他也是在大难中写就了《史记》表达慨叹吧。

一席话似乎说服了小姑娘，虽然她还是嘟囔说：导游词就是这么教的，不能随便改……

不改也没什么，这又不是什么原则性问题。

纵情山水间，只有那一抹冷硬的风，仿佛是忘不掉了——风追司马，朔方的风，总是让人心生感慨，难以忘怀。

# 一群疯子中间的正常人

【小编按语】

【兰陵王高长恭（541—573年），南北朝时期的北齐宗室，神武帝高欢之孙、文襄帝高澄第四子，战场上的一代男神，性格温良敦厚，骁勇善战，威名大振于邙山，十万军兵齐唱《兰陵王入阵曲》讴歌其战绩，可惜后被北齐后主高纬赐死，年仅三十三岁。】

1992年，一批戴着面具的日本舞者，出现在河北省磁县的一座古墓之前，一板一眼地随着音乐起舞，以此向墓主致敬。而他们的舞姿也依稀可见中国的古风。

这群舞者是以京都大学教授笠置侃一为首的京都奈良雅乐团的成员，他们表演的《兰陵王入阵曲》，是唐代由林邑僧人佛哲自长安带到奈良的，并加入了沙陀调和日本的壹越调而成的。《兰陵王入阵曲》至今仍是日本若干地方举行大型祭祀时的重要表演。

墓前的石碑早已风化斑驳，谁是兰陵王？至今依然在这个世界流传着如此深重的影响。

高长恭，本名高肃，又名孝瓘，生于541年，于573年被迫自尽，是南北朝北齐王室成员，以武勇和美貌冠绝一时，却以其悲怆的结局遗恨千年。

兰陵王出身高贵，是南北朝时北齐的开国君主高欢之孙，他的父亲高澄已经做好了接受禅让，登基为帝的准备，只是在登基前夕遭到暗杀。北齐的文宣帝高洋、孝昭帝高演和武成帝高湛都是他的叔叔，而后主高纬则是他的堂兄弟。他的妻子郑氏应出自五姓七家的"荥阳郑氏"，门第显赫，温婉贤惠。

北齐皇族有鲜卑混血，在中国历代君主中，以出产美男子著称。以高长恭的叔叔高湛为例，八岁时，高湛便因政治联姻被约定迎娶柔然的邻和公主（郁久闾叱地连），迎亲时不卑不亢，《北齐书》记载他"仪表瑰杰，冠服端严，神情闲远，华戎叹异"。高长恭的父亲高澄也是一名大帅哥，《北齐书》记载高澄"神情俊爽美姿容，善言笑，谈谑之际，从容弘雅"。

作为高澄的第四子，高长恭继承了北齐皇族的俊秀，而且更胜之。《北齐书》称其"音容兼美"，《隋唐嘉话》中说他"白类美妇人"。他的俊美甚至影响到了作战——高长恭因相貌秀美，对阵时缺乏威严，于是每次出战便佩戴一个凶恶狰狞的面具，敌人望风披靡。

这件事有些史家以为附会。但老萨查过资料后发现，唐代时便有高长恭戴面具作战的记载。《旧唐书·音乐志》云："代面出于北齐。北齐兰陵王长恭，才武而面美，常着假面以对敌。尝击周师金墉城下，勇冠三军，齐人壮之，为此舞以效其指挥击刺之容，谓之《兰陵王入阵曲》。"代面，便是面具。当时其他文献也有类似记载，距高长恭的时代并不远。因此，基本可以断定确有其事。

除了美男子的风姿，从高长恭的生平来看，他的仕途也颇为顺畅。天保八年（557年），高长恭出仕，任通直散骑侍郎，年十七；天保九年，被高洋封为乐城县开国公，食邑八百户；天保十年，为仪同三司，复加封上仪同三司，仍以本官行肆州事；天保十一年，封兰陵王、左右大将军，增邑一千户。此后每年都有晋封，先后任持节都督并州诸军事、并州刺史、都督瀛洲诸军事、钜鹿郡开国公、领军将军、尚书令等。在后主高纬临朝期间，官至太尉、大司马、太保，可说位极人臣，时不过三旬，这样的人生，可谓"春风得意马蹄疾"。

更令人叹息的是，这样的权势，却不是依靠门第，而是以其勇武和百战百胜的战绩获得的。他先后指挥齐军与突厥、北周等军队作战，平生未见一败。特别是河清二年（563年）的邙山之战，面对已经包围洛阳的优势北周军，高长恭亲率中军，以重甲骑兵突入周军大阵，如林推进，当者披靡，直达洛阳城下。或许因为来得太过迅捷，守军不辨敌我，怀疑是敌军诈城。这时，高长恭在阵前卸下护面，齐军将这位无敌的兰陵王视为战神，见其威仪顿时军心大振。守军遂弩箭齐发，里应外合，北周军大败而逃，齐军作《兰陵王入阵曲》，高唱凯旋。

就是这样一个刚勇又英俊的百胜名将，却因为君王的忌恨无端遭到毒杀，仿佛一台华丽的歌剧，却有一个令人心碎的忧伤结尾。自古美人与名将，不许人间见白头。虽然令人感叹，却让人更惋惜。凡此种种，都让后人对这位兰陵王无比神往。

然而，如果我们贴近真实的兰陵王高长恭，也许会发现，在华丽的表象之下，隐藏着一个令人崩溃的事实——高长恭的一生，可能都生活在烦郁和痛苦中。这是因为，在他的圈子里，几乎找不到一个正常人，而他的悲剧，只不过是时间问题而已。北齐的皇族，行事荒唐，有历史学家认为，他们可能有家族性的精神病史。

这其中的一个线索，便是高长恭的母亲居然没有在史书中留下名字或者姓氏。一般来说，这可能是因为女子的身份比较低微。然而对于北齐来说，这件事却很奇怪，因为北齐皇室对此并不在意。高长恭某个弟弟的母亲即便是官妓，也得以留下名字，而高澄所有儿子的母亲都有明确的记载，除了这位兰陵王。那么，高长恭的母亲究竟低微到什么程度，才没有留下名字呢？

我们先来说说兰陵王的父亲高澄。据说高澄也是个美男子，而且颇有治世之才，但性情十分乖戾放荡。十四岁时，私通父亲高欢的宠妾，发现后被打了一百杖。在执掌大权之后私生活愈加肆意，经常强夺臣子之妻，并在宗室中乱伦，甚至连叔叔高慎、弟弟高洋的妻子也不放过。虽然北齐皇室崇尚胡风，但这也太胡作非为了。在他被杀身亡后，其弟高洋即位，此人同样属于聪明绝顶之辈，但淫乱的行径更加匪夷所思。由于高澄曾奸污过他的妻子，他便反过来把高澄的妻子，也就是自己的嫂子纳入后宫。他赐死了弟弟高浚和高涣，并将他们的妻子收入宫中，更可怕的是，他竟会将皇家宗室的女性聚在一起，令手下宠臣与她们淫乱，甚至连他的母亲劝谏他时也遭到殴打和侮辱。高洋经常赤身出入都城，随意奸淫民女，还当街滥杀无辜。

由于他们荒唐怪诞的行为，一些史学家怀疑高长恭的母亲之所以没有留下姓名，很可能因为她是有夫之妇，丈夫也是历史上的重要人物，出于为尊者讳而不便说明；也可能是因为她乃高澄的妻妾，为了维护兰陵王高长恭的名誉而予以隐晦。

不管怎样，在高长恭的所有记载中，都找不到来自其母或母族的关爱，这位英武的兰陵王，童年时应该是在一种缺乏母爱的环境中长大的。

曾经在北齐称帝的，不是高长恭的叔辈，便是堂兄弟，他们的残暴、荒淫和嗜血让后世为之惊异。比如前面提到的高洋，行为之怪诞超出想象。《北史》记载："（高洋）所幸薛嫔，甚被宠爱。忽意其经与高岳私通，无故斩首，藏之于怀。于东山宴，劝酬始合，忽探出头，投于桉上。支解其尸，弄其髀为琵琶。一座惊怖，莫不丧胆。帝方收取，对之流泪云：'佳人难再得，甚可惜也。'载尸以出，被发步哭而随之。"

高洋宠爱薛嫔，却突然想到她曾与人私通（嫁给高洋之前），便将她杀死了——这也罢了，还怀揣其头与臣子饮宴，席中忽然将人头投到席上，再把她的腿肢解下来做成琵琶。更诡异的是，这之后还要为她痛苦流泪，以皇帝之尊披发为其送葬——这是在拍恐怖电影吗？后世医学界曾研究分析过高洋，认为他可能是高氏家族中唯一的丑男，这也许导致了高洋的扭曲心理，而其当政后期的种种暴虐淫行，似乎更接近于精神病的表现，有人由此推测高氏一门都有遗传性精神疾病。的确，北齐皇室的其他成员，或好色成癖，或嗜杀成性，其轻视人命，肆无忌惮皆令人侧目。

明明皇室是一群疯子，偏偏帝国的制度是世袭，皇帝只能从这一群疯子中选出。太可悲了！

高长恭便是在这样的环境中成长的，说其半生"与鬼为邻"也不为过，但他"躬勤细事，每得甘美，虽一瓜数果，必与将士共之"，赢得美名。后来他奉命入朝，众人认为这是皇帝要收拾兰陵王的前兆，故此"仆从尽散，唯有一人"，但高长恭回来后也没有责怪任何一人。皇帝曾赐他二十个妾，但他只保留了一个，将其余女子退还。这些行为与皇室的疯狂无道形成鲜明对比，也使得他在北齐军民中声望极高。

他似乎从未公开表达过对皇帝的不满或对帝国的忧虑。一次，后主高纬在饮宴时向他提起邙山之战，说你冲阵太深，万一有闪失便危险了。高长恭便答道："家事亲切，不觉遂然。"[1]据说，便是此句引发了皇帝的疑惧，认为他把国事当成自己家事，有一

---

[1] 《北齐书·列传第三》

天会因此篡位（看来是对自己处理国事的能力很不自信啊），但在我看来——家里都是这样荒唐的人，为了保住这个家，我不能不努力向前啊。

只有他在乎这个家会不会倒掉：一群疯子中唯一的一个正常人。隐隐的，透出一丝酸楚。

传统的观点认为这位兰陵王死于声望。其实高长恭很早就意识到了这种危险，因此采用了一连串办法来避免悲剧的发生。他效仿萧何贪污自污，称病不出避免在外带兵，一切都已经做到了极致，但，悲剧还是发生了。

被赐鸩酒之时，高长恭慨叹："我忠以事上，何辜于天，而遭鸩也！"这是个没有答案的问题，而他似乎对此早有预料，所以当妻子劝他见皇帝分辨的时候，他只是说了一句："天颜何由得见。"便饮下了毒酒。

估计他是清楚地意识到，自己的死固然与声望有关，但也是北齐皇室自相残杀周期的自然循环。

在南北朝中，北齐皇室内部的残杀可能是最酷烈的。文宣帝高洋杀神武帝高欢之子高浚与高涣，武成帝高湛杀文宣帝高洋之子高殷及文襄帝高澄[1]之子高孝瑜，孝昭帝高演杀武成帝高湛之子高百年，而兄弟相残之事更是不计其数。北齐的君主没有活过三十五岁的，他们到了三十岁左右便似乎有一种宿命的恐惧，开始屠杀可能威胁帝位的宗室和大臣。后主高纬杀高长恭的时候，高

---

[1] 北齐建立后，高澄被弟弟文宣帝高洋追谥为文襄皇帝，庙号世宗。

纬甚至还不足二十，他对宿命的恐惧似乎早了些。

但高纬杀高长恭，是有计划和预谋的。一年前，他已经杀了极有威望的老将，大丞相斛律光——高长恭的亲密战友。斛律光死后，朝中最有威望和能力的莫过于高长恭了，那高长恭的死期便也可以预见了。

北齐皇室的疯狂，不仅仅是精神病层面的问题，更是权力之争。权力使人疯狂，而为了权力不断突破底线的斗争更加剧了疯狂。只是真正得到权力的皇帝们，获得的恐怕不是快感而是忧惧——他们最晓得为了这张椅子，兄弟或亲族可以做出怎样阴暗的事情。于是，那些匪夷所思的残暴，或许可以解析为恐惧压力下的变态了。

只是，高长恭却偏偏是个例外。终其一生，未见其有任何篡位的不轨企图，他只是想把国家变好，并不惜此身的忠勇，但一群疯子是容不下其间存在一个正常人的，于是，他们最终逼杀了兰陵王。

这是一个真正的悲剧，而高长恭却不得不清醒地看着这个悲剧发生，他的痛苦可想而知。

兰陵王死后四年，北周再次犯齐，由于没有了斛律光、高长恭，齐军兵败如山倒，高纬等投降后被杀，疯狂的北齐宗室几乎无一幸存。耐人寻味的是，多年后，人们在龙门石窟发现了高长恭之孙高元简题名的造像。

史书记载，高长恭死时，下令焚烧掉了所有欠债人的债券[1]，或许他也同时安排了后人的逃亡——史书没有记载高长恭儿子的名字，以他被赐死后仍以太尉之名入葬的情况看，他的儿子是有资格袭爵的。

然而，没有这样的记载，甚至连他有没有儿子都没有记载，而历史偏偏让他的孙子出现在齐国宗室尽没之后。威名赫赫的兰陵王，其后人默默无闻，没有人再现祖先的辉煌，更没有谁展现出慕容复那样的"大志"。

我猜，那或许和兰陵王对子孙的遗愿有关。

那会是什么呢？

肯定不是"做事勿落人后"，而是"愿来世莫生帝王家"。

---

[1] 《北齐书·列传第三》："有千金责券，临死日，尽燔之。"

## 曲阜孔庙的错别字含冤情？

【小编按语】

【孔庙共有六座牌坊，都是褒扬孔子及其倡导的儒家文化的。其中以金声玉振坊最为出名。"金声玉振"语出孟子："孔子之谓集大成。集大成者，金声而玉振之也。"赞颂孔子对文化的贡献，如同奏乐，以金钟发声，以玉磬收韵，集众音之大成，以此象征孔子思想集古圣先贤之大成。】

有道是"关公面前使大刀，孔夫子门前卖《论语》"，专说那种不自量力之人，孔子是历朝册封的"至圣先师"，谁敢到孔府门上去挑错别字呢？这不是明摆着去踢铁板吗？

曲阜孔庙建筑群包括了孔府、孔庙和孔林，这里还真有不少"错别字"，只是，在这里找错别字，并不会让人想到踢馆或自不量力，而是一件让人津津乐道的事情，已成当地文化的一个有趣组成部分。

这些错别字的来历、原因、错的性质有着种种不同，仔细琢磨起来背后竟很有些故事。

据说，孔子第四十二代孙孔光嗣娶亲之日，有神仙指点"富"字有点不吉，所以孔府凡书富字皆无点，这叫"富贵无顶"。又有传言说，乾隆时，纪昀为孔府书写门联，"章"字总写不好，在睡梦中见一老翁在他写的"章"字上画了一笔，破"日"而出，醒后的纪昀挥笔而就，果然"文章通天"。孔府里故事多啊！

现如今的孔庙第一道门前有道牌坊，上面有四个题字，其中有一个字的写法很成问题。我旁边的一位游客便读成了"金声王振"。别说，这座牌坊的落成时间，好像还真是和王振[1]的时代相去不远，但其实，孔庙这座牌坊落成于明朝嘉靖十七年（1538年），距这个乱国而死的家伙都快百年了，肯定扯不上关系，这位游客读错字了。

这四字正确的读法是"金声玉振"。金声，指的是敲钟的声音，玉振，则是指敲磬的声音，都是形容孔子思想如乐章，也象征着他的思想振聋发聩。那么，"玉"字怎么会被读成"王"呢？原因是书写这四个字的明代山东巡抚胡缵宗，很不正规地把玉字那一点放在了中间一横的侧面并与之相连，远看不易分辨，念成"王"字情有可原。

这字明显写得不规范，放在小学语文教师手里肯定要扣分的。但"名人无错字"，胡巡抚如此书写"玉"字，反而被视为美

---

[1] 王振，明朝大太监，正统年间力主英宗御驾亲征，一路瞎指挥造成土木堡之变，皇帝被俘，他自己也死在乱军之中。

谈，传统的解释是磬需要敲在正中间，才能发出最美好的声音，故有此写法。这个解释流传如此之广，以至于今天一些地方建纪念孔子的文化园时，也会效仿曲阜孔庙的"金声玉振坊"，写成这个样子。

然而，"金声玉振"的题字在古代儒家园林中经常出现，如果细细考察，曲阜孔庙的这种写法似乎并不是普遍现象，几乎是独一份。难道是胡巡抚对儒学有着独到的理解，故有此创新？

或许，还有一解——胡巡抚在对孔夫子鸣冤告状。

这话听来稀奇。胡缵宗，甘肃天水秦安人，正德三年（1508年）进士，号鸟鼠山人，曾历任嘉定州判官，吏部清吏司郎中，安庆、苏州知府，山东、河南巡抚，官声与《十五贯》中的大清官况钟齐名。在嘉靖十七年（1538年）立"金声玉振"牌坊的时候，他已经是山东巡抚领都察院右副都御使，封疆大吏，权倾一方，他不去找别人麻烦已经不错了，自己怎么还有冤要申呢？

对于政务，那时的胡缵宗的确没什么好申冤的，但如果说到面对夫子，还真是冤深似海啊。

此事要追溯到胡缵宗中进士的时候。

正德三年，二十八岁的胡缵宗参加了会试和殿试。这次考试的情况，可以参见《秦安县志》所载："胡缵宗，字世甫，正德戊辰进士。殿试策对拟一甲，有权宰私庇其子，抑置三甲一名。李东阳怜其才，请同一甲，传胪，即授翰林院检讨，后不为例。"也就是说胡缵宗这次殿试的成绩极好，已经预定在一甲之中——一甲，即殿试的前三名，状元、榜眼、探花，授"进士及第"。然而，一位权相的儿子也参加了考试，权相为了提升自己的儿子，把胡缵宗拉下来，放到了三甲——这一换，可会改变人的命运的，因为按照规定，二甲可赐"进士出身"，而三甲便只能赐"同进士出身"，而在文人中，"同进士"被编排成等同于"如夫人"，可见其与一甲的区别。幸而大学士李东阳怜悯他的才华，向皇帝请求给他同一甲的待遇，发榜后便任其为翰林院检讨。而这样的事情，在明朝科举中仅此一次。这样，胡缵宗的仕途才没有受到太大影响，但作为状元、榜眼或探花跨马游街的荣耀再也不会有了。

这件事在《秦州直隶州新志》《胡氏家谱》等文献中都有记载。《明史》中也有与之呼应的记录——"正德三年，焦芳子黄中会试中式，芳引嫌不读卷，而黄中居二甲之首，芳意犹不慊，至降调诸翰林以泄其忿。"压低胡缵宗名次谋私的，正是当时以阿附阉党著称的大学士焦芳。

记载如此之多，如此丰富，可见，胡缵宗这次遭到压制的事情，影响多大。

作为当事人的胡缵宗，对这件事恐怕更不会轻易忘记——要知道胡缵宗家贫，自幼丧母，读书极为不易。后母为人苛刻，每天晚上只准他用一盏灯油，全靠胡缵宗的姐姐每晚偷偷从厨房用口含来灯油给他读书，才最终成器。这样一个读书人，在一生最关键的殿试中遭到如此压制，怎能不含恨终生呢？

胡缵宗一生崇尚"为往圣继绝学,为万世开太平"的张载,曾经严惩贪婪的鲁王僚属,使鲁王封田被减去三分之二,这个西北汉子可不是个息事宁人的主儿。

玉字有三横,正如三甲中的状元、榜眼、探花,胡缵宗或许便是在用那个"点"表示自己,把它放在了和三横平等的位置,以示对自己仅为"同一甲"的不平。

殿试的名次最终是皇帝批准的,在人世间胡缵宗是无法讨得公平了,这样的冤屈,或许也只有在至圣先师孔夫子面前,才能诉说吧。

所以,这四个题字很可能是胡缵宗给孔夫子的一张状纸。如果这个猜想是真的,那孔夫子每天看着树在自己门前的这份状纸,又会是怎样的一种心情呢?

# 在孔府体会圣人家的刑罚

【小编按语】

【曲阜衍圣公府,俗称孔府,历经数千年而不衰,是孔子嫡长子孙居住的府第,兼具家庭和官府职能。俗话说:国有国法,家有家规。若是要论儒家规矩,那当属"天下第一家"的孔府,方不负"礼门义路家规矩"之称。】

曲阜当然比孔府大,但知道孔府的人,未必知道它在曲阜,但知道曲阜的人,一定知道这里有座孔府。人的名,树的影,孔夫子的影响,大音希声。

孔府的牌匾是"圣府"二字,我一个劲儿往上看,同行的朋友问我——你看什么呢?

我说找找上头有没有"齐天大"三个字。

"怎么讲?"朋友困惑地问道。

《西游记》第四回:"玉帝即命工干官张、鲁二班,在蟠桃园右首起一座齐天大圣府,府内设个二司:一名安静司,一名宁神司。司俱有仙吏，左右扶持。又差五斗星君送悟空去到任，外赐御酒二瓶，金花十朵，着他安心定志，再勿胡为……"

"你好大胆子，敢在孔圣人门前掉文！"朋友肃然道，"就算你是孙猴子，到这儿也给我老实点儿，这儿规矩大。"

都说皇帝家规矩大，但要是到孔府看看，才能对"规矩"二字有切身的感受。

瞧这一排头衔，你我混上任何一个……这是开玩笑，孔府自宋代以来，历朝加封不断，荣宠至极，哪怕再大的官儿，听说衍圣公来了，也没有敢摆官威的，那是跟天下读书人过不去。

孔府的威严，从二堂两边这两个耳房也能看得出来。左边这个，名为"伴官厅"，说白了，就是孔府的保卫处，其处长是什么级别？"设六品随朝伴官六名，负责随朝事宜。"右边这个，名为"启事厅"，就是孔府的传达室。那么，孔府的传达室又是什么级别呢？"设四品启事官一员和六品启事官数员，负责内禀外传，收发公文。"而曲阜的县令才是七品……

孔府的规矩的确大，比如，孔府有一条长凳，唤作"冷板凳"。当地人说，"坐冷板凳"一词，便是由此来的。这个名字，也是有来历的。传说此事与明朝大奸臣严嵩有关。

严嵩是明嘉靖帝的宠臣，仗着善于揣摩上意和代帝书写青词逐渐获得皇帝信任，他结党营私，擅专弄权，被认为是明朝有名的佞臣。不过花无千日红，严嵩的专权逐渐被嘉靖帝视为威胁，并最终决定将其除去。当严嵩预感到形势不妙时，便赶到曲阜孔府求救——严嵩的孙女嫁入了孔府，双方是儿女亲家。

让严嵩没想到的是，孔家这次显得十分"势利"，竟将他放在这条"冷板凳"上，晾了一个下午。严嵩自知孔府不会加以援手，只能长叹而去。

其实，这不是孔府"势利"，而是因为孔府遵循的一条规矩——绝不参与政务。这保证了它在历代皇朝更迭中的稳定和安全。

孔府中两条不成文的规矩，却点出了它的人情味——孔府自己养有戏班子，经常唱戏自娱，但有两出戏是绝对没人点，也没人敢唱的。这就是《骂严嵩》和《打金枝》。不能唱《骂严嵩》是因为严嵩是孔府的亲戚，但为什么不能唱《打金枝》呢？这是因为戏里挨打的是皇家公主，孔府曾蒙乾隆帝以女相许，皇家也是孔府的亲戚，打不得。这一类规矩整理整理，颇有趣味。

孔府有些规矩和孟府是一样的，也比较容易理解。比如正门之内的垂花门，打开的规矩十分严格。这座门古代只有在四种情况下才会打开——喜庆大典，皇帝到来，宣读圣旨，重要祭祀。今天，只有国家领导人到来的时候才会打开。老萨凡夫俗子，还是走旁边吧，免得冲克。

孔府有些规矩，就比较独特，如吃水。孔府上下有很多人口，但后宅没有一口水井（作为孔子故宅的孔庙里倒有一口井），具体出于什么原因不太清楚，因此每日的吃水便必须要挑夫送来——按照孔府的规矩，挑夫送来的水只能送到某个固定位置，倒入特制的水槽流入后宅。挑夫是不能进入后宅的。据说是为了维护礼教。

有的规矩更是"强势",让你不得不守。比如,孔府通向后堂的夹道,很窄,稍微胖一点儿的朋友可能会被卡住。这个时候,老萨还是颇为自豪的。

我曾问过这个规矩是否也是为了避免后院女性和前面私通。如果是真的,那可想见古代女性所受的禁锢!据说这也是为了防小贼。这么窄的通道,可以保证贼没法偷走大件的东西。这倒是个好招,我想起山西的土财主有个防盗秘方,便是将银子铸成冬瓜放在地下室里,就算有贼到了那里,也背不动,拿不走。可谓异曲同工。

在孔府的三堂前,有几个小同学优哉游哉,漫不经心地走着,但他们是否知道,当年在孔府,这里可不是良善的地方。三堂也叫退厅,是衍圣公接见四品以上官员的地方,也是他们处理家族内部纠纷和处罚府内仆役的场所。据说,孔家的家法是用甘蔗来杖责的(打了屁股还非得说甜)。

在阶前有一个特殊的玩意儿,大概是我对孔府印象最深刻的"规矩"——孔夫子家的搓衣板,可不仅仅是洗衣服用的。

当年,有犯错的仆役,便会在这玩意儿上头罚跪,我很怀疑世间如今流行的"跪搓衣板"的家法便是由此起头。这是个什么滋味呢?自己体会一下吧。听讲解人员介绍,孔府的重大节日都有严格的礼仪规范,而作为住在孔庙的孔子后人在日常生活中也受各种规矩制约,不能随心所欲。各位如果有机会的话,还是去亲眼看看,亲自感受一下孔府的规矩……

# 在孔庙澄清一则历史"谣言"

**【小编按语】**

　　梁思成曾这样评价曲阜孔庙,"从建筑史的立场着眼,曲阜孔庙的建筑,实在是一处最有趣的,也可以说是世界上唯一的孤例"。它既不同于一般太学和府州县的庙制,也不同于天子和国王的宗庙,更有异于佛寺和道观等宗教建筑,它是中国建筑群中别具一格的遗例。孔庙是封建社会中最为典型的官衙与内宅合一的建筑群,也是仅次于北京故宫的贵族府第。】

　　邹城是孟子的故乡,和曲阜同属于济宁市。参加这里的国际中学生儒学辩论赛时,赫然发现,这里的时钟仿佛停了摆,依然保持着慢悠悠的生活节奏。

　　当时,参加辩论赛的马来西亚循人中学队的队员在孟庙体验了一下射箭——这是六艺之一,总要体会一下的。提到六艺,我们知道这是周朝王官之学要求学生掌握的六种基本才能:礼、乐、射、御、书、数。所以也经常有人误会,认为孔子会教学生射箭和驾车之类的技术。实际上孔子对这些具体的技术似乎不太重视，他说"吾不如老圃""吾不如老农"，很谦逊，但后面他又说"小人哉，樊须也"，原来他更重视辅佐君侯治国平天下的本领，这才是孔子的真实想法。

所以，孔子教学的六艺，应该指的是六经（大六艺），即《易经》《尚书》《诗经》《礼记》《乐记》和《春秋》。

既然如此，同学们干吗还要跑到孟庙来拉弓呢？

尽管孔子教的六艺都是文的，但最初的六艺，也包括射箭等功夫，甚至要求还很高。《周礼》中记录的六艺是礼、乐、射、御、书、数，用现在的概念来说，涵盖了礼仪、艺术、音乐、文学、数学、射击等训练，还要考驾照。应该说，这一点可以让我们猜测周朝前期的贵族教育和欧洲颇为相似——欧洲传统贵族生下来便必须学习礼仪、骑马和击剑，双方都是以培养绅士为目的的。

《周礼》中对这些贵族化的学习是有教学大纲的。《周礼·保氏》中提到："养国子以道，乃教之六艺：一曰五礼，二曰六乐，三曰五射，四曰五驭，五曰六书，六曰九数。"

以射箭的"五射"为例，包括了白矢、参连、剡注、襄尺、井仪，说的是射箭的学习要达到五种要求——第一项白矢，要求发箭准确有力，射穿靶子而箭头发白；参连，就是三连，连发三箭，传说中的"连珠箭"那时竟然只是普通射术；剡注，指箭要射出从天而降的效果，类似英格兰长弓的抛物线射击；襄尺是射箭的礼仪，当臣与君一起射箭时，臣与君并立后要让君一尺再射（话说后世在国君身后拉弓，可是有谋杀嫌疑的）；井仪，连发四箭，围绕靶心，形成井的形状，这非剑术高超者不能做到。

可见，当时的贵族教育是非常严格的。孔子虽然自己不教这些，但是毕生主张复周礼，故此，对于这些传统的六艺，也是支持的。所以，到儒家圣地练习射箭，不违礼也。

那么，老萨要说的澄清历史谣言，便是这档子事儿吗？

当然不是，这只是一个工作中的插曲，孔子教习六艺的事情也算不上什么谣言。老萨所说的真正可以辟谣的证据，在曲阜的孔庙。

曲阜孔庙规模宏大，石柱上的龙雕得栩栩如生，据说因为比故宫太和殿的雕刻更精美，因此在乾隆到曲阜时，地方官还专门用幕布将龙柱罩了起来，以免皇帝看后不悦。

其实在石栏杆的柱头上就隐藏着一个破解历史谣言的密码。孔庙的石柱头风雨剥蚀，但下放莲叶、上放仙桃的造型依然清晰可辨。这样的柱头，和哪个谣言有关呢？

这个谣言是在故宫里听来的。游览中有个专家级的旅友说起了曾居住此地的慈禧太后，他说这个老妖婆也曾被人戏弄过，顿时引起了众人的兴趣。好像什么事儿和这位老太太扯上关系，就立刻会聚焦目光。

话说光绪二十六年（1900年），慈禧信了义和团的法术能挡枪子，傲然向列国宣战，结果大师兄们砸洋座钟的本事不小，打仗却彻底外行。最终八国联军攻占北京城,慈禧带着光绪连夜逃往西安,在外头待了一年多才得"回銮"。回京途中,性喜奢侈的慈禧路过保定,仍让当地为她打造个行宫,引得怨声载道。有一个"聪明"的老工匠因此把行宫大戏楼的宝顶设计成了"莲叶托桃"的造型,以此讽刺慈禧太后的"连夜脱逃"。此事被慈禧发觉,一怒之下杀掉了这个老工匠。

故事似乎很有料,但这是真的吗?

保定如今再也找不到这样一座大戏楼了,所以又有人说这个故事中的老工匠塑了一座雕像,雕像后来被慈禧毁掉了。然而,在保定二中1966届毕业生的照片上,可以清晰地看到当年慈禧行宫中的大戏楼,而楼顶中心,便是那个著名的"莲叶托桃",这说明这个造型的确曾经存于世间。

保定二中的校舍便是由慈禧的行宫改建而成的,大戏楼在1968年改造校舍时拆毁。

正因为有这张照片,才让我认为所谓"莲叶托桃"的传说,不过是一则谣言而已。原因显而易见——如果慈禧发现有人用这种方式羞辱自己,自然会杀人,但也一定要拆房子吧。难道她还会允许这个"莲叶托桃"保留到现在?

进一步的考证发现,慈禧这座行宫并非其"回銮"所用,此行宫建成于光绪二十九年(1903年),是为了让西太后到清西陵祭祀时歇脚用的,建造这座行宫的,正是后来的"窃国大盗"袁世凯。即便忽略掉时间问题,假如这座建筑真的出了这么大的问题，慈禧又怎么能放过这个直接责任人呢?

那么，孔庙之中的柱头，更是推翻谣传的最有力的证据——这里的柱头，有的可以追溯到金朝大定年间，那个时候，便有"莲叶托桃"的造型出现，说明这是我国传统建筑领域一种常见的装饰方式，和还有六七百年才出生的慈禧没有半毛钱的关系。这应该是游孔庙的一个意外收获。

我想，那个关于"莲叶托桃"的传说，多半是后人看到大戏楼后联想出来的。

也是，否则的话，颐和园的栏杆柱头也都是"莲叶托桃"，如此一来，慈禧晚年怎么在这儿住啊？

## 孔子和孟子的祖辈曾是政敌？

【小编按语】

【孔子和孟子分别是春秋时期和战国时期儒家学派的代表人物，因此儒家学派又被称为"孔孟之道"。二人也颇有渊源，孟子是孔子之孙子思的再传弟子，并且二人都曾周游列国，向各国君主推广儒家仁政的思想。但最终无人采用，只能回家著书立说，传道后世。】

到曲阜的孔庙和邹城的孟庙拜夫子，会感受到近乎相同的儒学文化感召。两位先师的谦谦之气，两千年后的今天，我们仍能感受到。

谈到孔子和孟子，一个至圣，一个亚圣，"孔孟"常常是不分家的，而且孟子在著作中对孔子极为推崇。因此，在少年时代，老萨一度以为孟子是孔子的学生，或者是曾经受到孔子影响的同时代学者。后面才了解到，孔子出生于公元前551年，而孟子出生于公元前372年，相差了一百多年。《史记》中有孟子就学于孔子的孙子子思门人的记载。虽说有教无类，但孔子当年和老孟家可是有过节的……

大家都知道孔子五十五岁时开始周游列国，这件事和今天退休的大爷大妈出去旅游不同。说好听的是去推销自己的治国理念；说不好听的，便是孔子在鲁国仕途失意，为了避祸被迫背井离乡。

孔子在鲁国官至大司寇、摄相事，怎么会弄到出走的地步？这件事，便与孟夫子的祖宗关系很大，可以说，孟家与孔子的矛盾，是导致这位至圣先师失势的导火索。

那么，孟子的祖先到底是什么人，又与孔子是什么关系呢？

孟子的祖先是鲁国的国君鲁桓公。这位君主不甚有名，但其子鲁庄公是我们在中学学过的《曹刿论战》中的"忠之属也"的君主，有过战胜强齐的功绩。

然而，鲁庄公并不是孟子的直系祖先，他的兄长庆父才是。庄公兄弟四人，依次为庆父、庄公、叔牙、季友。庆父不能继位是因为他并非嫡子，拼妈拼不过庄公，其实，从历史记载来看，此人是颇有能力的。

因为不安其位，这位公子庆父也是鲁国历史上最能折腾的。他在庄公死前私通国母哀姜，窥伺王位，庄公因此赐死了支持庆父的弟弟叔牙。

庄公去世后，庆父勾结哀姜，杀了庄公立下的太子公子斑，迫使另一个弟弟季友逃亡，立了哀姜的外甥鲁闵公为君主，后为了自己上位又杀了鲁闵公……世称"庆父不死，鲁难未已"。最终，鲁国人在季友的率领下驱逐了庆父，并迫使他在莒国自杀。

不过庆父死于公元前660年，与孔子差了一百多年，与孟子差了两百多年，他再能折腾也和孔孟没什么关系。真正和孔子打交道的孟子的祖先是"三桓"中的孟孙氏。

说来春秋时代的贵族政治还是很讲规则的。尽管庆父为鲁人所厌，但他的家族依然为鲁国政坛所接受——他毕竟是鲁君的后代嘛。这便是孟孙氏家族，其族人人才辈出，到孔子出生的时候，孟孙氏与叔孙氏（叔牙的后代）、季孙氏（季友的后代）成为鲁国最有势力的三大家族，连国君都被他们架空了。因为他们都出自鲁桓公，故此被称为"三桓"。孔子便是因为季孙氏的赏识而步入鲁国政坛核心的。

如果看那段历史，我们会发现最初孔子与孟家的关系是十分愉快的，甚至留下了很多佳话。

孔子年轻时，孟孙氏的掌门人是孟僖子，此人是个周礼的信奉者，十分欣赏孔子。故此，他去世的时候，特别吩咐两个儿子孟懿子和南宫敬叔拜孔子为师学礼。《左传》中有他的嘱托："吾闻将有达者曰孔丘，圣人之后也……"可以说，这位老大做的最后一件事便是帮孔子刷名望。孔子曾经问道于老子，当时跟在他身边的便是孟孙氏的老二南宫敬叔，二者关系之密切可见一斑。

孟懿子继家主之位后，对孔子也十分尊敬。《论语》中有他向孔子问孝之事："孟懿子问孝，子曰：'无违。'樊迟御，子告之曰：'孟孙问孝于我，我对曰无违。'樊迟曰：'何谓也？'子曰：'生，事之以礼；死，葬之以礼，祭之以礼。'"

这段话我曾请教过曲阜师大的单承彬教授，单先生的回答十分有趣。他认为这段话的情景感十足——孟懿子问孔子什么是孝，孔子说"无违"，也就是不要违逆。出门后孔子却对给他驾车的弟子樊迟重复了一遍这个问答，什么意思？那是因为他说完"无违"，本以为孟懿子会追问一下，自己便可以好好讲讲这是什么意思。孟懿子没有继续问，孔子觉得话没说透，不过瘾，便和樊迟叨唠叨唠。结果樊迟果然是个伶俐人，立刻凑趣地问："这什么意思啊？"孔子于是延伸解释，说孝者无违，并不是不要违背先人的意志，而是对其生死葬祭都不要违背礼制。

孟懿子的儿子，孟孙家下一代家主孟武伯也曾问孝于孔子，孔子的回答又不大相同，《论语》载："孟武伯问孝。子曰：'父母，唯其疾之忧。'"这里面玄妙各有所解，但孔子和孟家下一代的关系不错，是不争的事实。

三代的交情，政敌之说从何谈起？

朋友之间的情谊，往往因为政治理念，特别是利益而崩解。孔子和孟孙家的关系便是如此。

公元前498年，担任鲁国大司寇的孔子，实施了谋划已久的"堕三都"行动。所谓"堕三都"，便是拆毁季孙、孟孙、叔孙"三桓"家采邑的城墙。

孔子一生都在追求拨乱反正，克己复礼，鲁国国君羸弱，三桓把持朝政的局面显然不符合他的政治理想，"堕三都"的根本目的是削弱"三桓"的势力，以集权于鲁定公——后来鲁定公任命孔子"摄相事"，显然对依靠他收回权力有所期待。

这么一个明显不利己的举动，"三桓"竟然接受了，而且叔孙氏和季孙氏都按照承诺拆掉了自己采邑的城墙。

原来，当时"三桓"虽然架空了鲁君，他们自己也有被家臣架空的烦恼。这些家臣占据采邑，对家主阳奉阴违，日渐跋扈。所以，"三桓"听到孔子的建议，认为这是一个削弱采邑家臣的好机会，便接受了。

叔孙、季孙已经拆除了城墙，孟孙氏的家主孟懿子是孔子的学生，按说应该更支持老师吧？没想到，孔子的这次行动最后就栽在了这个学生身上。

等拆城行动开始，孟懿子的家臣公敛处父便提出了不同看法。他说："堕成，齐人必至于北门。且成，孟氏之保鄣，无成是无孟氏也。我将弗堕。"我们孟家这座郕城拆了，齐军便可以轻松抵达鲁国都城的北门啦（先给出一个冠冕堂皇的理由），且这座城是孟氏的保障，没有郕城，孟氏就不保啦（亚圣也就生不出来啦），我们不能拆城。

孟懿子很快也明白过来了，于是拒绝拆城。鲁君图穷匕见，派出军队攻打郕城，却没能打下来。

这时季孙氏和叔孙氏也反应过来了，明白了孔子的本意。本来季孙氏是孔子执政的后台，因为此事双方就此闹崩。鲁君收回权力的政治努力最终落空。一年后，孔子不得不"出国考察"，可以说他倒霉就倒在自己的学生孟懿子的这背后一刀。

孟懿子造成孔子流亡,两人再没有师徒之谊,而且,他的儿子孟武伯继承了父亲的政策,继续打击国君,致使鲁哀公被迫逃离。孟武伯的孙子孟庐墓便是孟子的曾祖父……

但是,孟孙氏的后代仍然和孔子的弟子等保持着密切的关系,曾子病重时,孟武伯的儿子孟敬子当政,还专门去看他,这才留下了"鸟之将死,其鸣也哀;人之将死,其言也善"的典故。似乎,孔孟双方的私人关系倒是没有受到政治的太大影响。

看来,名人间的纠纷和世代传递的情仇,是我们这些凡夫俗子搞不懂的。

# 被阉割的汉使

【小编按语】

【在古代,皇帝不能事事躬亲,所以必须指派人代行,然空口无信,辄以节为凭。节代表皇帝的身份,凡持有节的使臣,就代表皇帝亲临。对外他们象征皇帝与国家,也担负着国家的重托,有些使节甚至会被允许"全权便宜行事"。】

在大汉朝,如有外敌胆敢"明犯强汉","虽远必诛",在那样一个时代,谁敢把汉使给阉了?

在汉朝的外交活动中,"汉使"是与张骞、班超、苏武这些声名赫赫的人联系在一起的。作为首使西域的张骞流落异域十余年,百余人的使团最终只有他和堂邑父两人得以回到长安,但他始终带着那根象征使命的汉节。从此,永不"失节",便成为一代代汉使的传统与骄傲——纵观汉代历史,这几乎成为一种信念,虽千万人吾往矣的气概,所以直到今天,提到"汉使"二字,我们总会有一份敬重。

或许正是这一份英雄气概，使得汉家使臣在异乡也会得到一份尊重，有被杀的，却很少有被折辱的。张骞出使，第一次被匈奴所俘，面对这个气度恢宏的汉使，军臣单于还是很讲道理的，只是问他如果匈奴派人去南越，汉朝会是什么感受，而后以胡女妻之，虽然不放他和他的部下走，待遇上却似乎并无虐待。不过张骞最终还是跑了，继续他联系西域的使命，但在返程中再次被俘。而这位博望侯也再次被带到军臣单于面前的，而军臣依然没有责怪他，还让他夫妻团聚。在这种敬重英雄的文化环境下，似乎没听说哪个不要命的家伙敢把，会把，真把汉使给阉了。

然而，在历史上，还真有一位被阉掉的汉使，说起来，还是有些曲折。

这位被阉掉的汉使名叫季都，汉宣帝年间奉命作为副使出使乌孙，而下令将他阉了的却也是汉宣帝。这又是怎么回事呢？

要说清这件事，得从季都的使命说起，他是奉命前往乌孙调查一起谋杀案的。

在这起案件中，受害者是乌孙当时的国王（"昆弥"）"狂王"泥靡，而凶手则是他的妻子——来自汉朝的解忧公主，以及汉使魏和意与任昌。乌孙是个在汉朝和匈奴之间摇摆不定的国家，其君主往往娶两个王后，一个是匈奴公主，一个是汉朝公主。泥靡之前的乌孙王是解忧公主的第二任丈夫翁归靡（"肥王"），他死后，汉朝支持的继任者是解忧公主的儿子元贵靡——翁归靡最初也曾有这样的允诺，还承诺会向汉朝求娶公主为儿媳。而泥靡则是上上代乌孙王军须靡和匈奴公主所生，为乌孙亲匈奴贵人所拥立。他即位后，奉行的政策自然亲近匈奴，这对当时正在和匈奴全力博弈的汉朝很不利。解忧公主按照当地习俗，作为先王王后再嫁新王，并为泥靡生下一子，但双方一亲汉，一亲匈奴，政治问题并不会因为生了个儿子而缓和，关系始终十分紧张。而乌孙此前一直亲汉，泥靡的倒行逆施引来强烈反对，国内局势也颇为混乱。

这之前由于汉朝与乌孙关系良好，双方使节不断。适逢军司马魏和意与任昌送乌孙世子回国，解忧公主便与他们分析乌孙国情，认为"狂王"统治基础不稳，可袭之。魏如意和任昌设计在酒宴上刺杀"狂王"，可惜二人有班超的胆略却没有班超的刀法，只是刺伤了"狂王"，并被他逃走了。泥靡的儿子细沈瘦随即召集部众，将解忧公主等人包围在乌孙都城赤谷城，围城之战打了几个月。汉朝西域都护郑吉闻讯率军赶来，这才解围。面对乌孙国内剑拔弩张的形势，汉宣帝派张翁出使乌孙安抚"狂王"。此事，最终以魏和意、任昌被押回长安处死和汉朝向"狂王"赐金，派医生治疗了事。

在这次出使任务中，张翁因为表现不好，回朝后被处以死刑。

张翁的问题在于他在汉军已经解围的情况下，过于软弱，而且审理这个案件时处理解忧公主不当。当时，公主对张翁的审判结果不服，拒绝认罪。张翁竟然揪着公主的头发，拖过来大骂。这一下子可犯了大忌。

张翁可能是想借此表达汉王朝中央政府对谋杀行动的不满，以退让求和解。但这里需要说一下解忧公主的身份。这位公主本是楚王刘戊的孙女，刘戊是七国之乱的首犯之一，兵败自杀，死后楚国改封，以平陆侯刘礼为王。刘戊的子孙都被族谱除名，已经等同庶人。公元前100年，原和亲乌孙的细君公主病亡，汉武帝遂封刘解忧为公主，执行和亲使命。

虽说解忧公主是罪人之后，但人家毕竟是宗室，又获封公主，重新具备了皇家身份。这样一揪，皇家尊严何在？终西汉一朝，皇家和汉使一样，都是可杀而不可辱的。张翁对皇家的行为失当，引来了汉宣帝的不满。

要知道，解忧公主虽在长安并无地位，但在西域，那就是汉家的品牌象征，人家不仅是和亲的公主，还是大使，是汉王朝的全权代表。历史上，解忧公主是一个优秀的女外交家和女政治家，在西域为汉家经营数十年，势力颇为强大。她和翁归靡统治下的乌孙，是乌孙最强盛的时期，她的三个儿子一个成了乌孙的王，一个成了莎车王，而另一个则是乌孙大将，还有一个女儿成了龟兹王后，这是后话。

当时，汉朝的萧望之等官员担心兵连祸结，对乌孙的局势没有采取积极的干预态度，坐视这个西域最大的盟友倒向了匈奴，而解忧公主的选择不能说错，毕竟乌孙的选择对汉朝的影响也甚大。不过这里面本来没有季都什么事儿，他作为副使，没有参与对解忧公主的审问，他的任务是安抚"狂王"。他带着汉朝来的医生来给"狂王"治伤,"狂王"很感激,在他离开时还派出十几名骑兵护送,颇有惜别之情。

那,怎么会被朝廷判罪给阉了呢?

《汉书·西域传》中有简单明了的解释:"都还,坐知狂王当诛,见便不发,下蚕室。"就是说季都回到长安,因为明知道"狂王"该杀,却没动手,而被判处宫刑。也有人认为,季都应该是那个时代汉朝CIA的成员,以出使为名,但其真实任务是协助解忧公主完成刺杀,结果因为胆怯没动手,才被处刑。这在历史上查无实据,只能聊备一说。

真实的原因已消逝在了历史的长河中,但无论是解忧公主,还是张翁、季都,都以汉使的身份为后人描绘了千年前变幻莫测的外交风云!

## "海龙王"后代变科学家

**【小编按语】**

【北宋时编写的《百家姓》第一句是"赵钱孙李",由于当时"赵"为国姓,所以"赵"自然就排在了第一位。"钱"姓之所以排在第二,却是因为吴越当时的国主,钱镠的孙子钱弘俶,为避免当地百姓遭殃,主动取消国号,降了赵匡胤。要知道,吴越地区,历来为中国富庶之地,常为各国所争。如果吴越国坚持不降,恐怕赵匡胤得头疼一番呢。】

在《西游记》中大家最关心的是孙悟空,而对于其他的龙套,大多不是很清楚。比如说,孙悟空从海龙王手中夺取如意金箍棒的情节,人人都爱看,但对于那个倒霉的海龙王,很少有人琢磨他到底是个什么来历。

这个海龙王,其实有名有姓,在民间传说中,他的原型是五代十国中吴越国的国主钱镠。相传他出生时突现红光,且相貌奇丑,父亲钱宽认为不祥,欲弃于屋后井中,但因祖母怜惜,方得保全性命,因而取乳名"婆留"(意思是"阿婆留其命")。钱镠自幼学武，擅长射箭、舞槊，对图谶、纬书也有所涉猎，成年后以贩卖私盐为生。乾符二年（875年），应募投军，被董昌任命为偏将，随军平定王郢之乱。之后逐步高升，并建立了吴越国。

他因为在位期间大修海堤，使当地百姓免受钱塘江潮的祸害，同时在位达四十一年，寿考富贵，而被老百姓奉为"海龙王"。

钱镠年轻的时候武勇非凡，有意思的是，这位武将出身的"海龙王"虽是赳赳武夫，其后代却有很多人是科学家。

钱氏后裔为何经久不衰？据史书记载，钱镠曾立有家训，临终前留下"心存忠孝，爱兵恤民，勤俭为本，忠厚传家"等十条遗嘱，这些家训和遗嘱世代相传，激励和约束着钱氏后人。

在今天的杭州西湖，仍然可以找到钱氏祠堂。这位"海龙王"共有三十三个儿子，他们的后代繁衍成为著名的江南钱氏。西湖畔柳浪闻莺的钱王庙中，有钱氏族谱，得入祠堂的，据考皆是钱王世家。

如果细读其中的列名，会发现很多我们熟悉的名字，比如当代中国科学界著名的三钱，即钱学森、钱三强、钱伟长，竟然都是钱镠的后代。

其中，钱学森师从冯·卡门，是世界级的空气动力学家、航空工程与火箭技术专家，两弹一星总设计师。他毅然回国和回国后在科技界的贡献几乎世人皆知，而他早年所做的研究，现在又在渐渐变成热门——钱学森曾经是世界一流的航空母舰弹射起飞装置的设计师，他参与研制的火箭助推起飞装置，与今天"辽宁号"所需装备有异曲同工之妙。

钱三强则是中国原子能科学事业的创始人,中国"两弹一星"元勋,担任过中国科学院原子能研究所所长和学术秘书处秘书长、核工业部副部长、中国科学院副院长兼浙江大学校长,在每一个岗位都功勋卓著。中国科协副主席周光召评价他是"一位掌握全局、运筹帷幄的指点之才"。有意思的是,我们很多人只知道他在原子弹方面的成就,却没注意到他早年曾在反法西斯战争中为盟国做出过巨大贡献,并因此获得了法兰西荣誉军团勋章。

钱伟长,我国著名科学家、教育家,和钱学森一样师从冯·卡门,曾任美国加州理工学院喷射推进研究所总工程师。回国后一手建立了中国第一个力学研究所,担任中国科学院力学研究所副所长、国务院科学规划委员会委员、中国科学院自动化研究所筹委会主任委员等职,他不但在学术理论上卓有成就,而且还曾为人民海军设计过潜水艇。

这三位钱姓大家都是中国科学院的院士,但江南钱氏中的院士并非仅仅他们三人,只要稍稍查找,就会找到一连串的名字——

钱钟韩、钱临照、钱令希、钱逸泰、钱保功、钱易、钱鸣高……每一个名字都出现在中国科学院院士名单之中。而且,在国际科学界也时常能看到"海龙王"的后代。比如,钱学森的堂弟钱学榘是出色的空气动力学家,曾经担任美国波音公司的总工程师。钱学榘的儿子钱永健,与日、美两位科学家共同分享了

2008年的诺贝尔化学奖。钱永健的哥哥钱永佑是神经生物学家，兄弟俩都当选了美国科学院的院士。

中国有一句俗话，叫作"君子之泽，五世而斩"，意思是无论多了不起的家族，都难以永久传世，通常到了五代之后，便渐趋平庸。不过这位"海龙王"偏偏与此不同，传世几十代之后，仍有如此众多的优秀子孙，不能不令人惊讶。

应该说，如果中国多几个这样的"海龙王"家族，那，科学院会高兴，气象局会担忧。您想啊，如果这么多科学家都有海龙王的基因，我们有理由担心，这些海龙王要是集体布雨，雨伞恐怕不够用……

# 第三章
## 影像时代的中国

# 比芈月更强悍的王后

**【小编按语】**

【在男权社会，女性甚少出现在朝堂和战场之上，历史记载也不多。随着考古发现，商王武丁的妻子妇好刷新了我们的认知。妇好不仅拥有征伐权，多次受命征战沙场，平叛外敌，甚至还负责主持武丁朝的各种祭祀活动。即使去世后，仍一直被武丁挂念着。在卜辞中，曾三次出现"贞，妇好有娶"之句，这是武丁在妇好死后的占卜。据相关的解释说，武丁担心妇好在阴间受欺负，知道她嫁给了先王大甲、成汤、祖乙才安心。可见，妇好虽然是个女强人，但也是位备受宠爱的好妻子。】

《芈月传》大火，在播出后举行的"赏月晚会"上，有这样一段评语，说这部剧演绎了"历史上第一个可与男人比肩的女人"，在老萨看来，早在芈月出生的千年前，就已经有不让须眉的女性出现了。

这位女士，便是商王武丁的王后妇好，其一生波澜壮阔，比芈月更具传奇色彩。

妇好，大约是商代史料最丰富的女性了。有关她的资料，被记录在了从商朝保留下来的甲骨之上。同时，1976年发掘妇好墓时又出土了大量完好的文物，所以，她并非只是传说。丰富的考古发现，使我们能够更进一步了解这位传奇的中国女性。

关于这位妇好王后的传奇人生，其实无须老萨赘述，网络上的内容足够丰富，大体包括如下内容：

·妇好不但是武丁的王后，还是指挥大军的统帅，指挥兵力曾多达一万三千人。

·妇好活了三十三岁（也有分析认为她嫁给武丁是在武丁三十三年），高于商代的平均年龄，但无法与其执政五十九年的丈夫武丁相比。

·妇好成功地指挥了中国历史上第一次伏击战。

·妇好曾生育了多个子女。

·有研究认为成功入侵了古印度的雅利安人被妇好挡了回去。

……

这不是我们关心的，我们关心的是：妇好是如何比芈月更强势、更胜一筹的。

芈月太后的铁腕，能让诸侯折服。但是，这毕竟是间接的征服，而妇好王后呢？明显更加直接，如果谁不服，那她会亲自上阵诛之。甲骨文文献记载妇好经常亲自带兵，她的墓中的确出土了戈、矛、镞等兵器。[1]特别是一对大钺（就是超大号的斧子，分别重十七斤和十八斤）。考古学家认为这两柄大钺不会真的是妇好的兵器，它们太重了。我们不能动辄被《三国演义》里面青龙偃月刀重达七十二斤之类的描述迷惑，在欧洲重甲骑兵出现前，没有人会在战场上使用这么笨重的兵器，妇好也不会傻乎乎地拎着将近四十斤的累赘上阵。它们应该是权力的象征，是插在妇好战车上的装饰，或者是一种礼器。

但有位考古学家告诉我，妇好上战场可能用的就是斧子。因为在妇好墓中还有一柄带着"启亚"或者"亚启"铭文的大钺（可能是一个名叫"启亚"或"亚启"的善于锻造的部落），相对轻一些，而且上面有劈砍格挡的痕迹。这位女将军便是持这种兵器冲锋陷阵，大杀四方的。

妇好武艺高强，甲骨文是有记载的，曾有犯人逃脱，武丁让妇好去抓回来，"呼妇好执"。

仔细勘查，会发现商王武丁为自己这位妻子殉葬了一整套作战单位所需的兵器——战车。妇好的战车，前有驭手，左有持戈的防守卫士，右有持矛的进攻卫士，身边还有一名手持弓箭的狙击手（弓可能朽坏了，未发现），妇好自己手持大斧，一边砍着敌人的脑袋，一边高呼："杀呀……"反正，动武，芈月太后恐怕不是其对手。

---

[1] 有学者认为甲骨文中虽然记载了妇好曾数次参与战争，但并不代表她会直接手持斧钺上前线去打仗。

芈月太后拥有极高的权力，她打破了男人对于权力的垄断。但这种事儿，妇好王后干得更彻底。作为一个女人，她居然有自己的封地，而且经常住在自己的封地里，打理封地的政务，还有三千军队。老公武丁会不时来住上几天。芈月太后还没有独立到这个资格，她只能说"为了大秦"，而妇好除了"大商"以外，还有自己的封地。

唯一遗憾的是关于妇好的封地，甲骨文中始终没有说清楚，只说是在商国的边缘。这我们倒可以做一点儿考证——妇好死后，曾被她打得满地找牙的鬼方（据说是从河西走廊入侵的印欧种族）试图占领妇好的领地，武丁占卜后出兵打败了这帮试图欺负自己老婆的外国人。

根据王国维先生考证，鬼方的活动范围主要在陕西，商的核心在河南，据此推测，妇好王后的封国，很可能在今天灵宝到潼关一带。

此外，两人出身都比较高贵，不过芈月太后的高贵有一半是被电视剧夸大的，而妇好是真的高贵，商周时期都是子以母贵，母亲、娘家的家族势力大，孩子自然受益，当王的机会也就大，而妇好的后代据说一个为商王，一个为太子。下葬时，宣太后殉了兵马俑，而妇好则真真正正殉了十几个大活人下去，有一个还被打得颅骨迸裂。

这位当过女将军的王后，魅力显然是多方面的。从出土文物中，我们惊讶地发现，妇好身上散发的女性芬芳，完全可以和21

世纪的女性分庭抗礼。

让我们从厅堂、厨艺、饰物等方面，将妇好和现代女性来一一比较一下：

一、俗话说，好女人要上得厅堂，下得厨房。

这上的厅堂，便是社交魅力的体现。从这个角度来说，现代女性具有得天独厚的优势。但妇好在社交舞台上，也是带着范儿的——女巫范儿！

没错，从留存下来的甲骨文文献判断，妇好除了领兵打仗，还有一个职务——商帝国的国家大祭司。

所谓"国之大事，在祀与戎"，能成为国家大事祭祀的主导人，妇好的地位自然不用多言。《礼记·表记》中有"殷人尊神，率民以事神，先鬼而后礼"之语。据甲骨文记载，妇好曾主持各种祭祀，甚至包括她公公帝乙的国家祭典。商代祭司权力极大，据说能够通灵，法力极大，国家的兴衰荣辱与个人的旦夕祸福都出自祭祀之口，无人敢不敬，否则恐怕会遭天谴，遭雷劈。由此我们可以大概勾勒出她的气质来。

二、所谓下得厨房，说的是女人要会做饭，因为胃是通向男人的心的最近通道。

在这一点上，咱们现代女性更不怕了，煎、炒、烹、炸、溜、煸、焗、蒸、酱，多少也会点儿吧。何况咱们还有电饭锅、电饼铛、空气炸锅等炊具助力。

商代，虽然食物匮乏，但妇好的饮食一定不会差。这话可不是乱说的。工作人员在妇好墓中发现了一件令人费解的青铜器——青铜三联甗。经过长时间的破解，人们才恍然大悟——这居然是个灶具！三个火头一块儿蒸煮，这不是煤气灶的原型吗？而且，人们发现上面的锅居然是没有底的。一位云南考古学家看过之后，脱口而出："这可以做汽锅鸡啊！"看来，妇好对于美食也是有要求的。那想来，厨艺上也不会太差吧，好吃的人一般也对美食的做法有研究。

我们还发现了一件有趣的事情——妇好是个好酒的女子。

妇好的墓中，发现了一百五十六件精美的酒器。一百五十六件啊，件件都是国宝！

掌管祭祀的妇好，工作需要喝酒，同时一定也十分爱酒，否则不会随葬如此大量的酒器。

三、最后，我们再来对比一下首饰。

爱美是女人的天性。现代职业女性不仅拥有令人眼花缭乱的化妆品，甚至有的还拥有专业化妆师，在21世纪各种首饰和化妆品的支撑下，这回当不会落败了吧？

然而，也不好说。在妇好墓中发现了大量用于固定发式的玉笄，就是玉制簪子，造型精美，当然还有铜镜、玛瑙珠等饰物，看来当时女子的审美观与现在差不太多。

在其他殷商墓地的发掘中，发现了这些玉笄的用法，商代的女性要在自己头上插十几根这样的笄子，想想看，她们的脑袋平时一定弄得跟日本插花似的。

考古学家进行了一次实验,发现要完成这样一次装扮,至少需要两个小时,妇好作为王后,头饰可能更复杂。这意味着妇好要常常坐在铜镜前,花上两三个小时梳妆。想象一下您家太太每天花三个小时做头发……

比钱,妇好连阿拉伯人的钱都挣(当然,那时候不叫阿拉伯)。

比知性,妇好奉命整治祭祀用的龟甲,这在商代属于技术活。

比孩子,妇好的俩女儿是政府官员,儿子是商王、国家元首……

# 一位没做过皇后的皇太后

【小编按语】

【汉代前期,很多女性在历史上留下了深深的印记。提起薄太后,大家可能不清楚她是谁,但一定知道吕后和窦猗房。从魏王豹的妃妾到刘邦的妃妾,从宫廷无宠的美人到代国的王太后。吕雉死后,刘姓诸王争权,敦厚仁义的代王刘恒白捡了个皇位,而薄姬也成为历史上第一位没做过皇后的皇太后。】

《美女与野兽》作为一部世界名剧,以其恢宏的气象与强烈的对比给观众以剧烈冲击。当然,这毕竟是一部童话意味的作品,美女的美好与野兽的野蛮是两个极端。

在真实的世界中,美女与野兽并不是完全排斥的。比如埃及艳后的雕像总要铸上两条毒蛇,因为这位女王当年自尽的时候便是选择了与蛇共舞的方式。由此可见克里奥帕特拉女士熟悉动物,绝不是那种见到老鼠或者蟑螂就会发出海豚音的娇小姐,然而要在东方,埃及艳后也就是《笑傲江湖》里蓝凤凰一流的江湖水准。

五毒教主蓝凤凰，是金庸先生刻画得相当成功的一个艺术形象，埃及艳后和她摆弄动物的品位应该是比较接近的——她们身边盘桓的都是冷血动物和毒物，不知她们是否会喜欢"蛇蝎美人"这一称呼呢？

东方文化一向被认为博大精深，哪怕在和野兽打交道的方面。史书上曾记载过一位善于和野兽打交道的美女——大汉朝的一代国母，汉文帝之母薄太后。

有没有搞错，堂堂皇家太后，会喜欢和野兽打交道？

汉朝的皇族，会与野兽打交道并新鲜。比如前些日子大出风头的海昏侯刘贺，他的四伯广陵王刘胥便是一个经常和野兽打交道的主儿，班固《汉书》记载："胥壮大，好倡乐逸游，力扛鼎，空手搏熊羆猛兽。"意思是这位汉武帝的儿子膂力强健，能空手和狗熊野猪搏斗；而刘贺的表兄弟，广阳王刘建则玩得更过分一些，喜欢驯养金钱豹，死了以后还放了一头在墓地中，大概是作为镇墓兽。（1974年发掘刘建之墓，即今大葆台汉墓的时候，发现了这头金钱豹的遗骨。）而汉朝的驯兽水平也很高，两汉交替之际，汉光武帝刘秀与新莽军战于昆阳，当时新莽军队中便有一名善于驯兽的山东大汉，据称"驱诸猛兽虎豹犀象之属，以助威武"[1]。从中可见汉代饲养动物的水平之高。

不过，以上善于和动物打交道的都是男性，薄太后和动物有

---

1 《后汉书·光武帝纪第一》

缘分，在女性中可算比较少见的。

薄太后本人有着非常传奇的一生。她生于吴郡，属于非婚生子，地位微贱。年少时丧父，随母从江南迁至中原。不知什么原因，神卜许负曾为她相面，说她会生个皇帝出来。此时正值秦末，六国贵族纷纷起兵自立，魏王豹收薄姬为妾，并因许负的卦辞而自矜。

魏王豹出身豪门，勇武过人，但野心勃勃。他是战国时魏国末代国君魏王假的弟弟，自幼图谋反秦。陈胜吴广起义时，魏豹与兄长魏咎往投，与陈胜的大将周市合兵，重建魏国。在和秦将章邯的战斗中，周市和魏咎先后死难，魏豹便成为秦朝灭亡后项羽所封的魏国国君，史称西魏王豹。他曾在刘邦和项羽间左右徘徊，试图谋求自立，后为韩信所败，身死国除，是魏国的最后一位国君。《无棣县志》载："汉魏王豹墓，城北七里。相传韩信由燕伐齐到此，豹迎战三百合。"故宫所存《堆绫项羽魏豹戏像册》中将其与霸王并列，可见其勇。

不过，据说能生皇帝的薄姬跟了魏豹，却没能给他生个一儿半女，估计当时老魏家想砸许负卦摊的大有人在。

魏豹被俘后，其姬妾均被刘邦收入宫室，薄姬被置于织室，也就是变成了一名养蚕女，刘邦不知道许负的卦辞，所以根本没留意这个小女子。兵荒马乱中女性是合群的生物，落难时总喜欢扎堆取暖，故此薄姬曾与另外两名美少女和陈胜与乡人一样约定"苟富贵无相忘"。这两人后来被好色的刘邦临幸了，但她们没有遵守诺言，反而拿这件事取笑薄姬，不料恰好被刘邦听到。刘季虽然流氓无赖之气十足，但也算有些担当，因此怜悯薄姬，故此宠幸了她。仅此一回，薄姬竟生下了儿子刘恒，这使薄姬在宫中有了些许地位。不过刘邦并不是真的喜欢她，所以此后也很少见她。

薄姬和刘邦这种淡淡的感情，阴差阳错成了自己与儿子的保护伞。刘邦死后吕后专权，老牌醋坛子大发淫威，大风哥宠幸过的妃子几乎无一善终，唯一的例外可能就是薄姬。

因为薄姬凄凉的遭遇，连吕后都对她有几分怜惜，吕后考虑到她母子孤弱，对自己并无威胁，故此封刘恒为代王，薄姬也被放出宫去，随儿子北去了代国。

西汉的代国在今天晋北一带，毗邻边境，颇为艰苦。但史书记载薄姬似乎并不怎么在意，以安身立命为足，经常纵情山水，以牛羊相伴为乐。正史中也有只言片语说薄姬喜欢动物。

令人意外的是这个小女子后半生命好得如同开了外挂——诸吕乱汉被周勃等老臣平定，朝中无君，人们这才发现刘邦的儿子似乎只剩刘恒还活着，于是迎其为帝，薄姬就此成了一国之母薄太后。

刘恒善于治国，体恤民间疾苦，遗泽后世，开创了文景之治的盛景，而且，他以孝顺著称，侍母极好。二十四孝中"亲尝汤药"讲的便是汉文帝和薄太后的故事。

没有一个靠谱的丈夫却有一个靠谱的儿子，薄太后因此晚年很幸福，以仁厚和与世无争闻名，直到汉景帝年间才去世。

话说到了1975年6月，修整水渠的农民在狄寨村附近发现了一批长方形的地下坑洞，里面填满了骨骸。由于这一带是汉代王陵所在地，这件事引起了文物部门的关注。经过勘探，他们断定，这是从属于南陵（薄太后的陵寝）的一个大型动物陪葬坑。

在汉代帝王的陵寝附近发现动物陪葬坑不是第一次，汉宣帝的平陵中便发现过三十头殉葬的骆驼。不过，薄太后陵寝的动物陪葬坑颇有些不同。

以汉代墓葬而言，一般的动物陪葬坑，主要是：

第一，显示威仪和财富，比如殉马，通常是四匹马配一辆车，鞍辔俱全。以当时的社会情况，殉这样一组骏马，等于现今火葬时顺手烧了一辆奔驰车，多奢侈啊。

第二，埋葬猛兽作为镇墓兽，以避免邪祟侵扰墓主的安宁。刘建就曾在自己墓里埋了一头金钱豹。后世墓葬群里各种狰狞可怖，甚至人鬼不分的镇墓怪兽，大体来自这一流派。

但薄太后墓的随葬坑中的动物却有些不同，单个品种的动物数量并不多，基本为一匹或两匹，似乎并无炫富的意义，但品种却十分丰富。整个陪葬区分为二十个整齐的长方形坑洞，每个坑洞中葬有一种动物，动物都被装在已经腐朽的木笼子中，甚至有些动物的尸骨旁还放有喂食的陶罐——这不是一个地下动物园吗？！

据推测，这些动物，都应该是薄太后饲养的宠物，在她去世的时候，按照"事死如事生"的观点，这些动物被陪葬南陵。

而将薄太后称为东方美女与野兽的代表，并不仅仅因为她的墓中陪葬了一个动物园，更因为在这些陪葬的动物中，有一些令人震惊的物种。

第一具出土的动物骨骸便令考古人员十分困惑，它的四肢和躯干部位的骨骼已经被地下水剥蚀毁坏，只有一个硕大的颅骨保存了下来。其锋利的犬齿说明这是一种肉食兽，磨蚀的臼齿又表明了其草食性特征，不似如今任何一种常见的动物。

这个头骨送到北京，才在中国科学院动物研究所研究人员的研究下有了结论——原来，这是大熊猫的头骨。

而第二头出土的动物则干脆在中国境内绝种了，这是一种身躯硕大的犀牛。根据其头骨和趾骨的特征可以判断，这是一头如今只存在于印度尼西亚丛林的爪哇犀。

在基本销蚀殆尽的小动物遗骨中，有疑似猫类的骨骼，这让人们对中国何时出现家猫再次争论起来。《诗经》中"有熊有罴，有猫有虎"的记载，空穴来风，其来有自。[1]

进一步的研究表明，薄太后的熊猫已经成年（根据牙齿磨蚀情况推断），而犀牛是准成年，这说明它们在汉王朝的都城生活了相当长的时间并被驯化了。

要知道成年野兽几乎是无法驯化的，只有幼兽才可能会被太后饲养。DNA检测证实，薄太后的大熊猫是一头陕西本土的秦岭

---

[1] 此处的猫是否为家猫，学界说法不一。

亚种熊猫,这说明薄太后园中的野兽是无害的、被驯化了的。

可以想象一下当年薄太后出行的场景:犀牛开道,熊猫相随,太后怀里抱着猫咪,各种怪兽鱼贯于后……

忽然想到,薄太后并没有与汉高祖合葬,而是有单独的陵寝,她的南陵正好在刘邦的长陵与刘恒的灞陵之间,被称为"左望吾夫,右望吾子"。

看来,薄太后应该是一个很重感情的女性。

问题是,身边带着这一大群野兽,那两位就算知道您惦记他们,哪敢过来啊?!

## 杨贵妃是伊朗美人？！

**【小编按语】**

【明艳动人致使"六宫粉黛无颜色"的杨贵妃，或许因为其传奇的经历和悲惨的结局一直为世人所怀念，留下了很多动人的诗文和传说。世人多以为唐玄宗贪恋的是杨玉环的美色，殊不知安史之乱时，唐玄宗带在身边的杨玉环已经三十八岁了，即使是在现代的保养方法下，这也不是一个对女性友好的年龄。二人如果没有爱情，何能如此？但再唯美的爱情终难逃现实。】

伊朗，古波斯王朝故地，盛产美人的地方。

然而，杨贵妃是伊朗人？作为杨玉环的同胞，老萨活了四十多年，第一次听到此种说法。

这个惊人抑或雷人的信息，是我在查阅日本方面关于丝绸之路的研究资料时发现的。说起来，这篇文章最开始让我注意到并不是因为这种说法。

在日本新人物往来社出版的《历史读本别册》杂志《丝路之梦

与冒险记录》专刊中,看到了一篇署名山田宪太郎的文章,如果直译其题目,应该是《魅惑玄宗的杨贵妃的腋臭》。

唐玄宗的品位有这么奇怪吗?如果是一部街头杂志,出现这样奇怪的文章倒也罢了,偏偏《历史读本别册》还是一部颇为严肃的史学杂志,从封面上也可以看到其浓厚的学术味道。山田其文前后分别是《世界两大王朝——唐和阿拉伯帝国》和《蒙古帝国中的欧洲人》,都可以看作是历史论文,那,这一篇是怎么回事儿?

因为好奇打开文章来读,才注意到本文还有一个副标题——"杨贵妃,是伊朗系的多汗性美人"!

杨贵妃和伊朗能有关系吗?我记得她似乎是四川美人[1]。

当然,如果从点击率的角度来说,写杨贵妃在日本是很容易吸引眼球的。

日本人对杨贵妃是有情结的,在日本影坛至今被视为不可逾越的清纯玉女山口百惠,便自称是杨贵妃的后人。

战后日本专门拍过一部名叫《杨贵妃》的电影,现在看来颇似艺术片,但因为里面有沐浴的镜头被不懂东方风情的美军审片员直接咔嚓了。

在山口县,还有杨贵妃的墓,据说是杨玉环逃到日本后的埋骨之地。

---

[1] 有关杨贵妃的籍贯存在争议,一般有五种说法,即河南灵宝、山西永济、陕西华阴、四川成都、广西容县。

杨玉环有可能逃过马嵬驿之难吗？女作家林特特对此的看法是，逃到日本的应该是杨玉环的侍女而不是她本人，而后由于某种类似强迫症的心理疾病，侍女把自己当成了贵妃。

连日本人自己也认为这种可能性很低，不过，还是乐于提起杨贵妃的墓在山口，这应该只是表明杨贵妃在东瀛的影响之大。

这位作者山田，或许只是追求眼球经济的无聊之人？

应该不是这样。这位山田宪太郎教授并不是历史学家，而是日本第一号的香料学家。

山田宪太郎，长崎县谏早市人，1907年出生，出身于小川香料会社，先后在近畿大学、桃山大学和名古屋大学担任教授，1977年因为《东亚香料研究史》一书获得日本学士院奖，在世界香料研究领域地位颇高。同时，在研究香料的过程中，他也对东西方交通史颇有涉猎，因此被《历史读本别册》编辑部邀请来为这一期的丝路专辑写文。

所以他的观点绝非奇谈怪论，也不是认为玄宗有怪癖——香料学家通常都是香臭不分的。这一方面因为我国古代汉语里面"臭"本身包含"香"的内容，而且，从理论上来说，没有哪种香浓到极处不是臭的……

不过看了文章，那种雷人的感觉少了很多。山田提出，杨贵妃出生的蜀地与西域交通密切，而杨贵妃在历史记载中有如下特征——多汗，白皙，肥满，爱洗澡，爱用香料，在"唐代杂书"（山田没有指明何书）中记载杨贵妃的汗带香气，"每有汗出，红腻而多香"[1]，沐浴之后池中也有体香——这应该是体味浓重的隐喻。

在研究香料时，山田注意到不同人种的区别，山田认为杨贵妃可能是带有波斯白色人种血统的混血。他分析认为，杨贵妃好用香料，可能是为了掩饰"狐臭"。所谓"狐臭"，指的是白色人种与中原民族不同的强烈体味，而这主要来自于腋下的大汗腺……山田引用了唐诗中对于胡姬的描述来猜度杨贵妃的来历，所谓杨贵妃是"伊朗系美人"不过是山田先生的推测而已。

唐玄宗在历史上很可能真的有一个来自中亚细亚的妃子——寿安公主之母曹野那姬。曹野那是粟特语"最喜欢的人"之意，她被怀疑是曹国（今塔吉克斯坦与乌兹别克斯坦之间）进贡的舞姬，若有伊朗—波斯血统是符合逻辑的。但杨贵妃和伊朗恐怕没什么关系，须知蜀道之难难于上青天，波斯人要想进入蜀中比进入长安难度还大。

如果山田是个历史学家，这种逻辑推理水平怕是会被拍板砖。不过，他这篇文章中倒有一段令人唏嘘的文字。

山田的专业是香料，谈杨贵妃自然也少不了这两个字。他对杨贵妃所用香囊的材料进行了技术性的分析，并提到日本正仓院还存有类似的香囊。但中间笔锋一转，讲起了一个和专业似乎关系不大的故事。

他说这一段故事来自段成式的《酉阳杂俎》，里面记述了一

---

[1] ［五代］王仁裕《开元天宝遗事》

段天宝年间的遗事——玄宗和某亲王下棋，令琵琶圣手贺怀智弹奏为乐，杨贵妃在一旁观棋。棋局进行到官子阶段，玄宗渐渐落了下风。看出老公的情况不妙，杨贵妃突出奇兵，悄悄放出一只康国进贡的"猧"，这小家伙蹦上棋盘，顿时两军阵容大乱，再没法计算输赢。结果自然是"上大悦"。

不过，可能因为贵妃动作过大，又值有风，她围的领巾被甩到了一边，正落在贺怀智头上。贺怀智不敢稍动，良久转身，丝巾才落到了地上。贺怀智回到家中，摘下戴的幞头，发现幞头异香扑鼻，于是用盒子将其密封起来。

刘旦宅的《猧子乱局图》便是描述这段故事的，放大之后可以看到，所谓的猧子，便是那个时代从东罗马经撒马尔罕（康国）进口的弗林犬——专家认为那是哈巴狗的原型，只不过毛粗糙一些。

仔细想想，杨贵妃应该是个很独特的女子，她聪颖而颇有个性——除了会猧子乱局以外，她还喜欢喝酒，对玄宗以外的男性也不是那么守礼。

对于历经太平、韦后、上官等女主之乱政的玄宗李隆基来说，这样接地气的女子也许更值得珍惜和亲近，老萨推测这便是玄宗喜欢杨贵妃的原因——这大约和"狐臭"没什么关系。

不过，那个"猧子乱局"的故事结尾并不浪漫。

安史之乱后，玄宗已成太上皇，而贵妃早已香消玉殒。贺怀智再来看望失意的李隆基，携来已存八年的旧幞头，并提起当时的事情。玄宗开盒，依然可以嗅到香气，流泪道："这是瑞龙脑香啊。"

瑞龙脑香,主要成分为天然冰片,当时是苏门答腊岛上的特产,交趾国曾进贡于玄宗,玄宗因其香而凉,以十枚赐予怕热又喜好香料的杨贵妃。不料,斯人去之久矣,而香气宛在。

千古风流,亦不过命运所翻弄的落叶,令人一叹。

## 谁敢和东、西两太后争丈夫?

【小编按语】

【咸丰可算是一个苦命皇帝,幼年因骑射摔下马,落下终身残疾。刚登基便爆发了太平天国运动,之后第二次鸦片战争爆发,仓促逃往热河行宫后病死在那里。相比咸丰,他的两位皇后——被称为东西宫皇后的慈安和慈禧的命更好。其实咸丰帝还有一位皇后,只是不为人所知罢了。】

日前,因为参加电视台一个节目的拍摄,去了趟东陵,了解到很多令人意想不到的事情。

在慈禧陵墓地宫拍摄的时候,听管理处的老哥说起来,这个老太太实在不简单,不但陪葬极为奢华(当然也因此引起了盗墓贼的觊觎),而且葬制颇为出格。

尽管封建社会将帝后均视为"君",但皇帝是"大君",皇后是"小君",地位还是有区别的。所以在一般的建筑中,都是龙在上,凤在下,以示皇帝高于皇后。

然而东陵的慈禧墓中,处处可见凤在上而龙在下。

这要在日本幕府时代，估计会让很多人切腹的——即便幕府将军和妃子行房的时候换个凤在上的姿势，都会被认为是乾坤颠倒，会引发地震的，必然引来家臣死谏。

然而那是蕞尔小国的事情，执掌大清国政四十年，有废立生杀大权，杀肃顺，杀胜保，杀"六君子"，西太后慈禧可谓是心狠手辣，逾制对她来说根本不算个事儿。

不仅是在东陵，西太后活着的时候修颐和园，也是这种规格。不知这算是自信、女权主义，还是跋扈？反正，老萨觉得这老太太够蛮横的。

把这个观点和管理处的朋友说了，人家笑道，这种情况的确罕见，在整个清东陵啊，只有两个后妃的陵墓是凤在上，龙在下的。

啊，除了慈禧，在清朝还有这么跋扈的后妃吗？

孝庄？除了她好像清朝再没有执掌过国政的后妃了。

很让人意外，这个跋扈的后妃竟然不是孝庄，而是东太后。

这绝对是个颠覆性的认知。

在我们一般人的认知里，尽管当年的垂帘听政是两宫一起去做的，但东太后慈安完全没有慈禧那么显眼。

东太后慈安，钮祜禄氏，咸丰二年（1852年）入宫，被册封为皇后，为咸丰帝正妻。同治帝即位后，尊为母后皇太后，光绪七年（1881年）去世。葬于清东陵普祥峪的定东陵，谥号为"孝贞慈安裕庆和敬诚靖仪天祚圣显皇后"。

《清宫遗闻》中评价"东宫优于德","西宫优于才",一般认为其性格宽厚,不善政务,甚至有人认为所谓的"两宫垂帘",东太后根本就是个傀儡,只有慈禧在弄权。

但东太后陵墓中凤在上龙在下的图案表明,这位太后也不是个省油的灯。

事实上,慈安虽然不似慈禧那样强横,但也是一代权后。《清宫遗闻》记载有"东宫优于德,而大诛赏大举措实主之;西宫优于才,而判阅奏章,及召对时咨访利弊",换句话说,在同治时期的垂帘听政中,慈禧是那个苦逼干活的,慈安才是那个拿大主意的。按照当时的规章,东宫地位高于西宫。慈禧也明白这一点,"慑于嫡庶之分,亦恂恂不敢失礼"。

慈安之死有人怀疑是慈禧所为,不过证据不足,但权力欲强烈的慈禧对这位比自己小两岁的"姐姐"有意见那是肯定的。

东太后的威严和在朝野中的地位,从她死后的规格上也可见一斑,不但其陵墓上刻了凤在上龙在下的图案,而且全国军民不许剃发刮脸——这虽是祖制,但执行之严格,竟然连正在前去英国的北洋水师官兵都接到电报不允许理发,这也说明东太后的震慑力并不亚于西太后。

东太后慈安是钮祜禄氏。钮祜禄,在满语中是"狼"的意思,那是好惹的吗?

在随后去咸丰陵的路上,感觉有些怪异。

这是因为,慈禧和慈安的安葬之地,只有一墙之隔,但距离咸丰皇帝的清定陵，足有一公里远，这老公老婆怎么还不葬在一块儿呢？咸丰生前就是个药罐子，死后孤零零的岂不更凄凉？

带着这种怀疑，我们走进了定陵，进去之后我就更晕了。因为这里明确记载着，咸丰帝并不是一个人下葬的，跟他一起葬在这座陵寝中的，是他的另一个老婆——孝德显皇后。

这谁啊？居然敢呛东太后和西太后的行？而且，在咸丰朝的历史中，似乎也找不到这位皇后的踪影。

慈禧慈安都拿她没办法，只能眼看着老公跟她厮守在一起，而她们只能另找地方去住。[1]考虑到这两位虎狼皇太后的性子和地位，实在匪夷所思。

难道清宫中还暗藏着一位女霸主？

事实其实简单得多——虽然慈安是咸丰的正宫皇后，即使慈禧为咸丰生下了唯一的儿子，但这一位却是咸丰皇帝的原配夫人。

孝德显皇后，出自满洲镶蓝旗的萨克达氏家族。道光二十七年（1847年），十七岁的萨克达氏参加了八旗选秀，因相貌出众、品德俱佳而得到了道光皇帝的青睐，被许配给皇四子奕詝为嫡福晋，第二年，二人成婚，但在咸丰还未即位时，便于1850年去世了。她从未入主皇宫，她的皇后之位，是咸丰后来追封的。

"看来，咸丰帝是个很念旧的人嘛。"解开这个谜团之后，我

---

[1] 然而也有另一种说法，认为清代帝王丧葬，在孝庄之后渐有不成文的约定，即若皇帝已葬，地宫已封，则逝于其后的皇后不再葬入地宫，以免打扰先帝，而是于帝陵旁侧另建后陵。

们一行人都这样说道。

当然,还有另外一种解释——一辈子身边又是虎又是狼的,估计咸丰皇帝也实在吃不消了,这位身体一向不好的皇帝跟原配住一块儿,可能,无非是想图个清静。

可怜的皇上。

## 这是谁家的皇后？

【小编按语】

【古代人的画像，与本人差距较大。在近代照相机发明之后，人们的样貌才被准确记录下来。但由于各种原因，保留下来的比较少，辨别起来有些难度，结果就以讹传讹，所以老萨就想辨一辨晚清最后一位皇后的容貌。】

整理老照片，偶然看到这样一张（图1），其收藏者是一名清末到过中国的外国人，照片上写有中国皇后（The Empress of China）的字样，当时有些狐疑——这是谁的皇后呢？抑或是误传？

有这样的疑问并不奇怪，皇后的职责是"母仪天下"，所以单从气度上来说，即使不是艳冠群芳，也得雍容华贵，而照片中的人是一个身量未足的少女，看着非常稚嫩，这会是一个皇后吗？

众所周知，实用的照相术——达盖尔摄影法，1839年由法国人达盖尔公布于世，不过当时的中国对此一无所知。

中国皇后(图1)

　　中国现存最早的照片拍摄于1844年,是法国人于勒·埃吉尔为两广总督兼五口通商大臣耆英拍摄的。当时中国的统治者是道光皇帝,但他的三位皇后(咸丰后来追封其养母为孝静成太后)此时都已经不在人世——道光的最后一位皇后,也是咸丰皇帝的母亲钮祜禄氏死于道光二十年(1840年)正月,死因十分蹊跷,有自杀和被毒杀等多种说法。

　　无论真相如何,道光似乎因此伤了心,不再续弦立后。因此，从时间推算，这张照片上的中国皇后便只有咸丰、同治、光绪和宣统四帝的后宫之主了。

大量的清宫内部的照片，是从光绪年间慈禧接受这一事物开始的。不过，慈禧开始拍照的时候年事已高，所以她的照片即便修版也很难达到她想要的那种效果。慈禧晚年迷恋上了画像，大约便是因为画师可以把自己画得更加年轻，以满足她那颗不服老的心。

同治帝的皇后阿鲁特氏，也是晚清唯一一位蒙古皇后[1]。或许由于她的外祖父是被慈禧杀掉的顾命八大臣之一的端华，所以慈禧一直不喜欢她。

其实慈禧不喜欢她，或许也是因为自己的亲生儿子没有选择自己选定的皇后，反而选中了慈安的人选。自己的亲儿子不亲近自己，反而亲近养母，这怎么不让她生气？其实也是一场两宫的权力之争，慈禧落败，怎能甘心？！而且阿鲁特氏门风刚烈，民间传说她甚至以"从大清门抬进来的皇后"之语顶撞慈禧，因而更惹得慈禧不满。

阿鲁特氏在丈夫同治帝过世七十天后也神秘死亡，终年二十一岁。官方资料中没有发现她的照片。那会不会是阿鲁特氏的照片流到国外了呢？

---

[1] 阿鲁特氏是蒙古族，但同时也是旗人（蒙古八旗），而清代的"蒙古人"，一般是指蒙古旗盟的人（没有入八旗）。

仔细想来,这张照片应该也不是阿鲁特氏,因为阿鲁特氏十九岁嫁入宫中,而这张照片上的女子应该还没到这个年龄。

光绪皇帝的皇后隆裕倒是有照片流传下来,不过形象很有些问题,甚至影响到了整个后宫的审美——隆裕之所以被选为后,身为慈禧的侄女这一因素至关重要,与其相貌没有半毛钱关系。

隆裕皇后(图2)

慈禧为了让这个侄女独宠后宫，对光绪身边的女性十分关注，要长得安全才行。这直接导致清末宫廷照片中后宫女性的样貌出现了偏差，不得不让人怀疑那个时代中国女性都长得如此随心所欲，要知道这可是皇帝的后宫啊——这里汇集了全天下最漂亮的女子！

不知道为何，现在谈到隆裕，总会出现这张（图2）形象颇不自然的照片，这几乎成了她的标准像。

实际上只要稍下功夫就会发现这是清代PS技术的成果，这应该不是隆裕的照片。从隆裕的单人相片中，我们会发现隆裕虽然谈不上漂亮，但至少看得过去。另外，当时的化妆技术可能也没有帮上忙。

当然，照片中的女子（图1）也不可能是隆裕——照片上的女子算得上是清丽。

其实在最初看到这张照片（图1）时，老萨便觉得这位"中国皇后"，很可能是年号宣统的末代皇帝溥仪的皇后——婉容。而照片上的一行英文题字，也证明了这一点——"Wife of Shuan Tung"，就是"宣统的妻子"。

只是，婉容在成亲的时候，似乎比照片上的女子要成熟得多。有意思的是，很多人以为婉容的"皇后标准像"（图3）只有一张，但仔细看来其实有多个区别微妙的版本，比如"轻启朱唇版"与"你给我闭嘴版"，看来，当时摆拍"标准像"的时候也是

婉容朝服照（图3）

下了不少功夫，这是拍了多版本后挑出来的。

但"皇后标准像"和题图照片（图1）确实是一个人吗？说实话我也有些拿不准。

由于清末民初社会动荡不安，一些照片在传播过程中出现了错讹，很难确认照片中人物的身份。于是我把"中国皇后"那张照片，还有婉容的标准照一股脑寄给了一位朋友，让他帮忙分辨真伪——"这两张照片是同一个人吗?"

他认为"中国皇后"那张照片应该就是婉容,即使不是婉容本人也是她的姐妹。

那应该就是婉容了。

谁啊?这么权威?这么复杂的历史问题居然可以一言而决?这位朋友是清宫遗老,还是历史学家?都不是。我的这位朋友是资深刑警,以认人著称,曾靠一双神眼抓过数百名逃犯,所以请他来判断一下,再权威不过了。

实际上我也就这张照片询问过一些清宫旧人,他们说这是婉容在未进宫前拍摄的照片,只是不知如何落到了外国人手里。

从逻辑上说这也不奇怪,婉容入宫前曾有家庭教师教授英文和近代知识。那时能够操此业的多为在京的外国人,这很可能是婉容入宫前赠送给家庭教师的纪念照片,或许她的老师也会以教过"Wife of Shuan Tung"而感到骄傲呢。

其实,这张照片并不仅仅是因为我朋友的一言而决,也不是听了某位旧人的说辞,就确认是婉容的。另有一个关键证据,那就是婉容新照片(图4)的出现。这张也标注着"婉容"照片的主人公的年龄,似乎正好介于大婚时的婉容与"中国皇后"之间,诸多特征都有承上启下的感觉。

这就像是在古猿和现代人之间忽然发现了原始人的头盖骨,进化中缺失的一环被补全了,而整个推论便有了比较可靠的证据链。

不过，看着这张照片，我又想起了另外一件事——据说溥仪选后时（已退位）没再用选秀女的方式，而是通过照片选定的，不知婉容的哪张照片吸引了溥仪呢？有些好奇。

婉容（图4）

## 末代皇帝的岳母是谁？

**【小编按语】**

【天生丽质遭天弃，生错时代嫁错郎，用来形容末代皇后婉容最合适不过了。容貌端庄秀美、清新脱俗的婉容，是个才女，琴棋书画无所不通，但可惜命运坎坷。婉容有两位母亲，其秀丽的容貌遗传自生母爱新觉罗·恒馨。生母过世后，她是由继母爱新觉罗·恒香养育长大的。恒香做事果敢且充满智慧，对婉容影响极大。】

润麒先生虽然曾经是国舅，但人极其随和，金台路的老邻居都和他没大没小。

我的一个姨住在那边，平时见到老先生都会聊上几句。

郭布罗·润麒，满洲正白旗人，他是我国最后一个封建王朝——清王朝的末代国舅、皇后婉容的胞弟，同时又是清朝的最后一位驸马。他自幼出入逊清宫禁，是溥仪的少时玩伴，"二品顶戴"的皇亲国戚，之后人生发生巨变，变成了战犯、农民、工人，后来又成为学者、医生，一生的经历颇为丰富。人们喜欢喊他"国舅爷"(图5),可他并不喜欢这个称呼,也有人喊他"郭爷",有点儿不伦不类。

在普通人看来,他和他的家族充满了秘密。我那个姨便曾经问过国舅爷——您姐姐的闺房有什么特殊的地方吗?

老先生说也没什么啊,挺干净的……说着嘴角就往上翘,好像想起了什么好玩的事情。

我那个姨人很乖巧,便问老先生,怎么了?

老先生先哈了一声,然后讲了一件好玩的事儿。他说,他们姐弟感情很好,婉容出嫁前他经常跑到她房里玩,那天进去一看,咦,纸顶棚上怎么插着个扫床的炕笤帚?

当年四合院的老房子都糊纸顶棚,还要糊窗户纸——这在老萨小时候还是很常见的,但今天已经很少有人知道纸顶棚是怎么回事儿了。您想象一下您家扫床用的笤帚插在了吊顶上,那是怎样一种情景,反正是挺怪异的。过去旗人礼节讲究多,婉容家虽然是达斡尔族,但早已入了旗籍,自然也规矩甚多。然而,润麒先生当时不满十岁,并不完全了解这些礼节,以为这又是什么古礼儿,便向姐姐打听。结果婉容说这跟什么讲究都没关系——刚才屋里有一只老鼠,婉容追着老鼠打,结果把老鼠打急了,一蹿上了顶棚。大户人家顶棚高,这下够不着了,但婉容依然不依不饶,抄起床上的炕笤帚便丢了过去。老鼠没有打到,笤帚却插在顶棚上下不来了。

难怪润麒先生忍俊不禁,一个皇后抡着笤帚打老鼠的样子,

溥杰、溥仪和润麒（从左到右）（图5）

实在古今罕见。

　　后来我在北京电视台主持节目的时候，遇到润麒先生的女儿郭曼若女士，也说到了此事。由此可见，婉容是个生性活泼的女子，难怪她后来会在宫中骑自行车，倡导吃西餐。

　　如果不是生不逢时，这位活泼的皇后或许会是个后宫的改革者。

　　然而，婉容又是个不幸的女子，大婚之日便被丈夫冷落，在

婉容与她的英文老师任萨姆（图6）

此后漫长的岁月里，二人始终缺乏正常的夫妻生活。

坊间传说，这和溥仪在婚礼上坏了规矩有关。溥仪在婚礼上没有完全按祖宗规矩行事，这是有记录的。清代皇室婚礼上有一个程序，皇帝在皇后下轿之前，朝其头顶射三箭，为的是赶走黑煞神以保平安，也是为了显示皇权的威严。溥仪对此跃跃欲试，但是被大臣们劝阻了。因为溥仪是近视眼，万一把皇后给射伤了，那就麻烦了。

至于这事儿会导致皇帝婚姻不幸，那应该是迷信。溥仪在大婚之夜冷落皇后，据说其实是因为皇后心情过分紧张致使月信提前了——同治、光绪两朝皇帝大婚也发生过类似的事情。有人借此说这也是王朝没落的一个征兆。而据说溥仪身体有难以言说的隐疾，所以在大婚冷落皇后之后，便一直冷落了下去。

说完了大家比较熟悉的婉容和她的胞弟，我们来聊聊婉容的母亲。或许是因为清朝的没落，史书上对这位末代皇后的母亲的记载也有些混乱。

关于婉容生母的情况，如果只看网上的信息，堪称一团乱麻，不被误导都难。在某权威网站关于其父荣源的条目中，是这样记载的："荣源一生中先后娶了四位妻子。原配博尔济特氏，隶察哈尔正白旗蒙古族，是科布多办事大臣瑞洵和湖北巡抚瑞澄的侄女，未生育；继配贝勒爱新觉罗·毓朗的四女，爱新觉罗·恒馨，一女郭布罗·婉容；二继配为清朝多尔衮后代、睿亲王爱新觉罗·魁斌的长女，未生育；三继配为贝勒爱新觉罗·毓朗的次女，爱新觉罗·恒香，生郭布罗·润良，郭布罗·润麒。"

且不说这里面荣源先娶了毓朗的四女儿，而后又娶了他的二女儿不合情理，其实这里面连婉容的外祖父都搞错了。

婉容的生母，是恒香伯父毓长的四女儿恒馨，人称"四格格"。根据第一历史档案馆的《玉牒》中记载，恒馨生于光绪五年（1879年）十月二十四日。其母亲是毓长的妾牛氏（所以婉容有四分之一的汉族血统，四分之一的满族血统，二分之一的达斡尔族血统）。恒馨于光绪二十九年（1904年）十二月二十二日嫁给郭布罗·荣源。婉容生于光绪三十二年（1906年），应是恒馨嫁到荣源府上怀的第一胎。可惜的是，这位末代皇后的生母在婉容两岁时便去世了（有一传言是因产褥热去世的，但被润麒否认了）。

爱新觉罗·恒香是毓朗的次女不假，但并非婉容的生母，而是她的继母。恒香，字仲馨，又名金仲馨。恒香长得漂亮，不像自己那位堂姊妹恒馨那样有柔顺之美，其脸上时常透露着一股男性的刚毅。恒香很喜欢照相，所以留下了不少照片。从豆蔻年华到垂垂暮年，各个时期的照片都有。

婉容是由恒香抚养长大的，据说恒香将婉容照顾得很好，两人关系也很好，婉容深受恒香的影响，想来性格也不会像一般女子那般柔弱，但婉容的结局为何会那般悲惨？

历史的真相究竟如何，恐怕还得待后来者做更深入的考证。

# 光绪帝的珍妃是美女吗?

【小编按语】

【清末,除慈禧外,珍妃就是最具传奇色彩、最受人瞩目的妃子了。相传,珍妃曾随伯父长善在广州生活。广州是五口通商的最主要口岸城市,与西方世界接触最早最多,思想较内地开放许多。再加上宽松的家庭环境,使得珍妃喜欢新生事物,再加上生性活泼,有主见,这般模样的珍妃对自幼困在皇宫、生活沉闷的光绪来说,就像一缕温暖的阳光,具有致命的吸引力。】

珍妃,出身于满族他他拉氏,镶红旗,清光绪二年(1876年)生人,清光绪十五年(1889年)与姐姐瑾妃一起入宫,受封为嫔,后晋为妃,是光绪帝一生最为宠爱的妃子。因多种原因,珍妃为慈禧所忌恨,被打入冷宫,相传在1900年的庚子之乱中被投井杀害。关于这位悲剧性的皇妃,民间有诸多传说,即使是在学界也有很多不同的说法。

历史上的珍妃,据说思想开放,很新潮,喜欢照相,还曾经委亲信太监在宫外开照相馆，慈禧是在珍妃照相后才知道有这么个娱乐。此事与男装上殿、争宠隆裕、支持维新、卖官鬻爵等诸多事情一样，为慈禧所不喜。慈禧曾派人查封了太监所开的照相馆，并禁毁了珍妃所有的照片。

这样一来，珍妃的照片在理论上便不复存在了，所以人们对于这位清末宠妃的相貌，便有了种种不切实际的猜测。其实，珍妃、瑾妃并非因相貌秀美，而是以性格教养出众进宫的，而且按常理来说，慈禧也不愿意弄两个美女在光绪身旁，让她们和自己的外甥女隆裕争宠。所以，珍妃的外貌或许不用期望太高，她是由于青春活泼而被光绪宠爱的。但不管怎样，由于大众的好奇，各式各样"珍妃"的照片应运而生。

在这些照片中，有的一看便知真伪。有些照片看着特别不自然，很明显是一张PS的图片。不要以为PS是新技术，康梁在海外宣传变法时经常使用的一张和光绪的合影照片，后来被证实，那不过是早期的PS精品而已。

故宫博物院在1960年还发布过另外一张珍妃的照片（图7）：照片上方有"贞贵妃肖像"字样——珍妃死后，慈禧在回銮之际感到理亏，乃追封其为贵妃（原为妃），而以"贞"代"珍"则是为了避讳，都是符合历史逻辑的。

不过这张照片仍有争议，主要焦点在于照片中"珍妃"的发式有违宫中式样。我就这件事和在《百家讲坛》讲慈禧的隋丽娟老师讨论了一下，她认为这并不是问题，珍妃是个锐意革新、颇

1960年故宫公布的"贞贵妃肖像"(图7)

为开放的女性,照相时特意梳个时新发式不足为奇。[1]

隋老师的看法基本可算权威,不过因为这是一张孤照,所谓孤证不论史,严格来讲,珍妃到底是不是长这个样子,仍引人猜想。

珍妃瑾妃入宫前一个十三岁,一个十五岁,以年龄而论,照片上的女子虽稚气未脱,但仍嫌略大。不过,以清末照相的情况

---

[1] 一般认为此张照片中的发式不仅仅是有违宫中式样。其一,这样齐整的小刘海,不见于旗人装束,更似当时的汉人女子发型;其二,刘海通常见于未婚女子,这与照片中梳着两把头的情况相悖——两把头是已婚妇女才会梳的发型。

而论，人物大体都会比实际年龄显老。作为参考，婉容十八岁的皇后标准照也是显得比实际年龄大一些。

珍妃和瑾妃是姐妹，必有相似之处。现提供一张（图8）现存的瑾妃照片，请大家自行判断：珍妃是否是美女。

从珍妃和瑾妃的人生际遇来看老萨只能感叹：无论美貌与否，后宫女子的命从来不是自己的，只能听从命运的安排！

瑾妃（图8）

# 真真假假的皇帝和后妃们

【小编按语】

【道光二十六年（1846年），在中国海关工作的法国人第一次将相机带入了中国。新鲜玩意儿当然是当时的权贵最先接触到，因而中国最早留下影像的也多是这些人。1903年裕勋龄就给慈禧拍过照，宫里面最喜欢照相的当属思想开放的珍妃。可是因为照片上没有注明名字，再加上年代久远，照片流散到社会上后，主人公的身份出现了混淆，闹了不少啼笑皆非的笑话。】

世界上的事儿就怕认真二字。

中国爱较真的人多，这不是今天才有的。曾听到这样一则传闻：20世纪60年代故宫里有位老人说某展馆中的摄政王载沣的照片是错的，但又说不出个理由来。无奈的工作人员找来一位素有威望的专家，专家从七个方面证明这张照片没错，但这位老人坚持说错了。

那位耐心的工作人员劝他不要较劲儿了：难道你能比专家还

清楚?

一句话把这位的逻辑思维唤醒了,老人马上认认真真地回了一句——那当然,他是我爸爸。原来,这位较劲儿的游客,便是末代皇帝溥仪。[1]

近代中国战乱频仍,致使这类错误层出不穷,虽专家也不能校正也。尤其是在一些国外的收藏家那里,我们经常可以看到一些令人生疑的帝后照片,从光绪到慈禧不一而足。网络时代,很多这样的照片就抽冷子冒了出来,经常会混淆视听。依我看,他们倒未必是故意作假,中国人都会弄错的事情,老外犯糊涂也很正常。有些照片错得甚有逻辑,也颇值得集中起来一观。

从谁开始呢?

就从这位末代皇帝自己吧。

在维基百科上,曾有一张标注为"亨利·溥仪"的照片。溥仪的确是少年天子,也的确用过亨利这个英文名,这张照片会不会是这位皇帝被遗漏了的某张"御影"呢?

为这个事儿,老萨曾专门给维基发去了一封信,提醒他们将照片下架——这根本就是从另一张照片上切下来,被处理过的作品。原照上面只有"Chinese Children"(中国儿童)的字样。而且从服装上的硬褶与周边环境来看,这应该是清末或民初某家照相馆的艺术照,和末代皇帝搭不上边。

---

[1] 溥仪于20世纪60年代任文史资料研究委员会研究员,应该说,他本身就是这些"专家"中的一员。所以这一故事尚待考证。

另一位皇帝的照片就比较诡异了，那就是溥仪的前任载湉——年号"光绪"的那位。光绪和康有为、梁启超的合影，在他生前便流传甚广。不过，梁启超先生是个老实人，晚年承认并没有这样的合影，这是一张利用暗房技术合成的照片。其中的光绪帝是利用其画像改造的。以目前的资料看，这位皇帝成年后没有可信的传世照片。

光绪帝的照片，始终没有找到，但他的亲弟弟、溥仪的父亲、清朝最后一代摄政王载沣（图9）的照片，却留有很多。

载沣曾在庚子事变后担任对德外交的"头等专使大臣"，处理德国公使克林德在北京被杀的善后问题，此后一直是清政府倚

载沣（图9）

以重用的皇族宗室。在儿子溥仪登基为帝后，他成为监国摄政王，即是政府真正的掌权者。也正是在他执政期间，一次失败的新旧政府交替和一场计划外的革命，致使中国两千年的封建王朝落了幕。

同样留下比较可信的影像的，是光绪和载沣的父亲醇亲王奕譞（图10）。

在早年的电视剧中，这位慈禧太后的妹夫加小叔子是个英俊高大的二愣子，专干擒拿肃顺一类的活计。不过在与醇王府后人

醇亲王奕譞和他的四位贴身太监（图10）

谈到第一代醇亲王时，他们说这位老祖的确抓过肃顺，但老祖身材矮小，性格稳健，与电视上的形象相去甚远。最能反映其性格的一个桥段是同治驾崩后，慈禧选定了他儿子载湉为皇帝，与他沟通此事时，这位王爷当时就昏了过去。

开始觉得醇亲王定力不够，其实换位思考一下，忽然发现这时的表态十分难做——若是表现得欣喜若狂，明显是一个王莽，慈禧老佛爷一定会心生猜忌；若是表现得诚惶诚恐，似乎是看不上太后的抬举；而且，这事儿也不是板上钉钉了，万一表态了，此事又不当真，以后的日子可就难熬了。

相比之下，王爷一听这么大的事儿就晕过去了，却是一个正常而无可挑剔的举动，等他醒过来，一切木已成舟，再怎么表态都不是问题了。

这哪儿是提刀砍人的二愣子，分明是八面玲珑的水晶猴子啊。

相比于光绪父亲奕譞没有多少争议的照片，光绪的母亲、慈禧的妹妹婉贞，便不是那么确定了。

确认婉贞、奕譞乃至载沣的照片，也能帮助我们从侧面了解光绪的长相，以一窥这位富有悲剧色彩的帝王真貌。

了解婉贞的形象实际还有助于我们推测慈禧青年时期的相貌。而慈禧的照片，全部是晚年照（图11和图12）。从国外流传的老佛爷照片，可以更真实地看到慈禧的表情和特征——早期很多照片都是经过修版的，本人究竟如何很难说。

末代皇后婉容的照片也有这个问题。如果说婉容的照片不够真实，可能很多人会不同意。这位末代皇后虽然身世凄凉，但其美貌是公认的。婉容留有视频，观之的确是个相貌气质都属一流的妹子。据其弟弟润麒等人回忆，真实的婉容更为活泼。

追寻这些皇帝和后妃的真实相貌，其实并非老萨的本意，我只是想借此抒怀，即使权势熏天、富贵逼人又如何，还不是同样化作了一抔黄土，苍天饶过谁？

慈禧（图11）

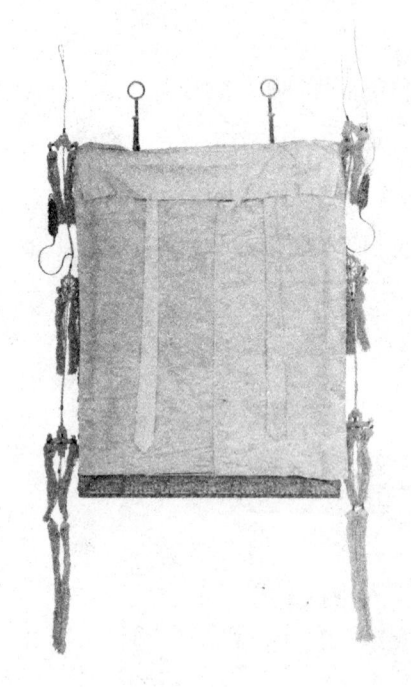

圣容（图12）

此类照片在清宫被称作"圣容"，平时相框外面的黄色"盖脸"将圣容遮住以保持庄重和神秘；待到皇太后生辰、忌日的祭祀时再掀起。

# 第四章

## 历史的福尔摩斯

## 武则天是不是医闹？

【小编按语】

【唐朝胡风盛行，所以武则天再嫁唐高宗李治，并未被绝对禁止。在很多史书中，李治似乎懦弱无能，依赖强悍的武则天，对武则天用情甚深，但武则天呢？是否只是利用李治攫取至高权力？其实，"至亲至疏夫妻"适用于天下所有的夫妻。至尊无上的夫妻间也必然存在千丝万缕的感情纠葛，但还是有几分真心的。】

在《西游记》中，龙是倒霉的动物，不是被大圣欺负，就是被哪吒抽筋，总的来说，除了兴云布雨以外，没有表现出很大的神通。

这种在神界饱受伤害的动物，在凡间却是超级受崇拜、广受供奉。作为"神"的龙有时还受人欺负，求雨不成的时候"烧龙王""打龙王"的事很常见；但作为"帝王象征"的龙，却是要严肃对待的。不要说给龙造成伤害，作为老百姓，就连私自种植两株和龙可能扯上关系的龙爪槐都可能是杀头的大罪。（当然，按照中国的风水之说，龙爪槐性属阴，不吉利。一般人家也不会在庭院中种槐树。）这是因为根据传说，我国封建社会的皇帝是龙的化身或者龙的后代。龙是至高无上的，神圣不可侵犯，因此在日常的吃穿用度中，与龙相关的东西，普通人是绝对不能用的。一旦违禁，那可是杀头的大罪。更别提是伤害龙的化身或者龙的后代——帝王了。

所以，在那个时代要是有人敢针刺龙头，那肯定是大逆不道，活得不耐烦了。相传，汉武帝的法定接班人戾太子刘据遭废黜，便是因为被权臣江充诬告，说他用巫蛊之术诅咒汉武帝。这还只是做个木人在上面扎，远没有到对着真龙天子动真家伙儿的地步。前车之覆后车之鉴，唐朝时，有人竟提出要在龙头上扎两针。这条龙，便是武则天的老公唐高宗李治。

唐高宗李治，李世民第三嫡子，似乎是位平庸的帝王。这是因为他的父亲太宗皇帝文治武功，开创了历朝垂范的贞观之治，这个时期被视为中国封建社会的黄金岁月。他的媳妇武媚娘是中国唯一的女皇帝，也是千古一帝，他的孙子唐玄宗李隆基虽然称不上千古一帝，却被梨园视为祖师爷……

唐高宗的执政能力也很不错，但人家谈到他，却似乎想不起来他做过什么，有什么功绩，反而一说就是他爹是谁，他媳妇是谁，跟这么一群猛人朝夕相处，没有压力才怪呢。

早年历史老师讲到唐高宗时，说到他统治后期朝政渐渐被武则天控制，曾说这是天数。何也？这位皇帝的小名"雉奴"，而历史上叫作"雉"最有名的人物便是刘邦家那位以专权著称的吕后。李治用了这样的小名,不是明摆着要被强势的女主蹂躏吗?在针刺龙头的事件中,武则天的强势也有强烈体现。

到底是谁要针刺龙头,是突厥的刺客还是肆无忌惮的高阳公主?

都不是,这位要针刺龙头的,有着合理合法的理由,他便是唐高宗身边的侍从御医秦鸣鹤。

秦鸣鹤,唐代御医,精于针术,有人考证其应为东罗马帝国侨民。秦,是东罗马帝国"大秦"的缩写,看来有一定的可信度,也许该人真名应是米歇尔或者迈克尔之类。

《资治通鉴·唐纪十二》记载:"癸亥,车驾幸奉天宫。十一月,丙戌,诏罢来年封嵩山,上疾甚故也。上苦头重,不能视,召侍医秦鸣鹤诊之,鸣鹤请刺头出血,可愈。"唐高宗晚年病重,头重(大概是头昏加眩晕),而且视力出了问题,皇帝不堪病痛,连到嵩山参与国事活动都只能取消了。《谭宾录》描述为:"高宗患风脑头痛,目不能视,诸医不效。"这种情况下,御医秦鸣鹤的建议是"刺头出血",这是要扎龙头啊!

一旁的武则天当时就不干了。按照《旧唐书·高宗纪》所载:"天后帷中言曰:此可斩,欲刺血于人主首耶!"这倒有女皇杀伐决断的威风,让我们想起电视中常见的情景:"治不好×××,朕让你们整个太医院陪葬。"一副杀气腾腾的医闹形象。看来,古代御医也是个高危职业。

幸好李治还算明白人，连忙劝道："但刺之，未必不佳。"《旧唐书》记载："秦氏刺其百会及脑刻穴，微放血而愈。"《资治通鉴》则记载得更加详细："乃刺百会、脑户二穴。上曰：吾目似明矣。后举手加额曰：天赐也！"也就是说，刺穴之后，高宗感觉好多了，视力也得以恢复。

就这样，唐高宗虽遭"针刺龙头"，但总算病愈了。敢让秦鸣鹤下手，应该说高宗的气度甚为恢宏，不是个糊涂人。早年有人和他谈长生，这位目睹了父亲迷恋丹药却并未长寿的皇帝回答说："古来真有不死之人，今在何处？"高宗的病，有人认为是美尼尔氏病，但个人以为不甚相似。这是因为美尼尔氏病虽颇为痛苦，但并非致死之病。而高宗此时已经病势沉重，秦鸣鹤也只是对症治疗，但一个月后高宗便病逝于长安贞观殿。高宗的病应是严重的慢性疾患。考虑到高宗早年经常乘马狩猎，身体状况较好，根据其前后病案来看，所患或为重度高血压伴随心脑血管疾病，或为脑动静脉瘤，甚至已经发生了脑梗。这些疾病都可能致使神经受到压迫以致失明。古人称为风疾。

严格地说，这只是一次急救性的临床治疗，但在这短暂的过程中依然有着丰富的历史细节。比如，武则天在其中到底是什么态度。

《资治通鉴》与《旧唐书》的描述有几个字的差异："天后在帘中，不欲上疾愈，怒曰：此可斩也，乃欲于天子头刺血！"

寥寥数字，武则天的霸道和野心昭然若揭，而且越发像医闹了——司马光的好文笔。问题是，你怎么知道武则天骂人是因为"不欲上疾愈"，难道还是媚娘肚子里的蛔虫不成？

我倒认为这里面多半是君实相公表达自己反对篡位，维护正统的政治立场而已。武则天与高宗的感情其实很好，有事实为证——武则天四十多岁还给高宗生下了太平公主，在那个二十多岁女人便算中年的时代，只有唐太宗的长孙皇后有类似情形。若高宗晚年不喜欢武则天，哪儿来的公主？而且，高宗病逝时，遗诏有"军国大事有不决者，兼取天后进止"的字句，说明这位皇帝至死对武则天都是信任的。史载李治其人性格不似其父那般"英果"，但能清除长孙无忌等老臣，灭西突厥和高句丽，没人会说他糊涂。

那么武则天为何会对秦鸣鹤刺龙头的举动震怒呢？她真的是医闹吗？

老萨推测，一方面可能是老公病危，心里烦躁，对于治不好皇帝的太医有意见，另一方面，这秦鸣鹤的治疗方案的确有些冒险。古代针灸不慎致死的案例不在少数，据说华佗在一次接诊时，发现病人微微有些咳嗽，日前曾行针灸。而后华佗告其家人病人已经无救，这是因为针灸误刺到了肝脏。虽然针很细，但人在呼吸时肌肉蠕动，致使针将肝脏割开了一道口子，当时是不治之症。而秦鸣鹤要刺的是百会、脑户二穴，更加凶险。前者在头顶正中俗称囟门的位置，后者在后脑延髓上方，因在左右脑缝隙中而得名。即使是在医术这般发达的今天，这仍然是两个危险的位置——若是针刺误中脑组织，轻则癫痫，重则会直接造成死亡。

因此，武则天的反对，还真有一定道理，并不能算作医闹，只不过是她没有预料到秦鸣鹤的针术足够精湛。他的针灸可能起到了刺激神经的作用，从而暂时缓解了高宗的症状。

结果，"则天皇后于帘内拜谢，并赐物奖之见"。看来在那个时代，良医是很受尊重的。

不过，秦鸣鹤对唐高宗的治疗到底是不是纯粹的针灸，老萨觉得这值得商榷。这是因为相关记载中都有关于"出血"的描述。《旧唐书》记载高宗这一次是"微放血而愈"，而针灸一般是不会出血的，所以还有一种可能，秦鸣鹤用的不是单纯的针灸法，而是放血术，也就是刺穴放血。古代典籍有描述医生用"针砭"之术治病的记录。砭石，是一种放血的工具。中医最早的放血治疗术可见于《黄帝内经》，扁鹊让弟子研磨针石，针刺百会穴，救活了被认为已经死亡的虢国太子，所以秦鸣鹤如果采用这种疗法救治唐高宗也不奇怪。

有意思的是，最常使用放血的并不是中医，而是西医。西医使用放血疗法起源于古希腊名医希波克拉底和伽林，当时对其原理并不十分清楚。但对于比较狂躁的病人，西医当时认为将其放血到气息奄奄，安静下来，是有利于治疗的。正是缘于这种不科学的认识，西方人迷信放血的效果，在使用这个疗法治病时反而造成了很多冤死鬼。连美国国父华盛顿，都是因为错误的放血疗法而去世的——1799年这位开国总统骑马偶染风寒,医生们竟然先后对其放血两千多毫升,这几乎是人体血液量的一半,最终华盛顿因"失血过多",死于失血性休克——这通常是战死沙场才会出现的情况。

从这个角度来说,武则天对秦鸣鹤的治疗方案忧心忡忡,还真是很有道理的。

武则天和李治夫妻多年,其中的恩怨情仇远非外人道也,也不是史书上面的寥寥数语所能概括的。唐诗坛上享有盛名的女诗人李冶曾写有一首六言诗《八至》:至近至远东西,至深至浅清溪。至高至远明月,至亲至疏夫妻。就拿这首《八至》做个结尾吧。相信我们每个人都有自己的感悟。

## 盗墓贼也要有文化 —— 闻崇祯陵遇盗

**【小编按语】**

【崇祯帝朱由检（1611—1644年），明朝的末代帝王。朱由检因父亲明光宗是皇祖父明神宗所厌弃的太子，母亲又是婢妾，幼年并不幸福。五岁时，其母刘氏因罪被杖杀。1622年被哥哥熹宗朱由校册封为信王。1627年朱由检继位后大力铲除阉党，勤于政事，生活节俭，曾下罪己诏，可惜励精图治的崇祯帝最终沦为亡国之君。】

那天，翻看2017年4月8日的《北京青年报》，忽然看到这样一则消息——《十三陵被盗案告破，石烛台被追回》，内容是去年有贼光顾了明崇祯帝的思陵，盗走石烛台（蜡扦）一对，经警方努力，目前该案已经告破，犯罪嫌疑人被控制，赃物追回云云。读过之后忍不住感慨万分——这贼得多没文化，才会去盗崇祯的陵啊。

2014年，因协助北京电视台《书香北京》栏目拍摄特别节目，老萨曾专门造访过思陵，并采访了相关专家、守陵人后代等人，对这位皇帝的身后事有了一些了解，所以越发对这次的盗贼无语。崇祯的墓葬——思陵里面，实在没什么可偷的，这位可能是有史以来葬得最寒酸的皇帝。

估计盗贼听到这话会觉得不顺耳。但偷盗崇祯陵，肯定是没文化的体现。对没有文化的人来说，崇祯的思陵虽然面积不似长陵、定陵那般宏大，但看起来这陵的主人可能比较富有。这是因为按照明代的传统，帝王陵的宝顶前方会放置所谓的石五供，即石祭台和配属的一个石香炉、两个石花瓶、两个石烛台。明十三陵，有十二个陵都是一套石五供，独独崇祯陵的前面，却一前一后摆了两套。尤其是大的那一副体量宏巨，比其他皇帝的规格要大一号。人家摆一个他摆俩，这种作风，在今天会被认为是炫富，吸引盗贼的目光情有可原。这次被盗的，便是那套大石五供中的两件。

其实，了解历史的人很清楚，这多出的一对石五供，显示的正是崇祯下葬时的悲怆。这是因为，两套石五供中小的那一副，根本就不属于崇祯，而是属于此墓的原主人。

此墓原来另有主人？难道崇祯还是葬在了别人的墓中不成？

没错，正是如此。崇祯生前没有给自己准备陵寝，这件事本身就很古怪。

1644年，李自成率军攻陷北京，这位皇帝于三月十九日在煤山自缢身亡。

此时是崇祯十七年，意味着朱由检作为"天子"统治明王朝已经十七年了。明清帝王都有登基后便开始为自己修陵的惯例。按说，他应该有自己的陵寝。在正常情况下，即便皇帝忽然死去，依然可以送到其陵中下葬。

偏偏崇祯的情况很不正常。他一直没有给自己修陵。按照查继佐《罪惟录》的记载，这倒不是崇祯皇帝喜欢标新立异，而是勘察墓址的官员认为十三陵所在的天寿山已经没有吉壤，不得不重新选择新的陵区，最终选中了马兰峪（即后来清东陵所在地），又因为吉时、财政等限制一直没有开工。

乍听起来这有些没道理——那么大的十三陵难道找不到一处可以葬皇帝的地方吗？按照当时帝王陵的要求，还真没有了。皇帝不是找块空地埋下去就可以的，选址极有讲究，既不能高而孤寒，又不能无山可依，更不要说风水上的其他种种讲究。今天去看十三陵，会发现一个个皇陵星罗棋布，错落有致，又自成体系，每个陵都有自己的"控制区"，要在其间为崇祯找出一块新的领地来，确实不太容易。

今天思陵所在的位置，已经在天寿山的山口，地处平野，若是把十三陵看作一个大院子，这里的位置近乎门房，作为帝王陵的确不甚得体。

事实上这里本来也不是作为帝王陵修建的，思陵原是崇祯宠爱的田贵妃的墓地。

田贵妃，西安人，寄籍扬州，为小官员田宏遇之女，早年入信王府为朱由检之妃，以多才艺见宠。朱由检登基后封其为礼妃，崇祯十五年（1642年）病死。崇祯将其葬于天寿山，今天思陵前那一对小的石五供，便是田贵妃陵上的，规格明显小于帝王陵之物。它的存在，也见证了崇祯无地可葬，不得不"鸠占鹊巢"的无奈。

而崇祯的葬礼，也实在寒酸，整个葬仪的费用还不到二百四十两银。

崇祯自缢后，其皇后周氏也自尽了，李自成令人用门板将两人的尸身抬到东华门边，装了两口柳木棺材，还给搭了个临时的灵棚。这时，历史上讽刺的一幕出现了，据《明季北略》卷二十一"沈国元大事记"所载："诸僚无一言者，亦无一哭者，即默默趋拜者，亦仅数十人耳。次早有武官及运粮者百余人，向贼哭诉，贼始易以梓宫，移顿僧人施茶庐篷内。"来来往往的明朝旧官员都在忙着钻营，没人顾得上曾经奉为"君父"的皇帝，明末之道德沦丧，可见一斑。

一说襄城伯李国桢曾哭拜并求葬崇祯，但从其一贯的人品与此后葬礼过程全无参与来看，正如沈国元所言："襄城世臣，固因有哭诤自刎之义，而未必真也。"

李自成面对此景，未必无感，于是下令安葬崇祯。既无陵寝，于是决定将其葬入田贵妃墓内。这就是今天思陵的由来。

不过，说是要葬皇帝，李自成的部下对崇祯不会有什么感情，自然不会着力去做，而明朝旧臣又大多忙着趋附新朝，也无人管事。最终，这件本应该大操大办之事，竟落到了一个连官员都不是的小吏——昌平州吏目赵一桂的头上。

若是往日君王的山陵大礼，赵一桂这个级别的小吏能在路边跪着迎奉已是极大荣耀，但这么大的事儿落在头上，他却只有头大如斗。上峰虽然命令他葬崇祯帝后，却是一分钱也没有给。经过战乱，昌平州"钞库如洗"，哪里有钱来办此事？

好在从历史记载来看，赵一桂是个颇有能力的干吏，也很同情帝后的窘境，于是召集本地商人募捐，最终得钱三百五十千文（折银两百三十三两半），这便是安葬崇祯的全部费用了。有意思的是，这笔钱每一两用在何处，几乎都有明确的账目。在明末无官不贪的情况下，这位赵一桂可算"良心吏目"了。

这笔钱中，单开闭墓道葬帝后入陵一项，便用去了两百两——不要认为这个价格高，承包此项工程的夫头杨文也是个"良心工头"，他要做的工作十分艰巨。他需要挖开田贵妃墓的墓道，葬帝后之后再重新填埋。古代帝后陵寝的墓道在墓主安葬后要用大石填满以免遇盗，田贵妃墓也是如此——她做梦也想不到老公会这样追过来。"田妃墓隧道长十三丈五尺，宽一丈，深三丈五尺，督修四昼夜至初四日寅时始见地宫石门。"这样的工作量，要两百两银子实在很良心了。

而剩下的三十几两银子，也各有去处。"搭盖薄棚三间、小棚两间，用银四两五钱；从纸铺买纸用银一两八钱；从猪户买猪用银四两五钱；从羊户买汤羊二只，用银一两六钱；从攒盒铺买素供二桌，用银一两；从饭铺买面及大米饭，用银一两；犒赏夫役,用银二两四钱;打造开启玄宫石门用的拐钉钥匙及石匠开门,用银五钱;伺候送柩员役酒饭等,用银五两五钱;买细连绳用银四钱;木匠工价用银四钱;打扫灵棚人夫用银二钱五分;顺天府来人饭钱用银一两一钱。"

顺天府派了官员来参加,看来,这葬礼的规格最后总算提高了一点儿。然而,顺天府的官员不但没有带补助来,吃饭还用掉了一两一钱银子,赵一桂真是精打细算,才把这个葬礼办完。

最后,这位"良心吏目"还召集参加葬礼的诸人,现场募捐到五两银子,给崇祯的陵寝包了一圈砖,"使大明故主,不致沉沦于荒郊"(谭吉璁《肃松录》)。

据下到墓道里的人回忆,这陵墓呈工字形,前面一横是三间宽的前室,放置有田妃的一些随葬物如箱笼及万年灯铜缸等,经过竖的通道到达后寝,五间宽的石台上原放着田妃的棺椁。众人将田妃的棺材推到右边,把崇祯放在中间,左侧是周后,而后献祭而出,封锁墓道,葬仪完毕。

此时崇祯用的是一口红漆棺,但因为无钱故此有棺无椁,监葬官觉得太过寒酸,于是临时起意,把田妃的棺材倒出来,将其原来使用的"椁"也就是外棺给崇祯用上了……田妃和周后本不和,现在崇祯不但带着周后夺了田妃的宅子,连人家的床罩也抢了,崇祯在这里能不能住得安稳,实未可知。

更令负责葬礼者唏嘘的是,田贵妃的随葬品竟然也十分寒酸,锦被只有一面是丝绸,另一面是棉布,其随葬金银器物,也均用铜铅代替。不知道这是经手的官员贪污所致，还是内宫在田贵妃死去时已经拮据到如此地步。

总之，这样一座陵寝，对盗墓贼来说，能有什么油水？

然而，令人意外的是，这次遇盗并不是崇祯陵首次被盗墓贼盯上，这座寒素到令人心酸的王陵，竟然是十三陵里面唯一一座曾被盗过的帝王墓。

是什么贼这么没文化呢？

根据十三陵管理处的胡汉生老师介绍，思陵是十三陵中唯一被盗过的陵寝，盗案发生在民国初期，作案人是当地的土匪。针对这位倒霉的帝王的盗墓活动，竟然发生过不止一次，至今在思陵的宝顶下方还能找到当年盗洞的痕迹。

盗墓贼对思陵情有独钟，分析其心理，倒也有几分合理性。

第一，思陵地处十三陵外围，在此处盗墓受到的干扰较少。这次思陵的石雕被盗，未必没有这个因素。十三陵的陵区里驻扎有武警，且有较严密的监控保护系统，自20世纪80年代以来抓到的盗墓贼已超过百人。据说曾有贼试图盗明武宗的康陵，盗洞刚打下去，还没碰到墓室的券顶便被瓮中捉鳖了。有意思的是管理处人员问这"坐井观天"的贼来此何干，对方竟坚决地说是"练功"，需要在固定的时间、固定的方位吸收日精月华……此类事情多了，犯罪分子转而盯上了位置偏防卫差的思陵。

第二，当时消息闭塞，经常会有一些似是而非的谣言在民间流传，盗墓贼将之当作史实，引发贪心。崇祯死于国难，故此有传言说他是被李自成斩首杀害的，臣民收葬时为他制作了一个"金头"以全其尸——有些盗墓贼就是冲着这个"金头"去的。人家皇帝是上吊而死的，看看书吧。那时崇祯自缢的歪脖树尚在，只需到景山看看就会明白这个传说多么不靠谱。

反正，经过这样一通折腾，据最后封堵盗洞的人检视，崇祯墓中仅剩一口铜缸遗存，估计是失望的窃贼把搬得动的东西统统搬走了。

就算搬空了，恐怕也卖不了几个钱吧，葬皇上总共才花了二百多两银子，根本就没有随葬品。但是，思陵门口那套大的石五供又是从哪儿来的呢？今天思陵上巨大的石碑，肯定也不是当时那点儿钱能造得起来的。

要是穷究此事，又要引到盗墓贼没文化的话题上了——偷什么不好，要偷这套五供，它倒真是独一无二，却是不伦不类得独一无二。

崇祯的墓能有今天这个规模，与他在清朝帝王中有一个"知己"有关。这个"知己"便是顺治皇帝。

顺治，名福临，是清朝入关后第一个皇帝，只是其为政前期为多尔衮摄政，后期则为情所困，甚至有出家为僧的传说。顺治曾到崇祯的陵上，或许因为当皇帝也当得不顺心，所以提到这个倒霉的同行常惨然不乐，甚至潸然泪下。据清初李清的《三垣笔记》记载，顺治甚至曾在崇祯墓前哭诉："大哥大哥，我与若皆有君无臣。"清朝的皇帝管明朝皇帝叫大哥，这可能有些夸张，但顺治同情崇祯大体无错。在这位"知己"推动下，崇祯的陵墓在顺治年间得以整建，增加了明楼、棱恩殿、棱恩门、石五供等，从一丘荒冢变得有些帝王陵的气象了。

按说，这是件好事，但崇祯未必喜欢，因为修陵的过程十分堵心。

顺治下令修缮崇祯陵时，指令三位内官冉维肇、高推、王应聘负责。这三人根据现有史料推断均为崇祯宫中旧宦，却借口资金不足，始终不肯动工，理由似乎是"故君之事，既无赏可冀，又无罚可畏"。暗究其心理，他们也是借此观察顺治帝是不是一时的心血来潮，毕竟为故主太积极了，很容易被按一个"心怀前朝"的罪名，那时杀头都不需要审问。后经原崇祯身边的司礼监太监曹化淳上奏催促，顺治批示"如再延诿，定行重治"，三人这才开始工作。

身边的内官，改朝换代的时候连给故主修个坟都如此推托，崇祯如果泉下有知，恐怕又要大骂"臣皆亡国之臣"了。当然，从曹化淳的所作所为来看，崇祯身边倒也不乏忠厚之人，然而，在明末文人的笔记之中，偏偏曹化淳的名声最不好，说是他开了彰化门迎李闯王进的北京。

亡国之后士大夫总希望把责任推到阉竖或者妇人身上，因此这种说法十分可疑，一个证据便是曹化淳在修建崇祯陵的过程中十分尽力，表现得像一个正人君子。

尽管冉维肇等三人有所推诿，但修陵缺钱也是真的。又是曹化淳等百般设法，甚至动员降清的文武大员出资捐输，才算将思陵修建完成，当然，所费也无法与正规的皇陵相比，不过数千两银子而已。要知道明清皇帝修个陵寝，那都是最低百万两开叫的。

一定会令崇祯郁闷的是，降清的大员中，捐钱最大方的，竟然是吴三桂。当初若不是他所率领勤王的关宁军龟速而进，一路和各方眉来眼去，待价而沽，崇祯何至于树挂东南枝呢？修个坟却要用乱臣贼子的钱，让皇上情何以堪？

而在这次修陵中，最让人别扭的，正是那套新摆放上来的石五供——原来那一套是田妃的，崇祯一个皇帝，总不能用贵妃规格的贡品吧，那简直迹近戏弄。要知道，当初诸葛亮意图激怒司马懿，最极端的招数便是送了一套妇人的衣饰给他。于是，监修崇祯陵的三位内官（也许还有曹化淳等推进者），便给崇祯增加了一套新的石五供。只是，这套东西，怎么看怎么别扭。

皇帝墓前的五供有固定的样式和尺寸，而崇祯的这一套礼器偏偏与众不同。

首先，其体量比其他帝陵的五供要大得多；其次，其规格造型十分独特。以中间的香炉为例，其他的皇陵造型是一只三足熏香炉，带须弥座的，而思陵的却是一只大鼎，而且上面还有精美的饕餮纹饰。

这饕餮纹用在皇陵的礼器上有些古怪。饕餮是上古传说中的怪兽，贪吃以至于身体都没有了，只剩一张巨口。其纹样多见于商周时代的鼎、簠等青铜器，由于这种青铜器也是食器，放在五供中倒也合理。后世则多用其表达招财进宝的意味。只是，在皇帝的礼器中放这个，难道是讽刺皇帝贪得无厌吗？后来，据说经过反复探究才终于弄清了原委。原来，崇祯思陵的石五供，其式样并非是给皇帝用的，而是给太监的。

针对此事，十三陵管理处的姚丽蓉曾撰文对此进行考证："营建思陵时，全由这些降清的明朝司礼监内官监的内臣负责。这些降清内臣自然清楚，清朝顺治皇帝下令为崇祯帝营建陵墓，只是笼络汉族人心的一种政治手腕，清廷是绝对不能允许人们对已故明王朝忠心不二的。因为，当时明朝的宗室还大有人在，他们正组织残余势力与清兵对抗。因此，对明朝表现得过于忠心，便是对清朝的不忠。我认为，可能是出于这种原因，这些降清的明朝内臣在拟定思陵制度时，采用了他们比较熟悉的太监墓五供式样。"

仔细想想还真是如此。

当明朝宫中的旧宦官奉命修造思陵时，他们一定面临着两难的抉择：如果不好好修吧，别人会在背后指责这些内监侍主不忠，没良心，这对还要在清廷为新主子做事的内监们来说不是好事；而如果好好修呢，又有人会说他们心怀前朝，一旦有风吹草动很容易被拉出来秋后算账。这样，他们拖延工期，希望将事情糊弄过去也就可以理解了。

而最终，这些老奸巨猾的太监们还真给自己找到了一个解决困境的办法，那就是把崇祯陵修成了今天的样子——你要说我心怀前朝，那是不对的，你没有见到我们根本没按皇帝的规格给崇祯修陵吗？我们给他放的五供都是和太监一样的。但你要说我没良心，也不对，你们没有看到我们给皇上修的五供个儿都特别大吗？当然你要说他们首鼠两端，居心叵测，这些内官会说：把陵修成这样，是我们没文化，不懂啊，别跟我们这些没文化的人一般见识。不得不佩服这些官员在乱世中生存的本领！

　　崇祯陵前也就留下了这样令人哭笑不得的两套石五供，供后人凭吊历史的荒唐。连这种不伦不类的供品都偷，我们只能说，这贼，也太没文化了！

## 隆宗门箭头疑案

【小编按语】

【故宫是中国明清两代的皇家宫殿,旧称为紫禁城,是至高无上的所在。出于敬畏和向往,民间流传着很多与皇宫相关的传说。如今故宫对外开放了,普通人也可以深入帝王生活的地方,发现了很多奇怪的事情。据说故宫有十大不解之谜,隆宗门的箭头就是其中之一。我们一起探究一下吧。】

旅游卫视组织活动时,老萨在其中客串了一把故宫的讲解员。讲解的时候,老萨特意嘱咐大家到隆宗门去找找射在匾额上的箭头,因为这箭头是真是假,怎么来的,可以算是一个让人哭笑不得的历史疑案。

到故宫参观的游客中,常常有人跑到隆宗门周围去寻找这支射在匾额上的箭头,这玩意儿在禁宫之中出现而且没有被拔掉,无疑是非常奇怪的事情。

小时候我便知道故宫的匾额上有个箭头,据说是李自成当年攻入北京，在进入故宫前为了显示豪情壮志而射上去的。据说这个箭头在午门的匾额上，但我到故宫参观的时候却没有找到。

后来见到在故宫里工作的朋友，问起来，才知道确有此物，但不是钉在午门的牌匾上——那个地方太高，李自成要想射上去只怕要天生神力。

故宫也有隆宗门箭头的相关介绍。

隆宗门的规模不大，游人一般从内侧而来，看不到牌匾，需要走出门回过身，从外侧向内看，才能找到那块匾额，上面果然有一枚箭镞。这支箭镶嵌在匾额的侧面，箭杆已经不知去向，但箭镞保存得依然相当完好。

不过，所谓李自成射了这一箭的说法当是谣传附会，理由十分简单——这块匾额使用满汉两种文字，明显是清朝的作品，李自成除非穿越，否则是没法给它一箭的。隆宗门上的箭头是典型的清代破甲重箭，据说在辽东作战时善于骑射的八旗军使用的便是这种箭。这种箭虽然射程不远，但可以射穿重甲，是清军的战场利器。但明军似乎没有装备这种武器，李自成进入北京时应没有机会使用它的。

20世纪中叶后期，这位李闯王被视为农民起义的领袖、反抗暴政的英雄，名望如日中天，难免会有种种传说。但对于今天的我们来说，我们有条件也有能力，去寻找一些历史的真相。

那么，这一箭究竟是谁射的呢？

故宫博物院出品的《故宫简介》中有关于这支箭的官方说法。

嘉庆十八年（1813年）攻入皇宫的起义者，是林清、李文成领导的天理教起义军——现在对他们的评价有些褒贬不一，因为天理教是白莲教的一个分支。但无论如何，能攻入皇宫还是很了不起的。据说隆宗门的箭头便是他们留下的。

一说"景运、隆宗二门是进入内廷的第一道禁门，因而是需要严加防卫的。但戒备虽如此森严，在嘉庆十八年（1813年）九月十五日，竟有一支以林清为首的天理教农民起义军在头领陈壤、陈文魁率领下，由内应太监刘金、阎进喜接应分别从东华门、西华门打到了景运门、隆宗门的门外。进入西华门的一支农民军直取养心殿。在隆宗门外，农民军又与清军展开激战，但终因寡不敌众，在清军火枪队的镇压下宣告失败。在激战中，农民军将一利箭射在了隆宗门的匾额之上"。

这似乎是板上钉钉的说法了，但如今也受到了质疑。

这是因为根据记载，天理教起义军是化装进宫的，不要说弓箭，连长矛这样的长兵器都没法携带，怎么可能在匾额上留下箭痕呢？

中央文史研究馆原副馆长吴空先生曾经亲自撰文，认为这个说法不符合史实。他遍访单士元、朱家溍等有关专家，确认隆宗门匾额的箭头一事既不见于史料文献，也无确认为嘉庆年间遗存的实物铁证，只是传闻而已。他曾派人访问过古建工程队的老工人，得知20世纪年代初清理维修隆宗门时，门柱、门扉、门额上留有许多支箭，他们把这些箭都拔掉了。

如果说这些箭头是嘉庆年间留下来的，那当时起义军的火力一定强大得不像话，而且一百多年也不清理维修，太不可思议了，除非清廷的帝后们喜欢刺猬。

在隆宗门的椽子上，至今还保留了一支当时没有清理干净的箭，这说明吴先生的说法是有根据的。不过吴先生也没有解释清到底是谁射的这些箭，他推测有二：第一是八国联军进北京时候游戏时留下的，这我不太认同，因为1902年清朝的帝后已经返回北京，此后清王朝还延续了十来年，没理由这么长时间不清理自家大门上的箭；第二是清朝灭亡后有人拿隆宗门的大门和匾额当靶子练箭，"或有人射箭游玩所致"，这一点我认为有些靠谱，因为在电视台曾和清皇室后裔中的一些前辈一起做节目，他们讲到清朝灭亡后清皇室仍然盘踞故宫后廷多年，宫中溥仪闲极无聊，经常招一些外面年纪不大的亲王子弟比如润麒等人入宫陪伴。这些孩子大多娇生惯养，无法无天，他们中曾有人对着大门射箭玩——尽管没有说是哪个门，但很可能便是对着隆宗门来的，因为这里距离溥仪住的养心殿很近。

唯一可以肯定的是，这里面应该没有溥仪什么事儿。他虽然按规定应该学习射箭，但溥仪不喜欢这种运动，还是个深度近视，连大婚时都没敢让他按规矩朝新娘头顶射三箭辟邪——怕他看不清把皇后给射伤了。

关于隆宗门上的箭头，还有一个疑问——现在匾额上的箭头，真的是古人射上去的吗？

其实，在前文中，老萨已经给出了答案，只要对照一下今天隆宗门匾额的照片和《故宫简介》中的照片，就会发现箭头的位置不在一处。早期隆宗门上的箭头，是在匾额的蓝色底衬上，角度是从下向上射入的，而今天的箭头，则是插在匾额的边框上，似乎是从上向下刺入的。

这只能说明工人在修缮匾额的时候挪动了箭的位置，今天这支箭，可能的确是旧日的原件，但却被人为改了地方。

这让我想起了前些年一支到西非调研的考察队，队中的科学家提到，当地的向导热情地和他们探讨如何把当地的森林变成一个大伐木场。在当地人看来，没有比用树换钱更好的事情了——至于树嘛，到处都是，他们看到的也只有树，砍掉一些有什么关系呢？

"他们不知道这片雨林已经是非洲仅存的一块了。"那位科学家对着镜头慨叹一声。

物件的意义多是人赋予的，正如其作用一样。对于不同的人，意义自然不同。

书归正传，重新思考，不断发现，或许才是历史的意义所在，也是老萨不信史的缘由所在。

# 清宫密档中的慈禧变身医学圣手

【小编按语】

【清宫医案,也称脉案,是御医为皇帝、后妃、皇子、公主、王公大臣及宫里的太监、宫女看病时诊脉、用药的记录。在外人看来,太医是在提着脑袋做事,所以下药开方就一般不求有功,但求无过。所以,明代民谣"四大没用"中就有太医院的药方。但真的如此吗?这就需要我们去求证了。】

提到大清的"老佛爷",我想起一个歇后语:"老寿星上吊——活腻歪了。"为何这样说呢?

慈禧执政期间,先有甲午之败,后有辛丑国变,国家元气败坏殆尽,确有自杀之理,但是纵观历史,这位老佛爷可是大清帝国的实际掌权人,她一生那可是要多得意有多得意,杀端华,杀肃顺,杀胜保,杀"六君子",杀伐果断、心狠手辣,这样的人怎么可能会有自杀倾向啊,你这消息哪里来的?

皇史宬——国家第一历史档案馆,谁会想到这里或许隐藏着慈禧企图"自杀"的秘密呢。

档案二字,听来便有一种不近人情之感,似乎总会和"枯燥""乏味"联系在一起。这不是没道理的,比如皇帝们的实录和起居注,还有各位皇帝的医疗档案,俗称"清宫脉案",事无巨细,恨不得连皇上每天喝水上厕所都要记下来,这样的档案要是一天天看下来,就跟某地发生了谋杀案,让警察们把过去一个月的监控视频看一遍寻找嫌疑人一样,会让人发疯的。

清宫档案中的很多内容,其实蛮有趣的,并不像想象中那般乏味。比如,在末代皇帝溥仪的卷宗中,可以看到这样的小纸条——"正月里打新春,爱莲房中口问心。一二十岁把书念,来吧亚咳呦。二八青春作好文,来吧咦哑呦。"这段词,找大衣哥来,肯定可以唱得形神兼备,如果不知道"爱莲"是溥仪的妃子文绣,你打破头也不会想到这平仄不调的打油诗竟然是末代皇后婉容写的!

还有这样一段,也是这位皇后写的,这简直颠覆了我们对这位末代皇后的想象——"桃花宫,桃花院,桃花院内桃花殿。桃花殿,桃花帘,桃花帘内桃花仙。(这一段也还罢了……)桃花面,桃花面上桃花癣,桃花玉幔桃花衫。桃花口气如兰,桃花齿似叶烟,桃花唇似血盆,桃花媚舞桃花殿。"

您瞧,这些都是档案。

那么,清宫的档案中真记载了慈禧的"自杀倾向"吗?她是因为咸丰移情别恋要死要活呢,还是因为中了义和团大师兄的妖法试图白日飞升呢？

档案中倒没有谁敢这么记录，但有些事或许需要用心才能发现。比如慈禧有自杀倾向这件事，老萨的逻辑依据，来自于她的脉案中的一张方子。当时被吓了一跳，这方子别的药倒还罢了，有一味药的用量实在惊人——芒硝，居然用到了八钱，相当于如今的三十克！

芒硝，又名朴硝，在西瓜霜和冰硼散等常用药物中仅有微量入药，但一旦入方剂，就是中医一剂泻下通便的猛药，俗称"虎狼"，正因为是强泻剂，常人用量一般不超过十五克。这是哪个二百五大夫，竟然给慈禧老佛爷用这么大的剂量……张仲景《伤寒论》中的大承气汤，芒硝用量不到二钱。这个方子中的芒硝用量，足足是医圣用药的四倍！

在张仲景的时代，中医"君臣佐使"的理论还未完全成型，用药搭配简单实用。与今天一个验方没有二十味药没脸见人不同，医圣的方子常常也就是五六味药，每一味的作用清晰明确，但也很少设置牵制性的药物以降低其副作用，全靠医圣过人的医术来增减药量。如果换个庸医，估计这方子恐怕会弄出几口子人命。

饶是如此，这位医圣也只敢开二钱芒硝。正常人如果来八钱芒硝的话，会泻死的啊！唯一敢开八钱芒硝的大夫，只听说过一位，那个著名的杀人神医胡万林，在被抓起来之前，已经有好几位让他给泻死了，这件事也充分检验了芒硝这剂虎狼药的战斗力。

难道说，慈禧的太医们都是胡万林这个水平的？

这肯定是不可能的，慈禧的御医团队包括了马文植、陆懋修、薛福辰、汪守正等，无一不是医界大家、学者，其中有些人的中医著作比如陆懋修，今天的中医还在研读呢。

忽然生出一个念头——慈禧，该不会是被御医谋杀的吧？之所以这样想，是因为老萨曾在2014年随着北京电视台那个被称为"顾氏盗墓团伙"的摄制组跑了几乎一年，从钟祥的明显陵到南京的蒋介石墓（蒋介石的灵柩暂时安放在了台湾桃园县的慈湖）走了个遍，其中拍清东陵的时候，意外得知了关于慈禧遗体的一件怪事。

什么怪事儿？老佛爷这事儿，和孙殿英盗墓有些关系。

孙殿英盗东陵，慈禧的遗体曾被抛出棺外，脸朝下丢在地宫的一角。

这件事儿，几乎是尽人皆知的。可怜生前威仪赫赫的慈禧，死后遭此劫难却无可奈何，等四十多天后清室派人再次收殓时，据说其遗体上已经生出了很多斑点并有霉变。

网上曾疯传一张东陵被盗后的慈禧遗体的照片，清东陵管理人员却说那根本不是慈禧。之所以这样说是因为这张照片上的遗体被破坏得十分严重，骨骼外露。但清东陵的老管理人员是见过慈禧的，他说比那张照片上保存得好多了。

见过……慈禧？！就算是"老"管理人员，也不过六十几岁，谅他不会见过活的。可就算是死的，他这个岁数看样子应该没有参加过太后的葬礼，也不大可能参与过盗陵，他怎么可能见过慈禧的遗体呢？

一问之下，才知道，这些管理人员中的老辈人物，不但见过慈禧的遗体，还有见过乾隆遗体的呢，甚至还有人亲眼见过乾隆墓中的怪事。他们说：这位爷脾气大，孙殿英盗墓的时候，乾隆爷堵着门不让他们进来，虽然孤掌难鸣，但面对盗贼，奋起反抗，不愧一代雄主。后来他们（管理人员）去找乾隆爷，乾隆爷也不高兴，误以为他们和孙殿英是一类人，又出来拦着也不让进……说得还有几分玄幻的味道。

工作人员去见乾隆和慈禧是同一时间，都是20世纪70年代。当时，为了确定慈禧墓内的情况，再次打开了慈禧的棺椁，检查发现，慈禧的遗体依然保存得相当好，仅仅眼睛凹陷了下去。工作人员用棉球给这位太后擦了脸，还喷洒了一些消毒液，然后将棺椁复原。

那么，是不是皇家有什么秘方，可以将遗体保存几十年而不朽呢？

这肯定不是，与慈禧前后脚住进来的光绪皇帝也曾被这样检验过一次，著名的媒体人西冰先生当时还是初出茅庐的一线记者，亲历并拍摄了开棺的整个过程。从照片上看，这位不幸的皇帝已仅剩残肢断骨了。

那么，慈禧的遗体如何在经过那样的折腾之后仍能保存得如此完好呢？工作人员一语中的，说出了关键问题——慈禧在下葬前已经脱水了。

古代遗体保存完好的，除了比较特殊的马王堆汉墓，其他几乎都要依靠脱水，包括木乃伊、楼兰干尸、安第斯千年娃娃莫不如此。慈禧死亡的直接病因是痢疾。剧烈的腹泻使慈禧死亡时不但肠胃已经排空了，而且身体脱水严重，无意中为保护尸体创造了良好条件。

慈禧死于腹泻，而生前又有这样一张八钱芒硝的药方，这其中莫非有什么关联？

难道某个御医是孙逸仙先生的信徒，效仿《三国演义》中的吉平太医为国锄奸（意图毒杀曹操），给西太后开出了一剂要命的虎狼药？

这应该也是不大可能的。因为清宫里慈禧这个级别的，看病开药都不是一个御医的事儿，需要太医们协商才能定论——这也意味着看病的御医都要承担连带责任。这么明显的夺命方剂，怎么可能没人出来说话，御医们都活腻歪了吗？

同行的李大夫点出了关键——这方子，可能是个没执照的主儿开的，就算医闹也不能找大夫。

这怎么可能？太后身边，有哪个不要命的敢无照行医啊，那还不得让御医们拿唾沫星子淹死？还真有，而且没有任何一个御医敢拿唾沫星子去喷——敢情，开这个恶攻方子的，竟然就是慈禧本人。

话说慈禧为啥给自己开了个自杀性的药方呢，李大夫开玩笑说，严格讲来，应该是气的，憋的。

原来，这个方子并不是慈禧临终前服用的。而是几年以前她亲手所拟，并没有真去抓药。根据脉案来看，慈禧从年轻的时候便不能算是个壮妇，经常和御医打交道，还有几次险些一命归西了。比如光绪元年（1875年），刚46岁就告过"太后不豫"，光绪六年（1880年）病了几乎一整年。慈禧的病颇为分散，除了主管精神病的祝由科以外，几乎所有科的医生都给她看过病——这说明老太太的神志一直很清醒，意志刚强。慈禧主要的疾患集中在妇科和肠胃，其中肠胃病几乎跟随了她一辈子，时而腹泻，时而便秘，一直不正常，苦命的太医们也跟她那捉摸不定的肠胃病斗了一辈子。

按说慈禧吃得好，喝得好，饮食也规律，怎么会得这病呢？我推测主要是精神压力导致的内分泌失调。慈禧虽然精明强干，生活奢靡，但在内忧外患之际执掌如此一个垂老帝国，长达数十年。而且，女主临国，八面皆敌。这种压力反映在身体上，老太太的内分泌不出问题才怪。而内分泌失调的一大表现便是肠胃功能的紊乱。

当然，也可能是早年在宫里给折腾出来的。相传咸丰喜好酒色，出身并不高的慈禧，能一步步由一个小小的贵人，在短短数年一跃成为皇贵妃，其中所付出的心力实非常人所能想象。宫里的规矩又大，慈禧即便母以子贵，但上面还有个正宫的慈安呢，她焉能不处处当心。也没准儿肠胃病就是那时候落下的。

反正慈禧的肠胃病，不但严重而且顽固，折腾了几十年。后来，估计御医们也疲怠了，既然不能根除，开方的时候虚应便在所难免。而慈禧也渐渐久病成医。比如，她习惯于饭后吃锅巴，锅巴本身便可调理肠胃；在吃螃蟹时必撒菊花，不但调味而且驱寒；她还能看些简单的药方。

在开出那个虎狼之方前，慈禧已经被便秘折磨了相当一段时间。有这种经历的朋友大概都明白，腹胀如鼓不得一快，得这种病的人脾气往往比较暴躁。御医多次诊治，疗效甚微。

之所以不见疗效，一是病情比较复杂，二是，慈禧当时已年过六旬，这个年纪即使是现在也是老人了，太医们给她开方，第一个需要考虑的不是治病，而是不要因为误诊让自己赔上身家性命，所以他们用药自然慎而又慎。而太医院也是一个江湖，枪打出头鸟，谁也不敢冒进，所以方子自然也开得四平八稳。不然，下次哪位格格皇子有病，就都您去吧，治好了那是应该的，万一有个差池，就是墙倒众人推。

慈禧老太太也是从后宫杀出来的，她怎么会不明白太医们的想法？你们自己不想担风险，就让我老太太熬着，熬过来了是你们有功，熬不过来是我该死，这俸禄拿得也太轻松了吧？然而屡次督促、训斥，等方子上来一看——又是甘草！

估计慈禧当时真有把御医暴打一顿的欲望——老太太每天早上都练拳的，真打，只怕老太太还真有这个底气。不过，慈禧太后是聪明人，想了想，说：得了，我自己给自己开方子吧，你们看了行我就吃，不行……敢说老佛爷开的方子不行，你开个能见效的方子来！结果就开出这张芒硝八钱的古怪方子来。

御医们一看，麻烦大了，只好拿出真本事来，好好开了正经有用的药方。太医们给慈禧也用了芒硝，但剂量当然减了不少，几服药下去，太后的病情终于有所好转。

看来慈禧这个"医学圣手"把太医们也逼得不得不冒险一试了。太医敢把芒硝用到三钱，还敢用狼毒、雄黄一类的狠药，说明并不是没本事。但是面对慈禧这样生杀予夺的主儿，御医能发挥的也实在有限。

忽然一大胆的想法闯入脑中，想想都乐——如果此时李鸿章大人也患了便秘一类的毛病，粗通医理的太后老佛爷一时兴起，赐他个芒硝八钱或者狼毒四两的方子，这老头儿是吃还是不吃呢？

估计，只能来个"不待煎药，见方即愈"吧。

如此发展下去，慈禧太后那可就是大清朝的第一名医啦。

## 慈禧太后是被老虎吓死的？

**【小编按语】**

【中国的动物园历史也很悠久，据《诗经·大雅》记载，中国早在周文王时已在鄠京兴建灵囿，自然放养各种鸟、兽、虫、鱼，以供观赏。此后的帝王权贵也建有不同规模的苑囿，但是真正称得上现代意义上的动物园的，也就是现在的北京动物园。清末动物园就开始售票，而且男女分开参观。】

"老太后去动物园，让老虎给吓着了，后来再没治好，就这么病死了。"汪老先生告诉我。

汪老先生是我的一个友人，旗人出身，小时候到他家玩耍时看到画报上的慈禧，不觉好奇。作为中国近代史上的重要人物，20世纪80年代慈禧的形象基本是"祸国殃民""老妖婆""死不足惜"，但没想到这老太太竟然是被吓死的。

都知道花剌子模的老虎厉害，因为它会吃掉给君王带来坏消息的人；咱北京动物园的老虎居然能把太后吓死，岂不更胜一筹？！

当时吓了一跳，但后来想想，或许当时汪老先生只是糊弄小孩子。然而还是留下了深刻的印象。前几年因故查清宫档案，忽然想起汪老先生的话，这没准儿源自某种野史传说。不禁童心大起，决定仔细找找，看慈禧是不是真被老虎吓死的。

然而，慈禧临终的脉案非常清楚，她是死于痢疾所引发的脱水，治疗过程和死亡过程记载得都很清晰。而且，这应该是属实的。孙殿英盗墓后，慈禧的遗体被丢弃在棺木之侧——2013年老萨到清东陵时，李寅先生还曾指给我看，丢弃地点就在墓室左前角处。一个多月后逊清小朝廷派载泽等人到东陵收殓慈禧的遗体，发现遗体基本完好，甚至1986年清东陵管委会再次清理地宫时，发现慈禧仅眼珠凹陷，尸身仍未腐坏（当时量得慈禧身高一米五三，网上所谓慈禧尸体的照片是伪造的）。慈禧的尸体之所以未腐，可能与她生前因痢疾造成的高度脱水有关。

既然如此，慈禧之死应该和逛动物园没关系吧。但清宫档案也记载了——慈禧临终前最后一次出行，去的地方还真是动物园！而且，当时养老虎的饲养员还受到了处分。

如此说来，慈禧让老虎吓死难道不完全是谣言？！

问题是，慈禧的时代，中国有动物园吗？还真有，那就是今天北京动物园的前身，万牲园。

从官方文件来看，万牲园是晚清改革的一部分。1905年，在变革压力下，清政府提出预备立宪，并为此派出端方等五位大臣前往欧洲考察，史称"五大臣出洋"。但这五大臣还没出北京火车站，便遭到革命党吴樾的炸弹袭击，回来之后立宪还没成功清廷就被推翻了。

但一些小的改革举措还是实现了。端方回国后，奏报在先进国家中，大都市必有图书馆、博物馆、动物园和公园，以服务于市民，咱们不是要追赶人家吗，宪政不好办，动物园总能先办吧。清廷一听说没动物园大清帝国就国将不国，马上拨款，在西郊原农事试验场建立了名为万牲园（也作万生园）的动物园。

不过这是官方的说法，还有一说，此动物园的建立，源于慈禧太后的授意。1904年，从德国汉堡来了一个"海京伯马戏团"，在中国上海、天津、北京等地进行了动物表演，这次表演也吸引了宫廷的注意，慈禧对此十分感兴趣，于是起意建一座"万牲园"。这种说法个人以为应为真实，因为端方在考察期间已经在德国等地购买了一批动物，共计五十九笼，耗银约三万两，没有预算他是不可能买这么多动物的。这说明建立万牲园的准备工作在考察之前就已经开始了。

还有一点旁证，德国人的马戏团中包括大象、斑马、非洲狮、虎、豹、熊、非洲鹦鹉和美洲鸵鸟等，而据蔡东藩先生记载万牲园饲养的动物有"海马（即河马）、文犀（即犀牛）、怪鳄、大蟒、猕猴、鼯鼠等类"，并有狮、虎、象、豹、非洲鸵鸟、猩猩和鹦鹉，万牲园所饲养的动物，与"海京伯马戏团"所携带的动物品种差不多，可能有所参考。

因此万牲园的建立大概与慈禧有此一好相关。好在万牲园建立以后，确实向百姓开放了，内部还开设了咖啡馆、照相馆、西餐厅等，成为北京最早的综合公园。"并命商人亦得入园设肆。平时除太后入园，禁止闲人外，一任民人游览。所以都中人士往来园中，倒也络绎不绝。"

当然万牲园最主要的任务还是接待太后等皇室贵族，慈禧经常到动物园巡幸，"深喜其办理完善，特颁发内帑一千两，分别赏给园内各项人员"。慈禧还把自己喜爱的一只小猴御赐给万牲园，结果引发官员们争相进贡，连袁世凯都送来"寿星猴一只"。

根据《慈禧及光绪宾天厄》记载，慈禧最后一次去动物园的时间在1908年10月20日，离她去世还有26天。她是在从颐和园前往西苑途中游览了动物园，到达西苑后不久便病势加重。不久，颁布上谕："奉太皇太后懿旨，昨已降谕以醇王为监国摄政王，秉承予之训示处理国事。现予病势危急，自知不起，此后国政即完全交付监国摄政王。若有重要之事必须禀询皇太后者，即由监国摄政王禀询裁夺。"11月15日慈禧死于西苑。

慈禧病重是从动物园出来之后，而且从此没有再出过门，难道真的是老虎跑出来吓了太后？恶意地想，那负责老虎的管理员是个乱党卧底、革命志士，在慈禧正参观时，他突然把老虎放了出来……

这应该只是个恶意猜想，慈禧一直到死都神志清醒，并无受惊迹象。且从慈禧执政期间的所作所为来看，此老太太心态很好，意志坚强，不是可以轻易吓尿的角色。

慈禧此次动物园之行,在《慈禧及光绪宾天厄》中有详细记载,其中并没有提到太后被老虎吓到:

> 由此往万牲园。园在西直门外。太后进园欲下轿步行全园一周,见各种禽兽为向所未见,极为欣悦。言此后要常来游玩。询问看守者以各事甚详。见狮子尤觉高兴。问监督以各兽所来之地。监督不能对,侍从者皆失笑。太后曰:"你于动物学似不甚懂。"即转而问其他看守之人。李总管随行颇以为苦,请太后歇息不要太累了。但太后必欲围行一周,令彼蹶竭跟随以为乐。此次之事实创举也。有目见当时情形者言游园之举全出太后高兴。太后记性极强言端方由欧洲归,送太后一象,尚有他兽数种。太后以宫中无处喂养乃议办万牲园此万牲园发起之原因也。此象由二德人看管时言于总理月粮不足。但总理不听其言此象遂渐饿毙。看管之西人乃得其合同未满之俸金归国。此事太后深为不悦曾提及之。又言:"看这些禽兽都喂养得好。"甚为满意。

但同一篇文章也的确有记载"惟管老虎之人受严重之申饬",难道老虎真的跑出来了?

从蔡东藩先生的记述中,可以知道这个"申饬"的原因是养老虎的不够尽职。虽然蔡东藩先生的《慈禧太后演义》中有夸张和引用野史的部分,但慈禧逛动物园的描述还是比较贴近真实的。比如，蔡东藩在其中写道，慈禧曾在园中饶有兴味地欣赏了"虎纹马"（斑马）和"五足马"（实为一五足牛，属于先天畸形）。当时的动物园的确饲养过这两种动物。

蔡东藩先生还详细描述了慈禧看老虎的一幕——

及看到虎栏，有大小二虎，蹲地睡着。西太后道："这虎很是瘦弱，莫非月粮不足么？"看守的人伏地奏道："虎喜食肉。每日饲它，不足一饱，所以形容瘦削哩。"西太后道："谁叫你克扣虎粮？"看守的复奏道："并非克扣虎粮，乃是虎不足食。"西太后怒道："胡说！它不足食，何不增粮？"复语园总管道："这虎须要饱饲，休教它饿毙。若是死了，要看守吏偿命。"

或有当时的旗人据其死亡时间和老虎饲养员被处罚臆测二者的关系，才有了慈禧被老虎吓病之类的谣传。

不过，据《慈禧及光绪宾天厄》记录，慈禧这次游览动物园的确有不祥之兆——"至万寿寺，太后下舟，两太监扶之入轿，照例上香于寺中。太后薨后，从人回忆此次上香有一预兆，其所上之香，最后一根未燃也"。这纯属事后世人的联想，不过也在某种程度上反映了民间对以慈禧为首的清政府的不满，国都不国了，还不做点造福于民的实事！

# 邢台有条翻白眼的龙

【小编按语】

【郭守敬,元朝出类拔萃的科技奇才,世称"郭太史",在天文、水利、地理学、机械工程和数学等方面皆有突出成就。他创建的《授时历》是当时最先进的历法,曾影响了整个东亚地区。1981年,为了纪念郭守敬,人们将月球背面的一环形山命名为"郭守敬环形山",并将小行星2012命名为"郭守敬小行星"。】

"您这条龙怎么在翻白眼呢?"我问瑞红大姐,顺带着老气横秋地补上一句,"您这是涉及历史的博物馆,细节不注意可不行啊。"

现在很多仿古建筑和物件在制作的时候往往比较粗糙,在细节上把握不够,容易贻笑大方,看来,负责仿制这条龙的师傅,是不明白画龙点睛这个成语的意思啊。

在瑞红大姐这儿,出现了这种细节性错误,我觉得有点意外。因为她所在的这个博物馆,颇有品位——地方比较有品位,展品也比较有品位。

冀南地气温暖,虽在隆冬,仍有几分小桥流水的清丽。郭守敬纪念馆,位于河北省邢台市活达泉公园内,瑞红大姐是这里的负责人,也是老萨的平乡老乡。

在这种地方工作的人多半会有点儿仙风道骨,用故宫博物院朱传荣老师的话说,给个知府都不一定肯换。

这里虽然看起来古朴简陋,但郭守敬用一生心血研制的各种仪器,从浑仪到仰仪,在这里都可以找到——当然是复制件。

尽管是复制件,其工艺却相当考究。院中简仪底部支架上精致的花纹,就是仿照紫金山天文台简仪(我国现存最早同类仪器)复制的。

但百密一疏,还是见到这样一条没做好的龙。

"哪条龙?"瑞红大姐一愣,眯起眼睛来看,然后乐了,"你的眼睛还挺尖。"她回头便喊展厅的管理员,"小蓉,咱们那钟该灌水啦。"

钟?还要灌水?等弄明白怎么回事儿,老萨也不禁莞尔。

纪念馆内摆放着一件酷似宫灯的大型展品,我所看到的这条龙,是在这"宫灯"的顶部。经过解释,我才明白,这玩意儿根本就不是宫灯,而是世界上第一台自鸣钟。

提到钟表,我记得当年传教士到中国来,常带的礼物之一便是座钟,很多权贵家里也会放一台,光绪皇帝甚至因此学会了修钟表。只是当时无论是用的,还是修的,都是舶来品。而这台被称作"大明殿灯漏"的自鸣钟，完完全全是国产品，而且有知识产权，因为它诞生的时候，欧洲第一台座钟的发明者还没出生呢。

这口钟诞生于至元三年（1266年），设计者，便是这座纪念馆的"馆主"郭守敬。

严格地说，大明殿灯漏并不是世界上第一台座钟。迄今可靠的第一台座钟是北宋大臣苏颂等建造的水运仪象台，是一种大型天文仪器，足有三层楼那么高，真的是大家伙。

这座天文仪器在金军入侵时被掠到了北方。郭守敬于金哀宗正大八年（1232年）出生在邢台，或许他设计大明殿灯漏的时候，借鉴了水运仪象台的某些成果。他虽然一生大半在元朝度过，但其授业恩师子聪和尚（《神雕侠侣》里面的贼秃）和祖父郭荣都是受中原文化熏陶的学者，郭守敬在这一点上受益匪浅。

和水运仪象台不同，大明殿灯漏是一台标准的计时机器，被安放在元大都皇宫大明殿内，用于控制朝会的时间——哪个迟到的大臣也不敢说自己家的沙漏比皇上的"北京时间"更准。

大明殿灯漏的设计有很多独到之处。它的时刻表示方法独具一格。灯漏共分四层，在其中部第二层相当于表盘的位置，有小木人抱牌而出，显示的是时辰；第三层有一小人手指刻度，表示的是分刻，相当于分针；底层设四门，各有一个钟面，这一点儿倒是和巴黎圣母院的钟楼有些相似。

按照记载，每个时辰，这一自鸣钟都会在机械的带动下，由小人敲击四次——一刻击鼓，二刻敲锣，三刻撞钟，四刻击铙。看来，中国人好热闹，在那个时代就有体现了。

有意思的是，它还具有类似于机械钟表的调节阀，用于调整时间，控制快慢。灯漏顶部二龙戏珠图案中的珠子及其下方连接的杠杆，便是进行控制的旋钮。

如此精心制作的一台仪器，怎么会出现龙翻白眼的怪相呢？

原来，这也是郭守敬设计的"机关"之一。和西方钟表使用发条的原理不同，大明殿宫漏是以水力为动力的，它有一个水箱，通过一连串轴承带动的水斗驱动机械进行运转。这一设计十分巧妙，但需要定时加水。怎么知道它需要加水了呢？在这台仪器顶部两端，各有一个龙头，其眼珠、舌头、下颌通过浮标与水箱相连。如果用于驱动的水量出现不足，龙便会翻白眼（闭眼）、吐舌头、张大嘴（这什么形象啊？！）的情况。

直到徐达的大军逼近京畿，元顺帝烧毁大都逃走，这台精巧的"北京时间"才毁于战火。

其实，这台大明宫灯漏让我最震惊的，并不在于它的精巧，而在于它的内部结构。这是一种与宋元时代有着强烈违和感的机械，再一次颠覆了我们对于中国古代科技的认识。郭守敬制作的另外一种测量天体位置的仪器——简仪，其上有着比前代精确三倍以上的刻度，曾有一位炮兵上校不可思议地对我说，这东西有方向机、高低机，还有砧孔式瞄准具，加上个炮身就可以当高射炮用！简仪的"百刻环"和"赤道环"中间有四个"圆轴"（即圆柱滚子），相当于现在的滚筒轴承，这一发明比达·芬奇设计的滚筒轴承要早两百年。要知道，滚筒轴承是所有现代机械不可或缺的关键部件。即使被视为奇技淫巧，不受关注，中国古代的研发能力也丝毫不弱于甚至领先当时的世界各国。

一旦人类掌握了机械的力量，工业时代便近在咫尺。

可惜，这只是中国古代科技领域的一抹微弱霞光，明朝的徐光启似乎是中国古代科技的最后一颗明星。清朝的科技沉寂了下来，再加上时局的变化，几乎全面落后于世界，直到五四运动，才听到呼唤德先生和赛先生的声音。我们错过了太多，需要做的也更多。

如今，站在郭守敬纪念馆里，我不知道是应该自豪，还是遗憾。

# 古琉球国中国人后裔之谜

**【小编按语】**

【据琉球国史及各种史料记载，自洪武十六年（1383年）起，历代琉球王都向中国皇帝请求册封，成为中国的藩属国。两国一直有人员往来和文化交流。大量的移民定居，则是在明朝灭亡之后。据琉球王国的正史《中山世鉴》记载，清兵大举南侵，明朝灭亡，一部分不愿做"亡国奴"的中国人，从福建等沿海地区渡海逃来琉球王国。】

2010年，在日本NHK电视台热播的历史专题片《琉球王国的秘密》中，出现了一个颇令人惊讶的镜头。在电视节目中，一位叫作上江洲和男的冲绳老先生，拿出了传承数百年的家谱，称自己是中国人的后裔。按照家谱，其祖上可以追溯至南汉时期的状元梁嵩。

按照上江洲的说法，梁嵩的后代在明朝受命出使，到达当时叫作琉球的冲绳，从此入居其地，在当地历任高官，已传二十代。报道还称，那霸市的中国人后裔仍有数百人，他们不但保存着家谱，还定期举行象棋比赛，并在春节举行舞龙舞狮等活动。他们的家中，有些还建有纯中国式的假山庭园，以此缅怀自己的先祖。

这一消息传到中国，引发强烈反响。六百多年间，这些中国人后裔如何繁衍生息？在历史的进程中，他们发挥过什么样的作用？这些无疑都是颇为吸引人的话题。老萨遍查文献资料，走访多位专家，渐渐还原出冲绳中国人后裔那早已模糊了的面目。

**一批特殊的中国移民**

琉球国，最初是历史上在琉球群岛建立的山南（又称南山）、中山、山北三个小国家的对外统称。统一的琉球王国正式建立于明宣德四年（1429年），其地辖有冲绳本岛、宫古列岛和八重山列岛等属岛。琉球从明代起成为中国藩属，历代琉球国王均经中国册封并进贡。鸦片战争之后由于清朝实力衰落，光绪五年（1879年）琉球王国被日本兼并，改设为冲绳县。

据考证，琉球群岛的古代居民主要是南中国沿海地区的移民，但上江洲和男所说的"中国人后裔"并非这些人，而是那个时代一批十分特殊的中国移民，其移民的目的含有强烈的政治意味，这一特点是其他地方中国移民所极少具有的。

日本学者惠隆之介在其作品《誰でも書かなかった沖縄》（《无人写过的冲绳》，2000年PHP研究所出版）中考证，蔡氏等一批中国移民的先祖是明初洪武年间作为使节和移民从中国而来的，主要是为了协助琉球国王处理双方的朝贡关系。这些家族的出身不一，但其族长都在琉球王国中担任了官职，其家族都聚居在冲绳本岛外的久米岛上，被当地人称作"久米三十六姓"。

"久米三十六姓"的一些习俗带有明显的中国烙印，如秉承中国古代"同姓不婚"的传统（冲绳普通百姓在19世纪前多有同村婚嫁的习惯，因此有一定的近亲结婚现象），尊崇孔子，有祭孔的习俗，并为之自豪。直到今天，他们的名片上还印有"久米"二字。如果在冲绳问到"久米三十六姓"，得到的回答往往是"那是一些自视颇高的人"，但他们在当地也颇有影响，第六任冲绳县知事仲井真弘多即为"久米三十六姓"中的蔡氏后裔。

**曾经显赫的"久米三十六姓"**

在如今的冲绳地图上，已经找不到"久米岛"的存在了。冲绳县首府那霸市靠近海滨的一面，有一个名叫久米町的地方，它和与隔久米大街相望的天妃町所处的地带，就是原来久米岛的中心。而古代久米岛的范围，西到那霸大门前车站，东到崇元寺，北到西武门，南到海滨和久茂地川，几乎占据了那霸市的三分之一。

原来，历史上的久米岛，又名浮岛，扼安治川河口，与琉球王国首都首里城隔海相望，距离仅一公里，是首里通往外洋的咽喉之地。只是由于18世纪以后泥沙淤积，久米岛北部逐渐与冲绳本岛相连，变为一个半岛。久米岛上的久米村，就是"久米三十六姓"的聚居地。

虽然久米村被称为"村",但这个"村"却拥有两座城堡,当地人称之为三重城和屋良座森城,而三十六姓内部则称呼这两座控扼琉球首都出海口的建筑为南炮台和北炮台。

中国人开始在久米聚居,的确开始于明洪武年间。洪武五年(1372年),明朝与琉球确定了宗主国关系,很快,最初只是因为畏惧而接受宗藩关系的琉球人发现,与明朝的朝贡贸易可以获得极丰厚的利益,因此很乐于接受这种关系。而作为管理朝贡贸易和协助琉球国王处理宗藩关系的明朝使团成员,也就合理地驻留在了冲绳,他们选择久米作为定居点,并修筑南北炮台防卫海口。此后,因各种原因移居冲绳的中国人出于生活便利和集体防卫的原因不断定居在这里,使得久米的中国人群落不断扩大,从而逐渐形成了"久米三十六姓"。

惠隆之介认为,所谓"久米三十六姓",实际是明朝在琉球留下的监控势力,琉球史书中因此称他们为"唐荣",意思是"受到尊敬的中国人"。他在书中引用了末代琉球王尚泰的第四个儿子尚温对琉球王国时代春节祭礼的描述——"由国王对北京紫禁城的叩拜之礼完全按照中国礼仪进行,由羽扇引导的国王进入祭祀场地,由着红黄二色冠的久米士族环卫,在场地中央设有覆盖黄绸的桌案,上面放置点燃沉香的香炉。此时,戴黄冠的久米来的先生,会不断高呼'叩',而国王即依音拜倒——叩者,就是'叩头'的意思。"因此,也有冲绳学者认为"久米就是一个类似明朝殖民地的存在"(《冲绳每日新闻》1908年2月1日)。

不过,从历史的记载来看,虽然久米当时是一个中国人聚居区,但对琉球王国而言,这里更像一个宗主国的非正式军事基地,只是这个军事基地并没有危害琉球,相反,还多次保护了琉球。

琉球王国在洪武年间实际处于分裂状态,中山、南山和北山三国之间,征战不休。明宣宗宣德四年(1429年)中山国王尚巴志统一三个袖珍国家,建立了琉球王国。为了控制反抗势力,尚巴志将全国武人迁移到首里居住,由于琉球物产丰富,生活安逸,又可以利用与明朝的关系获得朝贡贸易的厚利,加上15世纪东海的制海权控制在拥有郑和船队的明王朝手中,舒适的生活使得琉球政坛重文轻武之风盛行,等到郑和去世,日本南部垂涎琉球富饶的各藩开始试探入侵时,琉球王国已经基本失去了自卫能力。

但扼冲绳要害的久米岛,却成为琉球抵抗外来侵略的保护伞。根据新井白石所著的《南岛记》,明嘉靖三十五年(1556年)、嘉靖四十二年(1563年)和嘉靖四十四年(1565年),依托南北炮台,以"久米三十六姓"为主力的守卫部队曾三次打退日军的进攻,最后一次还夺回了若干被俘的明朝百姓,受到明朝政府的表彰。明万历三十七年(1609年)萨摩藩在丰臣秀吉授意下出动三千军队攻打琉球,因不敢在南北炮台的威胁下正面攻击首里,转而在力量薄弱的冲绳岛北部的运天港登陆,迂回攻下首里城。被惠隆之介称为此战中"与萨摩战至最后的最高实力者"——代表"久米三十六姓"的琉球三司官郑迥战死。至此,琉球不得不同时向中日两国进贡。

久米的中国聚居者，不但协助琉球抵挡日本入侵，还承担了琉球的教育，甚至还负责王室后代的教导。从明嘉靖四年（1525年）起，琉球国王尚真每年派遣四名被称作"官生"的公费留学生到北京国子监学礼，归国后负责王室的礼仪训练、道德教导等工作。而四名"官生"按惯例全部来自于"久米三十六姓"，琉球士族的教育自然也要依赖久米。清嘉庆五年（1800年），琉球王尚温试图派两名本地贵族子弟代替两名久米子弟，消息传出，久米人极为不满，竟由此引发了一场政治危机，尚温也在不久后神秘死去。

作为琉球的朝官，"久米三十六姓"中涌现出大量琉球王国的名臣。例如前面所提的蔡家的先祖紫中大夫蔡温就是其中之一。琉球历史认为蔡温造就了琉球的小康社会，有趣的是蔡温在冲绳推行的是西周时期的井田制。这种在中国的封建社会已难以实现的制度，居然在小国寡民的琉球良好地运行了起来，直到日本占领冲绳后才将其废止。这种政策把农民束缚在了土地上，加强了对百姓的控制，对琉球王国来说不失为一种有效的施政方针。

由此可见明朝利用"久米三十六姓"这样的非政府力量，对琉球进行了有效的保护和监控。而中国的制度、文化、技术等也在一定程度上塑造了琉球。据惠隆之介记载，第二次世界大战爆发后，部分冲绳县出身的士兵被派到中国作战，由于看到中国的生活风俗与故乡酷似，触动同族感情，忍不住失声痛哭。

**终成海外遗孤**

在洪武和永乐期间，明朝是东亚海上的霸主，如果能控制作为重要转口贸易海港的琉球，那无疑是如虎添翼：既可以控制南洋的海上航线，也可以防范野心勃勃的日本。通过"久米三十六姓"实现对其有力掌控，无疑是巩固这一地位的重要一环。可惜后世子孙不思进取，竟毁弃宝船，自坏海图，将中国东亚的制海权拱手让人。要知道虽然明朝在后期奉行锁国政策，但民间对海外贸易利益的追求从未减少。郑成功的父亲郑芝龙，是一名海盗，曾在海上与荷兰、西班牙争夺东南亚的贸易份额。而清朝时下令"片板不得下海"，使得清朝在北洋舰队出现前彻底退出了东亚海域。而中国的藩属国中琉球第一个丧失主权，似乎也是19世纪中叶清朝丧失制海权之后屡遭外敌海上入侵的一个缩影。

就在日本于1879年彻底吞并琉球之际，"久米三十六姓"曾进行过顽强的抗争，并试图通过获得清朝的支持来保持琉球国不亡。喜舍场朝贤在《琉球见闻录》中记载，由于琉球王国没有军队，因而在日军进占首里城时无法抵抗，但"士族在各学校集合，缔结团体，以等待清朝援兵相号召。士族各家皆激昂奋励为誓，称有接受日本命令和俸禄者皆杀，若在此难中死义，则按照誓约由各家出资予以抚恤。各士族皆在誓约书上按指纹以为联署"。光绪五年（1879年），"久米三十六姓"中的林氏门人林世功作为琉球求救使节到达北京求援，由于清朝当时正忙于新疆平叛，无意帮助琉球，他竟愤而自杀。同年7月，蔡氏宗主蔡大鼎曾亲赴国内，面见李鸿章，请求支持。

李鸿章对琉球的求援亦甚为关注，当时正值美国卸任总统格兰特访华，李鸿章与其商议，希望他能支持并帮助实现"琉球三分"的主张，即琉球群岛北部的奄美群岛属日本，南部的八重山群岛和宫古群岛属大清，冲绳本岛仍归琉球王国所属的建议。但日本拒绝让琉球复国，谈判陷入僵局，不了了之。

"久米三十六姓"在琉球灭亡后仍未放弃其使命，被日本称为"支那党"，与支持日本的"日党"、坚持独立的"独立党"并为冲绳三大政治势力。由于"支那党"控制着冲绳的文化教育并拥有长期积累的威望，故此一度掌握着冲绳的民意。由于他们的努力，尽管琉球在1879年被日本吞并，但一直到甲午战争（1894年）之前，当地仍基本保持原状。1894年7月，日本熊本师范学校组织约百名师生到冲绳进行"游历"，据记载，他们入住的南阳馆遍悬中国历代册封使留下的匾额，令日本师生如芒在背，深感当地人的疏离。

但是，随着甲午战争战败，见复国无望，琉球王室、官属等两百余人被迫陆续逃离，来到中国。清政府为其在福州设立"琉球馆"收容，以"脱琉人"相称。这些人后来大多客死在中国，福州至今留有他们的墓地，其形制皆为琉球传统的"龟甲墓"。

留在冲绳的"久米三十六姓"的后代，被剥夺了世代相传的俸禄，并受到文化、政治等多方面的压迫，渐渐星散，移居那霸、宫古乃至夏威夷。当时达五千人的久米中国人后裔，如今还留在原久米岛地区的只有极少数。今天冲绳的"久米三十六姓"后代，大多已经不会讲中文，并使用日本姓氏，但是，他们依然通过"门中会"这一组织，顽强地保持着祖先的传统。

今天，"久米三十六姓"的后裔中，有三氏拥有在官方注册且十分活跃的"门中会"，即毛氏国鼎会、阮氏我华会和梁氏吴江会，此外，王氏、郑氏等家族也都拥有活跃的社团。这次在电视节目中出场的上江洲和男先生，就是梁氏吴江会的理事长。他们依靠"门中会"这一组织，管理和运营家族的共同财产，联络宗亲情感，祭祀敬老，提供奖学助学金，编印家谱，与海外宗亲会交流，安排清明扫墓等活动。据统计，由于门中会采用自由加入的方式，所以，现在仍保持会籍的久米中国人后裔，总数保持在四千二百人到六千人之间，而其总血缘人口，当在数万人。

"久米三十六姓"，虽然已经是一个历史名词，但其传承和演变，依稀让我们看到那段历史留在今天世界的一丝影子，供后人凭吊和缅怀。

# 虎符，消失的猛虎记忆

【小编按语】

【在电视剧中，我们经常看到只要出示一下虎符即可调动军队。其实，虎符必须要校验。在制造时，其尺寸是严格保密的，而且在两半虎符的接缝处往往有特殊的文字，这是种防伪标志。虎符的使用也有严格的规定，专符专用，一地一符，绝不可能用一个兵符同时调动两个地方的军队。而且，虎符要与诏书同时使用，虎符的形状、数量、刻铭以及尊卑也有较大变化。】

据说特朗普访华还闹出了一个不大不小的笑话——特朗普走到哪里，总有一个拿着黑色皮箱的保镖亦步亦趋，中方的一个安保人员不知道他是干什么的，上去盘问，差点儿就引发了冲突。

原来，此人携带的，是美国核导弹的密码箱，按规定必须和总统寸步不离。

作为普通百姓，我们除了关心中外大内高手谁的功夫更胜一筹之外，对核密码箱也十分好奇。根据披露的消息，这个密码箱里，除了通信设备和使用说明，最重要的便是一张特殊的卡，用于认证总统的身份，以确保通过密码箱下达指令的是总统本人。这张卡可谓是发起战争的密钥。

在我国古代，也有一种类似核密码箱中认证卡的军机密钥，这就是虎符。

虎符，指古代传达命令或调兵遣将所用的凭证，通常的造型是由金属制成的一头猛虎，可分成两半，内部有独特的卯榫，以保证其可以密合。

虎符，传说是西周姜子牙发明的，通常分为两半，右半符存于朝廷，左半符发给统兵大将，君主给军队下达命令时需要派人持右半符前往军中，与大将手中的左半符相配，确认可以密合且铭文一致，命令才能生效。

据说，古代新兵入伍第一件事就是要知道虎符长什么样子。因为将士们都极少有机会见到皇帝，而虎符就被视为皇帝的象征，见到它就如同见到皇帝。所以，士兵们不管何人拿着虎符，要做什么，都要绝对地服从此人。有了虎符就能调动大军，故此才有"信陵君窃符救赵"之说。现代汉语中的"符合"一词也来源于此。

这也有点儿太危险了吧，万一被坏人偷去了呢？所以，后来但凡调兵出征，皇帝的使者在送来虎符和旨意的同时，会作为监军留下来，如此这般，虎符才能调遣军队！

虽然古代没有核武器，但虎符能够调动千军万马，其作用也不亚于美国总统的密码箱了。当然，下命令的也得是正主才行，还需相应的诏书和监督执行的人员。

虎符为什么制作成猛虎的形象呢？这是因为虎在我国古代被视为一种代表征伐与勇武的神兽。我国古代有四象神兽，包括"左青龙，右白虎，前朱雀，后玄武"。白虎负责镇守西方，在五行中，西方为庚辛金，故而兵器都是金属的，所以西方的白虎也成为威猛征伐的象征——这也是与自然界老虎的猛兽特征相一致的。

世界上最古老的老虎化石发现于我国的黄河流域。专家推测老虎是沿着三条线进化发展的：一条向南，经马来半岛进入南洋诸岛；一条向东，到达朝鲜甚至日本；一条向西，直抵里海之畔。

作为虎的故乡，我国本土曾经出现过东北虎、华南虎、孟加拉虎、新疆虎等多个亚种，它们虽然看起来有些相像，但还是有细微的区别。

依托这些区别，从虎符的形状，我们还可以大致判断出古人是把哪一种老虎当作了虎符的原型——被称作"南中国虎"的华南虎。

华南虎是我国特有虎种，曾广泛分布于黄河、长江、珠江流域，但因为与人类的生存竞争和被作为害兽有组织地猎杀，再加上人类对自然的开发和破坏，其分布区和数量在20世纪后期大量缩水。

1983年，有人在湖北省恩施市百户湾林场捕捉到一只华南虎幼虎，这是迄今为止捕捉到的最后一头华南虎，而有记录的最后一头被射杀的华南虎死于1994年，地点在广东，此后，虽然屡有报告称发现了华南虎，但始终未再次真正见到野生虎。根据我国南方林地情况和有蹄类动物分布情况，专家认为野外已经不具备华南虎的生存条件，可以视为功能性绝灭。如今，要看老虎，只能去动物园了。

仔细观察虎符中所展示的老虎，其外形有两大特点：第一，头部狭长，近乎长方；第二，四肢与身体比例适中，身体矫健细长。这一点与白虎瓦当上面的老虎比较相似，新野出土的汉代画像砖上，老虎也具有这样的特征。

而这正是华南虎的独特之处。观察在甘肃发现的世界上最古老的老虎化石，会发现它头部也趋于细长。身为最原始品种之一的华南虎，对祖先的这一特征继承得较为充分。同时也因为华南虎生活在较为温暖的地区，其体内脂肪较少，须毛较短，身形也比其他老虎更为修长矫健。

中国文明的发源地和华南虎的历史分布区域基本重合，故老萨推测中国古人印象中的老虎大都来自于华南虎。

中国古代并不缺乏其他虎类形象——比如长了圆面孔的老虎。辽代契丹文虎头鎏金符牌和卧虎，看其形貌，推测其原型是东北虎。一张圆圆的面孔和相对肥硕的体形、较短的四肢，这与虎符上的老虎不太符合。而且这些"老虎"的活动区域也在辽东等华南虎分布区外，因此大约可以确认虎符的原型是华南虎并非一个误认。

在中国的传统文化之中，虎是一种与龙并列，带有神异色彩的动物，但都被视为神兽。

虎与龙不同的是，虎是现实中的稀有动物而非神话传说中虚幻的神物。这样一来，便产生了一个悖论——怎么能把一种现存动物视为神呢？就像在君王身边侍奉的人是最不会把君王视为神明的，因为朝夕相处下来，必然发现即便是君王也少不了七情六欲，君王不过是个坐在特殊位置的普通人。所谓神兽也是如此，老虎不过是一种肉食动物而已，人类怎么会对它产生神性的崇拜呢？

这个谜，直到老萨2017年在莫斯科采访俄罗斯远东—滨海边疆州探险队队长阿尔洛夫之后，才有了一些理解。

中国的东北虎在境外被称作西伯利亚虎，主要生存在远东边疆区，还有大约五百头生活在当地的保护区（相比之下，我国只有不到十头生存在长白山地区），按说总的数量并不太少。阿尔洛夫在远东地区的原野中工作了四十年，经常遇到熊和狼，但他从来没有机会目击野生的老虎——保护区的工作人员也极少有这样的荣幸，他们往往只是偶尔通过野外监控相机看到这些大猫的真容。

即使是在渺无人烟的地区，老虎也是神秘而孤独的动物。它们的智力很高，在捕猎之前会进行预判和思索，而且大多都小心翼翼地躲避着人类。一头老虎的狩猎区通常在一百平方公里以上，且通常是山区或林区，在这么大的区域里它可以轻易避开少数外来者的目光。

以此推断，中国的古人是没有多少机会真正面对野生老虎的——也没有照片和视频可看，而古代又基本不具备饲养老虎的条件，所以对普通人来说，老虎和龙一样神秘和不可知，出于对未知的畏惧和崇拜，老虎被列入神的行列就顺理成章了。

忽然有了一丝期望，既然老虎是如此善于隐藏的动物，那么，我们只期望野生华南虎在人世间消失的二十年，只是它们成功避开了人类二十年，在某个未来的时刻，曾经的南中国虎会重回世间。

尽管这希望有些渺茫，但我们依然深怀期待。

# 谁捡了天下最大的漏儿

【小编按语】

【乾隆帝自诩"十全老人",在文治武功方面皆有建树。抛开政治理国不说,乾隆在文物收藏方面绝对值得一提,不论是商周青铜器,还是历朝的玉器、字画、瓷器,他都收藏了非常多,故宫、台北故宫、沈阳故宫现存的很大一部分文物就是清朝时乾隆收集来的。】

帮人处理建筑垃圾,忽然发现拆下来的房梁和柱子都是金丝楠的,这种事儿就叫捡漏儿。

玩古玩的,最高兴的事儿恐怕就是捡漏儿。行内行外流传着各种各样捡漏儿的传说,不过真能碰上的却是凤毛麟角。而且如今的骗子越来越多,前两年连恐龙粪化石都有造假的。捡漏儿?还是小心别被雁啄了眼吧。

但真能捡到的,那就是传奇。

我所知道的捡漏儿捡得最大的,是名拍卖师老刘,他也是收藏家。当时在北京台做节目遇到老刘,谈到捡漏,人家首先说自已被打眼的事儿，但过后欲言又止，让人觉得在打眼之外，肯定还有占便宜的故事，而且这便宜还不小。追问之下，才知道原来老刘竟然捡过十块"玉玺"。

其实皇帝用的印章都叫"玺"。秦朝的时候规定皇帝用的印章独称"玺"，其材料用玉，臣民只称"印"，且不能用玉。汉代基本沿袭秦制，但制度已略放宽，也有诸侯王、王太后的印称为"玺"的。电视剧中砖头似的一大块那个可能是秦始皇下令雕刻的"天子玺"，也就是所谓的传国玉玺，不过这个国宝也早已消逝在了历史的长河中。老刘碰上的漏儿，是流落到国外的十枚清帝印章，每个比拇指也大不了多少。保存它们的老外不知道那是中国皇帝的东西，是按照老印章的价格来卖的，结果被老刘逮了个正着。

"我那不算捡漏儿。"老刘很谦虚，"那时候大伙儿都不玩这个，没法估价。我就是想，画上有这么一个章，画都值钱了，这章本身它也便宜不了吧。"但是，老刘说的时候那股得意劲儿，再怎么压着按着也看得出来。

不过，要从历史的角度说谁捡漏捡得大，那老刘就排不上第一了，个人认为，捡漏捡得天下无敌的，那应该算乾隆皇帝。

这有点儿令人匪夷所思啊。乾隆是什么人啊，那可是"皇上"啊，所谓富有四海的皇阿玛，宫里什么好东西没有？他哪儿用得着去捡漏啊！

虽然在各种影视作品中，这位皇帝多次微服私访什么都干过，但历史上的乾隆是很有帝王威严的，白龙鱼服的事情是有的，但跑地摊上淘古玩的事儿估计没做过，看过的好东西太多了，怎么能看上地摊货？

皇帝捡漏，那就得与众不同。怎么个与众不同法呢？那得是按吨算的。

啥玩意这么重？这么重的只有大自然的恩赐了。但玉石都是论克来卖的，怎么会冒出来几吨重的玉石，还被捡了漏？

如果您到北海公园团城内承光殿游览，会在前庭院中看到一座蓝顶白玉石亭，亭中的石莲花座上有一个大玉瓮——渎山大玉海。

这个大瓮由一整块独山玉雕刻而成，形制厚重，图案精美，黑质白章，中空，外侧雕有精美的海兽、水纹等，周长将近五米，约重三千五百公斤，也是我国体积最大的传世玉器，可谓"镇国之宝"。这尊巨大的玉器出自皇家玉工之手，完工于元世祖忽必烈至元二年（1265年）。当时元朝定都于大都，即现在的北京城。忽必烈是蒙古人，素来怕热，故此将原辽国在北海湖心琼华岛上修建的广寒殿扩建为消暑的行宫。这座行宫里据说有类似圆明园的喷水兽，有用玉制成的凉榻，也备有这件玉雕的中国最大的酒器，据说渎山大玉海可贮酒三十石。意大利旅行家鄂多立克曾在元代时到过中国，他曾见过这件惊人的玉器："宫中央有一大瓮，两步多高，纯用一种称作'密尔答哈'（欧洲学者认为这是一种墨玉类材料）的宝石制成，而且是那样精美，以至我听说它的价值超过四座大城。瓮的四周悉绕金，每角有一龙，作凶猛搏击状。此瓮尚有以大珠缀成的网绲,而这绲宽为一扎。瓮里的酒是从宫廷用管子输送进去,瓮旁有很多金酒杯,随意饮用。""魔术师让盛满美酒的金杯在空中飞行,送到愿喝者的嘴上。这些事和许多其他的事是在君王的面前做的,该君王之威风以及他宫中发生之事,说起来必定使那些没有亲眼看见的人难以相信。"如此精美的玉器,又怎会被乾隆捡了漏儿呢?

朝代更迭,渎山大玉海也过了一段潦倒的日子。元朝灭亡之时,大都为战火焚毁,如今仅存土城遗骸可辨。但广寒殿因为在岛上,得以幸存。只是改朝换代,移风易俗,与喜欢豪饮的元人相比,明人更爱进补,喜的是消熊栈鹿,渎山大玉海便渐渐被冷落了。到万历年间,广寒殿倒塌(一说失火),昔日皇家行宫变成了一片残垣断壁。

渎山大玉海也就失踪了,一直到康熙五十年(1711年),名臣高士奇才在北京的水神庙——真武庙中见到了它,道士们肉眼凡胎不识仙家之特,竟将一件绝世珍宝当成菜坛子用以腌咸菜,这真是暴殄天物。高士奇本可以捡漏的,但他只是推测此物不是普通石器,并没有考证出其来历,结果道士们提高了渎山大玉海的待遇,但也不过是将其放在了观音大士像前盛放山水而已。

渎山大玉海怎么会出现在真武庙中呢?推测是这样的。真武庙本为明代御用监,广寒殿倒塌后,可能负责善后的有司检点残存之物时发现了渎山大玉海,便将其移置到御用监候用。此后明朝灭亡,记录失传,国宝的真实身份被人遗忘,这才变成了咸菜坛。

乾隆的这次捡漏儿发生在其继位十年后。据说有一次，这位自命风雅的皇帝去真武庙游玩，偶然见到渎山大玉海，凭借其学识觉得此非凡物，便着人详细考证，最后发现这个庞然大物竟然是美玉所制，而且是元代御用之物。乾隆大喜，立即令人将其移到团城设亭存放。也有另一说，说是位翰林学士或内务府总管发现后上报给了乾隆，但最终确定大玉海身份的，当确是乾隆。

值得一提的是，乾隆拿走渎山大玉海，并不是无偿的，是通过给真武庙道士补偿千金的方式购回的。可见，这位皇帝还要脸面，知道不是自己的东西要花钱买，同时乾隆帝还幽默地雕了一个同样大小的石头瓮留给真武庙。自此，真武庙又被称为"石钵庵"。

乾隆此后还多次前去团城观赏此物，耗费巨资，四次令工匠对大玉海进行修缮性雕饰，不但自己撰写诗词，雕刻在大玉海内部，概述玉海的历史，而且号召群臣赋诗赞颂，刻在玉瓮亭四根柱子上……

可叹，渎山大玉海本是天赐之物，于元朝是大酒瓮，于道士是咸菜坛子，于乾隆乃是心爱之物，于你我而言，则是一种传承、一种纪念。

# 最后几声象鸣

**【小编按语】**

【大象,是目前陆地上最大的哺乳动物。在远古时代,力量强大的大象对当时的人来说,是不可多得的助力。驯养大象的历史已经不可考,但是《史记》中已有"乘象国"的记载。据不完全统计,仅在明朝的二百七十多年中,西双版纳上贡的驯象和象齿就有二十七批之多。】

到十三陵或者明孝陵参观,首先被陵前的石像生所震撼。皇权赫赫,即使是陵墓也得让普通百姓心生敬畏。作为皇权仪卫缩影的石像生自然要雄壮威严。石像生之中最为巨大的便是大象,有立有跪,状貌威严而温顺。

大象是人们极为喜欢的一种动物。它力大无穷,却性情温和;憨态可掬,又诚实忠厚;且能负重远行,被视作吉祥、力量的象征。而在神话传说中,大象则为摇光之星生成,能兆灵瑞,古佛就是乘象从天而降。而且象寿命较长,可达七八十年,被人们视作瑞兽。象与"祥"同音,因此象是吉祥图案中常用的瑞兽。

毫无疑问，中国传统文化中的瑞象是以真实的大象为原型衍化而成的。

问题是，真实大象的性格与习性，的确如我们印象中那般和蔼吗？

要知道象被视为陆上兽中王，可降服一切猛兽。那它就不可能如电视剧或者动物园里的那般，憨憨的，又极其温顺。其庞大的体型、强健的四肢和灵活的鼻子绝对不是摆设。清朝的时候，就发生过大象杀人的事情，而且是发生在皇城里。

皇城中有大象并非异事，这主要是用于仪仗的，以明清的记载最为清晰。

明朝时的大象饲养工作并不属于园林局的范围，而是属于一个凶名赫赫的部门——锦衣卫。锦衣卫下属驯象千户所，内设象奴，专门管理朝会时所用的大象，其中规定每日大象要吃米三斗、稻草一百六十斤。

到了清朝，则是由銮仪卫驯象所负责这一工作，最多时饲养了将近四十头大象。那时驯养大象的地方竟然是在宣武门城墙根，即今天的新华社大院。

应该说皇家的大象一般表现得不错，上朝的时候会预先驮着宝瓶在朝门外列队，并执行安检工作（据说大象能探测铁器），出巡的时候会为皇帝拖车，闲暇时还会有偿演出。每到春暖花开，驯象所的人带着大象到水边清洗，都会引来围观，人们皆以能亲近大象为幸事。

即使平时很温顺的动物，有时也会因为受到刺激而发生意外。据震钧的《天咫偶闻》记载："至甲申春，一象忽疯，掷玉辂于空中，碎之，遂逸出西长安门。物遭之碎，人遇之伤。掷阉人某于皇城壁上如植。"也就是说，光绪十年（1884年）春天，一头大象忽然发起疯来，把皇上的公务车扔到半空中，摔了个稀巴烂，遇人伤人，还把一个太监扔到了城墙上。反正，从那以后皇帝就不敢用大象为仪仗了。

这次发疯的大象是缅甸进贡的。明朝的时候，我国大象还比较多，朝廷专门在广西设有驯象卫（治所在思明府，即今广西宁明），其主要任务是为皇帝捕象。可能是当地大象被捕尽了，驯象卫一度迁到广西东南部的横州。到了清朝，就很难在国内捕到大象了，皇家使用的大象均为南亚和东南亚国家进贡的，是典型的亚洲象。

其实中国驯养大象的历史要比这早得多。早在商朝，便已经有了较为完备的驯象技术。

商朝驯养的大象都是自产的。当时黄河流域的气候比现在温暖，大象应该很多。商朝人不但会驯象，还建立了战象部队——《吕氏春秋·古乐篇》曰："商人服象，为虐于东夷，周公乃以师逐之，至于江南。"

在殷商时期，中原地区显然是有大象的，河南的简称"豫"字便表示这里古代生息着大象。不过，到了周朝，便似乎很少能见到大象了，仅仅有疑似象冢和大象遗骨的记载。到了东汉，许慎做《说文》时，对于大象的描写已经是"象，南越大兽"，可见，中原地区的大象是在商末绝灭的，那么，灭绝的大象是什么品种呢？

在殷墟发现的陪葬大象，是亚洲象。所以，主流学者认为这是受中原开发和气候变化的影响，亚洲象逐渐南迁，如今仅在西双版纳还活跃着少量的亚洲象。所谓"周公乃以师逐之，至于江南"，这也说明野生象群为避开人类骚扰而不得不南迁。然而，似乎还有一种可能，那就是商朝的时候，还有一些大象在黄河流域生活，并被迫加入了商朝的军队，商军瓦解时，这些大象也失去了饭票，于是自然灭亡。

世界上现存的大象只有两种，即亚洲象和非洲象，后者脾气暴躁难以驯服，而前者被认为脾气比较温顺，几千年来一直为人类做各种服务，包括伐木、运输，甚至当兵打仗，驯象一般驯的是亚洲象。然而，它们的鼻子都足够长，与巴黎吉美博物馆所藏的那座短鼻子（有所损毁）、大下巴的象尊造型很不相同。如果愣要给它打一个生物学标签，我想只有下面这种动物与之类似：铲齿象。

铲齿象被视为大象较早期品种，短鼻铲齿，在甘肃等地曾发现了大量的化石。这种铲齿象倒是和上面所说的那个象尊接近。它们最初曾被当作在沼泽地带活动的动物，但后来人们发现其更符合丛林动物的特征，应该可以生活在较干旱的地区。从理论上来说，商代的黄河流域是适合铲齿象生存的。据考证，铲齿象灭亡于四百万年前，但会不会有一些它们的后代侥幸活过了冰河期，成了商人的军象呢？

退一步说，大象所在的长鼻目在中新世、上新世和更新世都曾经十分繁盛，品种繁多并不断有新发现，那么，有没有可能曾经存在带有铲齿象血统，但还没有被发现的大象品种呢？

想象一下，如果商朝的军队雄踞于这样高举着两支巨型长枪的怪兽之上，行走于文明之初的中原大地，那景象是何等壮观啊。

# 妖猴无支祁

**【小编按语】**

【1986年央视播出《西游记》后，六小龄童饰演的孙悟空形象成为经典。毛发金黄，穿着虎皮裙，抓耳挠腮，经常眨眼的猴子，就是我们心目中的孙悟空。虽然大家对孙悟空的形象、来源等还有不同看法，但那只曾经豪迈地说"曾教三界费精神。四方神鬼怕，五岳鬼神啧。……九天难捕我，十万总魔君"的自由自在的猴子羡煞了多少人！】

民国期间，在黄河故道曾出土了一尊铁铸怪兽，形似猿猴却头生双角，根据其背后的铭文可知此乃是北宋年间的物件，其名为"无支祁"。这个家伙，据说被封为了淮河水神，今天在一些古代石刻中，依然可以看到它的身影。

无支祁到底是什么？大多数中国人可能会觉得一头雾水，但要说孙悟空，恐怕无人不知。按照鲁迅的说法，无支祁便是孙悟空的原型。

无支祁，又名巫之祁、无支奇，据说是大禹治水时代的妖怪。最早记载它的是古本《山海经》曰："水兽好为害，禹锁于军山之下，其名曰无支奇。"在《岳渎经》第八卷里面，有更详细的记载："禹理水，三至桐柏山，惊风走雷，石号木鸣，夔龙土伯拥川，天老肃兵，功不能兴。禹怒，召集百灵，授命夔龙、桐柏等山君长稽首请命，禹因囚鸿蒙氏、章商氏、兜卢氏、犁娄氏，乃获淮涡水神名无支祁，善应对言语，辨江淮之浅深，原隰之远近，形若猿猴，缩鼻高额，青躯白首，金目雪牙，颈伸百尺，力逾九象，搏击腾踔疾奔，轻利倏忽，闻视不可久。禹授之童律，不能制；授之乌木由，不能制；授之庚辰，能制。鸱脾桓胡木魅水灵山袄石怪奔号聚绕，以数千载，庚辰以戟逐去，颈锁大索，鼻穿金铃，徙淮阴之龟山之足下，俾淮水永安流注海也。庚辰之后，皆图此形者，免淮涛风雨之难。"

大意是说大禹治水至桐柏山遇阻，抓了几个当地的酋长，才知道是猴形妖怪无支祁在捣乱，于是派出大将擒拿，先后三次才将其抓获，囚禁于龟山脚下作为水神，自此淮河遂治。

《太平广记》也记载过无支祁的事情，据说唐朝还有人见到过被囚禁的无支祁，倒和孙悟空在五行山下的遭遇有些相似，只是已经被关了不止五百年吧。

从传说来看，关于无支祁记载的背后可能是一场部落争霸战争。大禹是中原的部落联盟领袖，他的治水过程也是一个整合周边各部落的过程。无支祁很可能是淮河上游另一个政教合一的部落联盟的领袖——所以他也叫作巫之祁。他和他的部下不服大禹的管理，但其盘踞的淮河上游包括桐柏山区，对大禹统治的中心区，即河南中部地区威胁很大，所以大禹发动了征服战争。双方进行过激烈战斗，大禹先剪其羽翼，再深入险要追杀，最终活捉无支祁。但由于他的威信很高，余部反叛不断。考虑到无支祁对其所属部落的影响，大禹采取了宽大政策，将他囚禁于龟山，或将其族迁徙到淮河下游易于管理之地，以工代罚，命其负责治理淮河水患，这才有了无支祁后来成为淮河水神的传说。没有一味刑杀，而能因地制宜，所谓"堵不如疏"，看来大禹明白治政和治水有异曲同工之妙。

那无支祁为什么是一个猿猴的形象？

一般来说，这通常与部落的崇拜对象有关。无支祁部落联盟所崇拜的可能是一种特殊的猿类。

说其特殊，是因为巫师给自己塑造的形象往往与图腾动物接近，而现代世界中，根本找不到这种"缩鼻高额，青躯白首，金目雪牙，颈伸百尺，力逾九象"的巨型猿猴。但这种图腾很可能与一种曾经存在过的动物有关，那就是巨猿。

在如今我们生活的这块土地上，曾有数百万年时间为冰川所覆盖，气候寒冷干燥，这就是所谓的冰河时代——事实上我们今天所生活的时代，也不过是两个冰河时代间的一个间冰期而已。

冰河时代引发了大范围的物种绝灭。好在中国的大山多东西走向，因此冰川在中国的分布是断续的，包括秦岭、伏牛山、桐柏山等山脉在其南坡保存了一些相对温暖的地域，使这里成为部分古代动植物的庇护所。例如，水杉、珙桐等植物，大熊猫等动物，都因此幸存下来。

巨猿，便是在这个时代生存下来，并逐渐与大熊猫等发展成独特的巨猿动物群。它们出现在大约一百多万年前，比北京猿人还要晚，但更为原始，因此显然属于猿类进化的一个特化旁支，分布在从我国南方地区直至东南亚的原始森林中。与大多数树栖灵长类不同，它们因为体躯庞大，因而选择了在地面生活。其庞大的身躯和群居性的特点，使得一般的猛兽也不敢去招惹它们。

根据发现的古猿牙齿，古生物学家推测巨猿拥有一个大下巴，这可能是因特殊食性而使下颌过于发达。仔细分析牙齿的形状和磨损情况，专家推测这种古猿是一种类似大猩猩的植食动物，以竹子为主要食物，体重高达五百多公斤。这种古猿不吃肉，这真是值得庆幸，不然今天可能就见不到我们人类了。

虽然有人认为神农架的"野人"、西藏的"雪人"是巨猿的后代，但大多数学者认为巨猿已经灭绝了。如今发现的巨猿化石都是残缺不全的，绝大部分是耐腐蚀的牙齿，这说明它们可能生活在温暖潮湿不适合形成化石的环境中。它们对于寒冷天气的耐受力不如大熊猫。巨大的身躯需要更多的能量，偏偏竹子是一种能量很低的食物，所以一头巨猿所需要的觅食范围很大。即便在全盛时期，巨猿的数量也不会很多。冰川的持续影响、人类"表兄弟"的竞争，使巨猿的食物来源渐渐匮乏。晚期的巨猿化石显示其体质急剧下降，有些营养不良，这可能就是其灭绝的原因。

淮河源头和更西边的神农架地区，很可能是巨猿在中国最后的生活区域，如果无支祁部落的先人曾经见过这种庞然大物，必然会留下深刻印象，将其视为山神或图腾进行崇拜也不奇怪。

这只是一种大胆的推测，是否符合真实历史，恐怕还需要更多的化石及相关文物来证实或否认。

而对于无支祁和孙悟空的关系，老萨倒有一些和鲁迅先生不太相同的看法。

胡适先生曾经提到，孙悟空乃佛门弟子，可能与印度猴神哈奴曼的传说有一定的关联。他认为《西游记》中，孙悟空很多行为模式都更像哈奴曼。

老萨以为，糅合无支祁和哈奴曼二者的特点共同构成孙悟空形象的可能性更大。不过，在《西游记》中，有另一个形象更似无支祁。那就是"真假猴王"中的六耳猕猴。

之所以说六耳猕猴的原型更接近无支祁，且看佛祖对其评判："我观'假悟空'乃六耳猕猴也。此猴若立一处，能知千里外之事；凡人说话，亦能知之；故此善聆音，能察理，知前后，万物皆明。"再看对无支祁的评价："善应对言语，辨江淮之浅深，原隰之远近"，可见，二者都是类似"百晓生"的猴子，善于收集信息，消息灵通，这也是它们能够折腾的重要基础。这一点，与孙大圣的火眼金睛明显不是一路。同时，孙悟空是典型的正面人物，而无支祁和六耳猕猴则都是反派代表，似乎不大可能用一个反面人物来塑造一个正面人物吧？

六耳猕猴的下场不好——"大众一发上前，把钵盂揭起，果然见了本相，是一个六耳猕猴。孙大圣忍不住，抡起铁棒，劈头一下打死，至今绝此一种。如来不忍，道声：'善哉！善哉！'"

这种特殊的猴子被孙悟空打杀了，至今绝其一种——和巨猿一样，无支祁也灭绝了。

不过，事情都怕琢磨，就像大禹借治水收拾无支祁一样，现在也有人怀疑，真假美猴王之战其实是一次政治阴谋，死的其实是秉性顽劣的孙悟空，而最后成佛的则是如来暗中埋下的伏子六耳猕猴。

历史不忍琢磨啊！

唉，可怜的孙悟空。

# 西沙群岛沉船宝藏之谜

【小编按语】

【铜钱是自秦朝统一币制后的方孔钱，在中国延续了两千多年。中国使用货币的历史很久远，萌芽于夏代，起源于殷商，发展于东周，统一于秦代。中国古代的货币，在形制上多有变化，但唯独方孔钱的形式沿袭千年不衰：有人认为"外圆内方"表达了中国人的一种"天圆地方"的人文观念；有人认为是由于有方孔易于用绳子穿起，圆形没有棱角，便于携带……】

朱元璋登基不久，在一个月黑风高之夜，对教务彻底心灰意冷的明教教主张无忌带领亲信，悄悄来到西沙群岛一处荒芜的小岛上，埋下了携带的财宝后，扬帆西下，准备去小昭所在的波斯总坛与她会合，却被嫉妒心重的赵敏悄悄破坏了罗盘，导致船队搁浅亚平宁半岛，无意中开启了西方工业革命的肇端……

读过《倚天屠龙记》的朋友，若是看到这段似是而非的文字，只怕会怀疑又是哪个脑洞大开的家伙写了一部穿越的同人作品。

《倚天屠龙记》中的张无忌大教主和他那些美女伴侣是虚构的，但这个神秘教派的确存在，而且和元末大起义关系密切。明教又名摩尼教，传入中土后又与白莲教等教派相融合，形成强大的地下力量。元末社会动荡，很多重要的起义军都和明教有关，甚至干脆就是明教首领发起的。

上面的文字实际是老萨在看到一枚铜钱后，脑子里泛出的场景。由于它的存在，有理由怀疑张无忌等人于元末的大起义后，在西沙群岛埋下了宝藏。这枚铜钱是这样的——圆形、方孔，一枚典型的中国古代钱币，那它怎么会和小说中组织元末大起义的明教，乃至宝藏扯上关系？

正如人和人不同一般，铜钱和铜钱也不一样，意义也大不同。这枚铜钱上的铸文，乃是"龙凤通宝"四个字，而这四个字却是有故事的。

受云龙书院之邀，老萨曾到徐州一游，于一名老先生家中见到一份有关西沙群岛的内部考古勘察文献《西沙文物调查》（1975年），其中便有这枚铜钱的介绍。在西沙群岛发现古代铜钱已经令人吃惊了，而这枚铜钱背后的故事更让人浮想联翩。

我国古代的铜钱，常饰有朝代标记，如宋真宗的"咸平元宝"、明成祖的"永乐通宝"等，这个"龙凤通宝"，应该是龙凤年间的产物，可是，我国有哪个帝王用过"龙凤"这个年号吗？

还真有一个，便是韩林儿、刘福通在元末大起义中建立的韩宋政权。韩林儿之父韩山童和刘福通均为白莲教首领，策划反元起义。韩山童自称宋徽宗八世孙，元顺帝至正十一年（1351年）在起事时被捕杀。刘福通带领红巾军攻占安徽河南等地诸多城镇，强盛一时。元朝至正十五年（1355年），刘福通拥韩林儿为帝，国号宋（因韩林儿出身明教，故又称"小明王"），年号便是龙凤，而这枚铜钱，便出自小明王政权。

龙凤九年（1363年），元军和张士诚叛军两面夹击，败韩宋军于安丰，杀刘福通，小明王韩林儿被朱元璋救出，但龙凤政权已经名存实亡，第二年韩林儿在瓜洲渡江时溺死，该政权存在时间只有十年，而且地域狭小，所以铸币流通不广，留存下来的更少。古币收藏市场中，现存三种龙凤通宝，任何一种的价格最低也要一万七千元一枚，可见其珍稀，于西沙群岛发现，不亦怪哉？

然而，据说在1975年的这次考察中，还发现了几种不常见的钱币。

一种是"大中通宝"，是明太祖朱元璋自称吴王时铸造的。在《倚天屠龙记》中，朱元璋是明教低级干部出身，历史上他是否真的加入过明教并没有明确记载，但他的军队属于红巾军的一支则没有疑问。"大中通宝"正是出自他的红巾军。由于后来朱元璋获得天下，这种铜钱存世还算较多。

还有一种是"天定通宝"，是可与朱元璋齐名的元末红巾军将领徐寿辉所铸。徐寿辉在《倚天屠龙记》中是明教的一名香主，而在历史上则是起兵控制长江中游的一名反元豪杰。他在湖北建立的政权，曾使用过天定年号。

另外一种是"天启通宝"。"天启通宝"也是徐寿辉所铸。其实崇祯的年号也是天启，也发行过"天启通宝"，但在崇祯的"天启通宝"中，启字的点作一横状，与下方的"尸"字分得很开，此处明显与徐寿辉政权发行的"天启通宝"不同。为了以示区别，钱币界称西沙群岛上的这种"天启通宝"为"徐天启"。

此外，岛上还发现了另外一种钱币，虽然质量很差，收藏价值不高，但极有意义，那就是"大义通宝"。

"大义通宝"，是徐寿辉的部将陈友谅称帝后所铸造。陈友谅在小说中是无耻小人，却被不明真相的明教香主徐寿辉收留。这与历史上两人的关系相符。1360年，陈友谅杀徐寿辉，夺其军自立为汉王，年号"大义"，并与朱元璋争夺地盘。1363年战败被杀，所以，"大义通宝"的铸造和使用仅有四年时间。

韩林儿、朱元璋、徐寿辉、陈友谅，这么多与明教关系密切的元末政权铸造的钱币同时出现在西沙群岛上，应该不是古币收藏家的恶作剧。那会不会是明教中争夺政权失败的某些人，携带钱财出逃海外，中途将其藏在西沙群岛？老先生哈哈大笑着否认了这种说法，并介绍了这批钱币的发现经过。

原来，这批钱币是在1974年4月，由海南琼海"潭门0145号"渔船发现的。当时，这只渔船正在珊瑚岛北侧海域作业，在珊瑚岛北侧三十海里的北礁水下深约两米的地方发现了这批钱币。当时这些古钱币已经与珊瑚石融为了一体，总重达四百多公斤，从其文物价值来说，这块"钱石"可谓价值连城。

这些钱币之中，最多的是"永乐通宝"，而明末的铜钱数量较少，最少的"天启通宝"只有两枚，物以稀为贵，故此考察报告对其加以特别说明。而夹杂在珊瑚礁上明显的竹木痕迹表明，这本是一条明代沉船。据渔民回忆，从很多年前开始便从这条沉船上打捞东西，特别是在1961年和1971年进行过两次大规模打捞，但直到1974年仍有很多东西没捞完。

既然出现了"永乐通宝"，所谓张无忌趁着夜黑风高来埋财宝的说法便不攻自破。古代的王朝、年号更换频繁，所以虽然新政权会努力回收旧政权的铜钱，但很难禁绝。这些元末红巾军的铜钱显然是混杂在永乐时期的漏网之鱼，其中甚至还有王莽时代的"货泉"，可见当时币制之混乱。

但这件事还留了一个尾巴——在这次打捞中，还发现了一口宝剑的铜制剑鞘。难道说这条沉船上当年真有一位剑法高明的"大侠"？

这当然是开玩笑，倒是考古工作者根据这口剑鞘和其他发现的物品，对沉船的身份有了一个未能完全证实的推测。

最初，曾有人怀疑这条船是走私船。唐宋以来，中国的铜钱铸造精美，用料讲究，在当时的世界是如同美元般的存在，属于硬通货，所以，外国商人经常一船一船地将中国铜钱运出，环南中国海和环印度洋周边的一些国家和地区，比如从泰国、马来西亚、斯里兰卡、印度，到阿曼、伊朗、肯尼亚、坦桑尼亚，都曾经出土过明朝的"永乐通宝"。这甚至一度引发了中国本土的"钱荒"——毕竟铜币的铸造不能如纸币那样快速方便，而且古代的采矿能力十分有限。因此，当时中国政府是把铜钱列入禁止出口项目内的。尽管如此，走私仍是屡禁不止。

但是，这口铜剑鞘的发现让人们重新审视其身份——这是当时武官使用的武器配件，不大像是普通走私商人的物品。而且这只船上的大多是"永乐通宝"，多半是未使用过的新钱，所以人们推测这些钱是从铸币厂直接搬到船上来的。据此，考古队员们又推断它可能是郑和船队中的一员——郑和下西洋的路线正经过西沙群岛，且主要是在永乐年间。北礁是南海有名的险滩，十分危险，这条船可能是误入险区触礁沉没的。尽管这一推断未能得到出土文物或文献的支持，但十分符合逻辑——比张无忌带人来埋财宝的推断靠谱多了。然而，郑和的船队为何会有专门运送铜钱的船只呢？

老萨认为有两个可能。第一，既然当时的中国钱是万国通用的硬通货，郑和的船队可能用它当压舱物，到了国外港口可以作为赏赐之物或者贸易的资金，一举两得；第二，郑和的船队中有上万名水手官兵，航行途中是需要发军饷的，这条船便可能是运饷船之一——反正中国钱哪里都能用，水手官兵们可以在靠岸的时候在当地消费。

如今，我们有微信和支付宝，点一点屏幕就把钱拨过去了，估计会把郑和船队的会计羡慕死。

时代的进步，总是远超我们的想象。

# 第五章
## 老北京那些事儿

# 一舟看兴衰

**【小编按语】**

【中国园林里面，有水就有舟。"舫"的形象与舟相类似，筑于水滨，为园林中最富情趣的建筑物。在园林中建石舫是有讲究的——为了含蓄说明"野渡无人舟自横"，水是活的，可坐舟。颐和园的石舫是游客必打卡的地标景点，但谁能想到这竟是条轮船呢？】

有一次，和朋友游颐和园，在荇桥对面的咖啡厅歇息时，从窗口看到了著名的石舫。

石舫是古代园林中一种很风雅的特殊景观建筑，其外形模仿江湖中的游船画舫，因其固定不能移动，又称为旱船。其下部往往用石材砌筑，故又称为石舫。北京保存下来的石舫，一共有三处，但其他两处早已被兵火毁坏，仅存船身。只有颐和园的石舫，保留了整体的景观。（另外两条石舫，一在北大未名湖畔，一在圆明园遗址之中。）

这条船造型优美，雕饰精雅，从来都是游颐和园的必看景点。

谈到石舫的历史，朋友感叹地说："这个慈禧太后啊，要不是她造这么个跑不动的石头船，甲午战争怎么会败呢？"

光绪十二年（1886年），十六岁的光绪皇帝即将亲政。为了给自己寻找不再垂帘听政之后的颐养之地，慈禧授意耗费巨资整修颐和园。面对虎视眈眈的外敌，不去买军舰却去修园子，千古兴亡，难免令人叹息。但这条石舫，可不是老佛爷造的。如果仔细看，会发现这条石舫颇有些怪异。

首先，这条船的船头是冲哪边儿的呢？

这还用说吗？当然是朝向湖里，高高翘起的船头正要乘风破浪远去。很不幸，这个答案是错的，您仔细看。您见过把船舵装在船头的船吗？

上次遇到"京味儿"专家陆元先生，老先生也这么让我出了一回洋相。对这事儿老先生做过考证，原来，这条名叫"清晏舫"的石舫是有原型的。它的原型，便是乾隆下江南时乘坐的"安福舻"。"安福舻"是一种尾部比头部高得多的船，所以石舫是一条正在靠岸而不是正要远航的船，靠近岸边的才是船头。

但这石舫上头的建筑，和"安福舻"似乎也有很大的差异。

这正是石舫的怪异之处，而如果您再细细观察一番，还会发现这条石舫居然是一艘轮船！石舫中部的两侧还各有一个圆圆的轮子，这是什么东西呢？与保存在颐和园中的另一艘船"永和号"火轮船对比一下，可能就明白了。

"永和号"火轮船，是清末时为慈禧游湖时拖带游船的明轮汽船,至今保留在颐和园耕织图景区昆明湖水师学堂旧址里。"永和号"的两侧,也各有一个大轮子,这种装置是当时蒸汽机轮船使用的动力装置——明轮。

在蒸汽轮船刚刚诞生的时候,螺旋桨还没有出现。汽船所依靠的主要推动力便是明轮——船体腰部的那两个巨大的转轮,在蒸汽机的作用下会带动叶片划水,推动船只前进。我国由徐寿和华蘅芳试制并投入使用的第三艘蒸汽轮船"黄鹄号",便是明轮船。

确切地说,慈禧为这条石舫所做的贡献,便是加上了一座西洋式的上层建筑和一对蒸汽轮船所用的明轮,从这个角度来说这位老太太挺会变通的,中西结合。

其实事情是这样的——颐和园并非新建,是在乾隆年间所建的清漪园的遗址上修复而成的。清漪园本是乾隆为其母亲钮祜禄氏建造的园林,在咸丰十年(1860年)英法联军焚毁圆明园时一同被焚毁。慈禧原本想修复圆明园,但因款项巨大、建筑材料不够、群臣反对而告终,因此慈禧便选中此处进行修复,也就是如今的颐和园。这条石舫也是乾隆时期的遗物,故此有"安福舻"的格局,只是上层建筑被烧毁了,修复后变成了今天的样子。

那这座石舫修复后,它的上层建筑是石头的,还是木头的呢?

这个问题似乎有点儿多余,因为石舫的每根柱子上都有清晰的大理石纹路,显然是石头的嘛。

不幸的是，这个答案错了。由于资金拮据，石料缺乏（为了获得石料，连英法联军没有烧的治境阁都拆了），所以只能用木头来做石舫的柱子。

其实与清漪园相比，颐和园的很多建筑都有山寨之感。

我们是不是误解了慈禧太后，和乾隆的清漪园相比，这位"老佛爷"的颐和园，多少有点儿凑合，说她修园子致使甲午战败是否有失偏颇？

从建筑规模来看，似乎确实冤枉了老佛爷，但如果算一笔细账，可能会让人大吃一惊。

慈禧修颐和园，花了多少钱呢？根据现有的资料，颐和园可见工程经费为8145148两。其中出自海军衙门的经费7375148两，总理各国事务衙门经费770000两。那么，乾隆修清漪园，花了多少钱呢？内务府的记录为4482851.9两。

当然，这里面两位主子暗藏的花头，比如家具的费用、种树的费用、造船的费用，等等，都没有算在内（有人估计颐和园的实际资金高达2000万两）。

这样一来，问题就来了——乾隆建造清漪园的费用，只有慈禧整修颐和园费用的一半。但从工程量上来说，乾隆要挖出一个昆明湖来，再堆出一个万寿山，可比慈禧的修修补补规模大得多，这费用好像有点儿对不上啊。

也许，从中可以窥见清朝乃至很多王朝灭亡的重要原因——到了慈禧执政时期，帝国暮气已深。所谓暮气，是指贪腐之风气如同蔓延的病疮，使这个帝国如同缺少润滑油的机器，任何动作都需要付出巨大的代价。乾隆时期和珅的贪污已经触目惊心，但贪污大多还得藏着掖着，而到了晚清，二八开似乎成了心照不宣的"规矩"——任何开支，只有两成会被用在办正事上。这才是"奴才"们抢着办差的原因，哪怕是慈禧，也无法阻止手下人去贪修园子的钱。

纵观历史，朝代之初，大抵会有向上的朝气，朝政清明，大臣们也能够奉公律己，朝廷也有比较严格的规章制度。然而，如果不能有效制止贪腐，国家的正常运作效率便会因此大大降低，形成所谓的"暮气"。而如果任其发展，到了暮气已深的时候，国家机器就将难以正常运转。修个园子就有如此大的水分，其他差使，也就可想而知了。张之洞的汉阳钢铁厂年年亏损，总办们却个个肥得流油。甲午之败，固然是败在技术层面，但又何尝不是败在了腐败上呢？

这腐败，仅仅是上层贪婪奢侈造成的吗？对一个人治而非法治的封建政权来说，这是王朝运转所必需的润滑剂，而且所需必然越来越多，否则君王的政令恐怕无法得到有效推行。而这一切所花费的民脂民膏，致使国内的矛盾愈来愈深，直至将整个国家拖入泥淖，治乱兴替不可避免。

封建王朝为何必然会被现代国家取代，从颐和园的一条石舫上，也可以看出些端倪来。

## 老照片惊现十二兽首

【小编按语】

【十二生肖兽首铜像原为圆明园海晏堂外喷泉雕塑的一部分，以水报时闻名于世。每个动物即是一个喷泉机关，时辰到对应的生肖就会喷水两小时，时至正午，十二生肖便一起喷水，据记载景象蔚为壮观。但英法联军火烧圆明园之后，十二兽首就流失在外。民间坊传甚多，当年成龙的电影《十二生肖》说的便是寻找十二兽首的故事，虽然内容纯属虚构，但也表达了中国人对兽首的关注和挂念。】

得以和刘阳先生聊聊圆明园，是件很难得的事情。正好借此机会向他求证一件事情——听说有一位号称拥有圆明园兽首的收藏家被他拒之门外，不知道是否属实。

按说不会啊，因为我和他打交道已经多年了，这位老兄的脾气一向很好。

和刘阳谈起此事，才知道这纯属误会。原来，圆明园管理处经常接到神神秘秘的电话，自称收藏着流失的兽首。其中有一个所谓的收藏家，自称家里藏着龙首，说了几句便留下一个电话号码，然后挂掉。过了几天看看没动静，又打来一个，还是说几句便挂掉……管理处这边没有回电话问询。本来，这是一个部门的行为，或许因为刘阳在这个行当里名气大，这件事便被安放在他的身上。

兽首，指的是圆明园西洋楼景区的十二生肖喷水兽头。这些兽首是由驻华耶稣会教士郎世宁设计的，他以兽头人身的十二生肖代表一天的二十四小时，每个时辰会有相应的兽首轮流喷水，蔚为奇观。在咸丰十年（1860年）英法联军焚毁圆明园后，这批文物便流失了，包括龙首、鸡首在内的五个兽首至今不明下落。我国曾通过拍卖购回数个兽首，引发了收藏界的轰动，一时间兽首简直成了圆明园文物的象征。

"这是常见的套路了。"刘阳说，"他就盼着我们打电话过去呢。还有好几个兽首没有下落，都拿龙首说事儿——龙是咱们中国的象征嘛，可是谁也没有给过一张照片，说的内容也根本不符合逻辑。一旦管理处打过去，他录音之后又可以拿我们说事儿了。"

国际上，现在声称手里有龙首的机构或收藏家不下十家，没有一家能说清楚收藏脉络，也没有一家能够提供照片，行家认为搞得这么神神秘秘，就是为了自抬身价。要知道市面上同样的文物，如果带有"放山居"一类的确切收藏证明，说明此物是圆明园的东西，身价定然会倍增。一些不大有名气的拍卖行，会想方设法弄一两件圆明园的文物来拍一下，借以提高名气。

圆明园的文物有个很大的问题：很多文物，现代人根本弄不清它们原本的模样。

虽然圆明园是中国的瑰宝，但在没被焚毁之前它是属于皇家大内的，和老百姓没什么关系。如果当年有个平民百姓指着圆明园说那是我们的，估计会被抓起来。圆明园里面的模样，只有少数人有机会一饱眼福，里面的文物也没有什么照片留存下来。仅有的照片多出自劫后，还都是外国人拍的，虽然，那时候照相机已传入中国了。

像这样没有被英法联军烧毁的圆明园景区其实很多，后来都被我们自己人拆了，目的竟然是偷砖，取石料，拆木料。人们都想据为己有，却没有人意识到自己犯的错是无法挽回的。

这给今天的文物追索带来了很大的困难，比如由十二兽首组成的海晏堂喷泉，到底是什么样子的，今天只有一张铜版画可以作为佐证。所有十二生肖兽首安放在圆明园的老照片，都是后人创作的。所以，失踪的龙首到底长什么样，我们根本无从知晓，若真的有个人拿出一个龙首来，也很难判断真假。

这一点，让我们谈到圆明园兽首的时候有一点儿遗憾。

然而，聊着聊着，老萨就开始不淡定了——外界普遍认为圆明园的兽首没有留下照片，我却分明发现刘阳那儿有好几张！

难道这些照片也是伪造的吗？还是圆明园的专家敝帚自珍，不肯以真相示人呢？

后面这顶帽子太大了，刘阳只好向我解释了一番。原来，这批照片，也是十二兽首，乃溥仪的御用摄影师 John Zumbrun 在民国年间拍摄而成。但这十二兽首并非圆明园的遗物，而是中南海海晏堂的。这座海晏堂虽与圆明园的海晏堂同名，却是于1901年新建的，位于仪鸾殿的旧址之上。

提到仪鸾殿，估计有些朋友会反应过来——慈禧就是在仪鸾殿内去世的，难道就是这个地方？

此地清末被称为西苑，不在颐和园中，是慈禧晚年时常停驻的地方（慈禧出宫后很少回故宫）。海晏堂所在的位置是老仪鸾殿，曾是慈禧的故居。光绪二十七年（1901年），在八国联军驻留时起火烧毁，故此"回銮"后在其旧址上修建了西式的海晏堂，又名居仁堂，作为接见外宾之用，以示慈禧并不保守。而慈禧并不是很喜欢这座西式建筑，所以又在附近建了新的仪鸾殿，也是她的临终之地。之后，袁世凯、李宗仁等人都曾将此地当作办公地点，中华人民共和国成立后，此地也成了国家机关的办公地点，后因建筑朽腐，不易维护，该海晏堂于1964年拆除。这座楼的前面，也有一套仿制圆明园的十二生肖。但与圆明园的生肖相比，此地的生肖在尺寸、做工等方面很有山寨的感觉。

但可惜的是，这套十二生肖不再是喷水龙头了——据说郎世宁制造的水利钟，即每两个小时换兽头喷水报时的兽首装置，在他死后便失传了。在慈禧时代也无法复制这套机械，但考虑到电力已经普及，于是这十二兽首便皆手持一盏莲花灯。

可惜的是，海晏堂被拆除的时候没有记载这批生肖的去向，不知道是丢失了，还是拆除后未加登记。总之，海晏堂的这一批，至今一个也没有找到，这也成了一个未解之谜。

不过，发现海晏堂还有十二个兽首，也是件让人惊喜的事情。

那么，这两套兽首的造型一样吗？

当然不一样。刘阳说，由于兽首已不再作为喷泉使用，海晏堂十二兽首的嘴是闭着的，所以，这几乎没有什么参考价值。

原来如此。刘阳先生，任重道远！

圆明园已经毁坏了上百年，我们只能期待，历史，会在什么地方给我们一个惊喜吧。

# 月波楼下的慈禧盆景

**【小编按语】**

【或许很多人以为,跋扈的慈禧太后喜欢骄奢淫逸,一顿饭得吃一百八十道菜。其实,慈禧还是有些修为的,闲时喜欢练字习画。《清宫遗闻》记载,光绪中叶以后,慈禧忽怡情翰墨,学绘花卉,又学做擘窠大字。咸丰帝也正因为如此,经常口授并让慈禧代笔批阅奏章,而且允许慈禧发表自己的意见,这或许也助长了慈禧的野心。不过也正是书画爱好安抚了她寂寞的后半生吧。】

"这儿是慈禧太后的书房?"当颐和园的工作人员跟我说起月波楼的来历时,老萨有点儿不相信。

月波楼位于南湖岛。从某种意义上来说,这个面对万寿山,孤零零点缀在昆明湖中的小岛是颐和园最寂寞的角落。

对"月波楼是慈禧的书房"深表怀疑,并不是因为今天这里的一层已经变成了一个商业味道浓厚,且隐隐带一点儿民国范儿的展厅。而是以我的了解,慈禧的教育程度相当有限。她虽是官宫之女，但在那个时代不可能受到系统的教育。按照当时女子无才便是德的社会风气，她入宫之前能粗通文墨已经很好了。慈禧当政后，批改奏折依然经常有错别字。第一历史档案馆保留了一份慈禧批改的奏折，其中老佛爷手书三百余字，竟有十一个错字，语法也诡异非常，让人大感圣心难测。

然而，工作人员却很肯定地说这就是慈禧的书房，而且还不是装样子的。

根据记载，慈禧每到颐和园，多半会先到南湖岛。她先到此处是因为岛上有一座西海龙王庙，其修建时间比颐和园还要早，俗称"先有龙王庙，后有颐和园"。在近水处居住，尤其是还经常乘船游湖，迷信的慈禧总要先来拜一拜龙王求个心安。

可别小看这龙王庙，当年借兴办水师学堂重修颐和园，打的幌子就是一旦皇室前来校阅水师，周围破破烂烂的总不好看，所以需要稍加修缮。醇亲王在开工的奏章里边提到过这座龙王庙——"因见沿湖一带殿宇亭台半就颓圮，若不稍加修葺，诚恐恭备阅操时难昭敬谨……拟将万寿山及广润灵雨祠旧有殿宇台榭并沿湖各桥座、牌楼酌加保护修补，以供临幸"。这广润灵雨祠，指的便是西海龙王庙，龙王是管水的，和海军算多少能拉上点儿关系。

颐和园修成之时，慈禧年事已高，体力不佳。故此入园拜过龙王之后，老太太常会在岛上小憩。这时，她驻留的地方，若非芸香阁，便是月波楼。

南湖岛是一个面积很小的岛屿，龙王庙后方并列的两个小院子，分别建有芸香阁和月波楼。两座建筑都是二层的中式小楼，初看起来浑不起眼，但细细品味，方寸之间自成一统，当得起秀气二字。工作人员介绍说，慈禧选择在这里休息成了习惯，两座楼便逐渐有了不同的用途。芸香阁是慈禧藏香之地，老太太在这里品品茗，闻闻香，感受的是类似今天"香道"的意境。而月波楼则是一座规模不大的藏书楼，慈禧好在其二层上设一榻，挑自己喜欢的书来读。

月波楼对面的殿宇，如涵虚堂的匾额和对联，当年也多半出自老太太之手，那可是真正的太后御笔。

说到"真正"二字，盖慈禧赐给臣下的字甚多，比如"福""寿"，甚至经文等，但后人考证这些赐字大多不是她的手笔，而是翰林院代书，慈禧仅仅加减一两笔而已。

而说"当年"，也是有讲究的，这是因为出于保护文物的目的，如今大家在南湖岛上看到的这些牌匾全都是复制品，慈禧真正的御笔，只有在西六桥一带久未修缮的楼阁处还能见到。

行家说慈禧的字酷似咸丰，然而替皇上批奏折的时候还是被大臣看出了端倪，这些老奸巨猾的家伙发现批折子的居然是女人，不禁大为惶惑，"后宫干政"的流言蜚语在咸丰活着的时候便已经传开了。

这里面还有一件有趣的事情。研究清宫档案的专家发现，作为咸丰的妃子，随着慈禧开始帮着批奏折，奉诏的次数越来越多，但翻牌子的次数却在递减。

我们可以设想一下咸丰这中间的心理变化。这是个轻佻的皇帝，或许开始只是为了好玩。偶然发现这个妃子还能出一两个好主意，便越发欣赏了。渐渐她的杀伐决断成为咸丰极有价值的助力……这个时候皇帝忽然发现这懿贵妃要不得了——笼子中的家雀忽然变成了翼龙，便是这个感觉啊。

然而，已经习惯依靠这个助力的皇帝又实在不愿意让自己重新辛劳起来。于是，习惯性倚重于她，却又在感情上不自觉地疏远于她，档案中的记录反映的或许便是这个信息。

从生孩子的机器变成贤内助，又从老婆变身女秘书，天晓得慈禧这时候会有怎样的感受。然而，在此过程中，慈禧等于被一个皇帝手把手教会了大清朝的政治规则，怎么驾驭群臣、执掌朝政，这是连太子都很难得到的待遇。客观来说，咸丰是慈禧的政治老师。

说到慈禧的文化问题，其实在老萨看来，她不需要多少文化，能看得懂奏折，懂得政治斗争的尔虞我诈，统治一个古老的封建帝国也就够了。当然不要奢望她带领百姓走向美好生活，维持自己的统治才是封建统治者的第一考虑。

慈禧因为粗通文墨而获得了咸丰的宠爱，文墨方面的习惯便一直延续了下来。再加上权贵间附庸风雅的爱好，慈禧晚年寄情翰墨，学绘花卉来打发时间，有个书房也在情理之中，书房中的笔墨纸砚、文房四宝自然得选最好的。文人所需的物品那得备全了才行啊!

"你看见那两棵植物没有?"工作人员看我走神了,便指着月波楼前两簇浓绿问道。

看到了,有什么特别吗?我想,这不就是园林中常见的绿植吗?

工作人员告诉我,这两棵植物,可不是颐和园管理处栽的——这是慈禧留下的两个盆景。

盆景?看着这两棵一人多高的玩意儿,老萨觉得这实在难和盆景扯上关系。再说,如果它是盆景,那么盆在哪儿呢?难道慈禧拿南湖岛当盆,种了这两棵"盆景"?那倒真有些大手笔呢。

慈禧并没有这样的气魄,故事其实很简单。

有一天慈禧在月波楼上看书,无意间看到窗台上的盆景,不知道动了什么心思,老太太随口问道:"这俩要栽到地里去,能长多大?"

没人能回答。但老佛爷既然说了,金口玉言,太监们随后便把这两棵盆景移栽到了院子里,以待太后再次垂询。这可能是慈禧的一时心血来潮,但这两棵植物,就长成了如今的模样。

# 定格的圆明园

【小编按语】

【圆明园是清代著名的皇家园林之一，被誉为"万园之园","虽由人做，宛自天开"。但从如今残破的景象，恐怕难以想象当年的盛景。圆明园不仅以园林著称，而且也是一座收藏相当丰富的皇家博物馆。英法联军掠夺了财宝，为何还要大费周章地焚毁圆明园？有人认为额尔金是有意要销毁劫掠的证据，从而使许多被盗的财宝不能被清点出来。】

作为一名中学和小学都在海淀区度过的北京人，圆明园是一个既熟悉又陌生的名字。早年，圆明园是不收门票的，然而从成府路方向走进去，到真正有点儿遗迹的西洋楼一带，还要走不少的路。所以，一般情况下，要是有空游园，去颐和园的时候更多些，实在不行，去北大未名湖转一圈也不错，很少会去圆明园——那儿早就成了一片稻田。几千人日复一日地忙碌，比风霜雨雪更快地加剧了这片园林的衰老。到了老萨游园的时代，这里已经看不到皇家御苑的影子了。

不过偶尔去圆明园，我也有些疑惑——这巨大的石头房子，一把火怎么能烧得这么干净？以我们的经验，就一根木头柱子，你把它烧焦了竖在那儿，好多年后它还竖在那儿的可能性更大。而圆明园，比古罗马的斗兽场还颓败。

很久以后才知道，这是因为在英法联军烧毁圆明园后的几十年间，军阀、官员、盗贼、农民……各路人马都曾对这座园林进行过洗劫。宝物早已被洗劫一空，但废墟依然有废墟的价值。于是"国家柱石们"公开拆材料修自家的园子，强盗们拆精美的石雕，贩卖太湖石，普通老百姓则干脆取土烧砖，赚点儿小钱。

这是王朝自己造的孽。烧毁圆明园是对一个国家的羞辱和攻击，而对百姓而言，这园子是皇上的，国家也是皇上的，与我无关——这不是老百姓愚昧，而是帝王用刀剑教育出来的。朕即国家，皇上从来也不认为圆明园会和老百姓有什么关系，也不许老百姓认为自己跟它有什么关系。外国人烧了皇上的园子，凭什么要老百姓为之伤心？

别人欺负我们，已经是一个民族的伤痛，但如果连我们自己也不去保护我们的家园，这就太可悲了。

但只要有皇帝，就总会有圆明园的。

言归正传，到底什么时候，圆明园成了今天这个样子呢？随着曹锟把最后一批看中的太湖石运到保定修花园，这片已经一片疮痍的园子终于看不到更多值得去挖、值得去盗的东西了。于是，20世纪三四十年代，圆明园终于定格在了一个苍凉的剪影中。

　　这个将圆明园定格下来的人叫海达·莫里森，是个出生于德国的澳大利亚女摄影家，曾长期生活在中国。正是这位喜欢骑着自行车旅行的女士，在20世纪三四十年代，用她的相机，为圆明园这个定格的时刻，留下了永恒的记忆。看着这些八十年前的照片，我们会发现，这与我们今天所看到的圆明园，已经十分相似了。或许可借此凭吊这座名园的，只能是这些照片了：远瀛观的石雕，当时还夹杂有少量砖混结构的部件，今天已经全然看不到了。焚毁后依然勉强直立的屋舍，被拆去所需部分后终于倒下，留下一片狼藉。石门的层次感在雕刻艺术的映衬下仍依稀可辨……圆明园，这座曾带给皇家无数荣光和欢乐的所在，却也经历着末世皇家的没落与无奈。

　　我一直在想，圆明园不宜作为一个太过热闹的观光场所，它应该是一个类似历史墓地的存在。

　　圆明园承载的太多，经不起游人的喧嚣。

　　可悲的是，圆明园也不会再有太大的变化。折腾完了，它所承受的，便只有自然的剥蚀。千百年后，尘归尘，土归土。

　　在漫长的岁月中，与人类自己相比，大自然实在是仁慈的！

## 慈禧的小舰队

**【小编按语】**

【颐和园本就是为供皇室游玩所用,有了昆明湖,必然也得有船。而且这些船里竟有战舰。但大家一定没想到豪华装修的游艇,竟然只是在给龙舟拉纤——它们只是这昆明湖上的"纤夫"!这一系列游艇,只是传统龙舟的翻版——只不过多一具马达而已。就像大清帝国,虽然也被迫"师夷之技以克夷",但骨子里还是天朝上国的保守不前。】

在老照片中发现历史的踪迹,无疑是和捡漏一样有趣的事情,还不花钱。前些日子,在20世纪初的老照片中发现了一张很有趣的。我很是得意,拿给朋友看,朋友马上反应过来,问我:"这是昆明湖水师学堂的那条小火轮?"

没错,就是存放在颐和园耕织图景区的昆明湖水师学堂的那艘"永和号"。

两侧明轮护罩上梯状的踏脚板,是这艘皇家游艇最明显的特征。这条身材修长的小火轮来自日本,是目前我国现存已知的最早轮船，当年，是为慈禧太后拖曳座船的。

在我看来，这张照片十分珍贵。说起来，这条"永和"小火轮到了民国期间依然在接待游人，有多张照片得以保留下来。珍贵倒不在于其稀有度，关键是很多朋友看到当时的昆明湖上居然有这么一条蒸汽火轮船，多少会觉得有些怪异。

其实，慈禧在昆明湖上曾经拥有过一个蒸汽小舰队的。这个小舰队，最初至少在名义上，是与海军相关的。

谈到这些，就必须要说到昆明湖水师学堂。

来北京，鲜有不去颐和园的。到了颐和园，鲜有不说慈禧太后的。说慈禧太后，鲜有不说她用海军军费修园子的。

慈禧用没用海军军费修颐和园，怎么用的，至今说不清楚，但怕人指摘是肯定的，所以最初整饬颐和园的时候绕了个圈子，声称是效仿乾隆在昆明湖搞水操——这个水操甚至能上溯到汉武帝在昆明池训练水军准备攻打云南。于是，光绪十二年（1886年），主持海军事务的醇亲王奕譞提出建立昆明湖水师学堂，名义上是培养亲贵中的海军人才。

在内湖里面练海军，并不是大清的专利。南美的内陆国家玻利维亚，至今还拥有一支在喀喀湖上练出的海军部队，这支军队足足有五千人。玻利维亚在湖里练海军是因为在1879年的战争中失利，失去了海岸线，但百年来该国一直卧薪尝胆，期待着有一天能夺回海岸线。

但大清朝这边的情况可不一样。大臣们都没打算在这个小湖里练出什么海军来，借此整修颐和园，供慈禧离休后在此颐养天年才是目的。

不过，既然是个水师学堂，到底还是要有几条船的。根据《晚清海军"贵胄学校"——昆明湖水操学堂始末》记述：光绪十三年（1887年），海军衙门从天津机器局专门定造了适合浅水用的平底钢板小轮船一艘，名为"捧日"；钢板坐船一只，名为"翔凤"；以及二只洋舢板，八只炮划；津海关道周馥又出资捐献了一只小轮船，名为"翔云"。（据李鸿章光绪十四年三月十一日奏折，其中包括"捧日""翔云"两小轮船，一只钢板座船，此外还有一辆小火车，共用银两万六千两。）

而这里面，轮船便至少有"捧日"、"翔凤"、"翔云"三艘。光绪十七年（1891年），天津机器局又为颐和园造了一艘"恒春号"小轮，作价约九千两。严格地说，此时颐和园尚未竣工，可以说是先有火轮船，后有颐和园。

相对来说，倒是光绪三十四年（1908年）才建成的"永和号"与昆明湖水师学堂并无关系——这所学堂在光绪二十一年（1895年）便已经寿终正寝，被裁撤了。

但这条"永和号"的历史，也是颐和园各轮船中最清晰的，它是光绪三十四年由日本赠送给慈禧，为皇家所用。此后在民国时曾作为游轮，后损坏并搁浅于园内，20世纪40年代被打捞至岸上，新中国成立后曾一度准备将之拆毁，上层建筑都已经拆掉了，最终由于种种机缘才得以保留至今。

游客大多不清楚这条船的来历，有人说是慈禧在日俄战争期间卖国所得，但从历史记载来看，它是日方主动赠送的，慈禧并不十分看重和喜欢，然而赠送时间却是在日俄战争三年之后，不免让人感到突兀。

还有一种说法很有意思，说它是晚清名臣张之洞的一个"阴谋"。盖此前张之洞创立长江水师时，从日本购买了若干舰只，质量虽然还好，但价格贵得惊人，谏臣们议论纷纷，准备上书弹劾以彻查此事。香帅感到危机之后，即唆使日本合作商找了个借口赠送慈禧一条皇家游艇。谏臣们都是政治老油条，看到此情此景，不免误以为张香帅买船是老佛爷之意，于是不敢蹚浑水，弹劾之事也就无疾而终了。

这种说法，要按照常理推测，张之洞是吃了回扣。然而，《清史稿》上记载这位晚清名臣"任疆寄数十年，及卒，家不增一亩云"。《大清畿辅先哲传》也记载他死后"家无一钱，惟图书数万卷"。这钱，到底哪儿去了？

这笔账，后人最终算清楚了。张之洞晚年集中心力建设的汉阳钢铁厂、汉阳兵工厂，都是吞金大兽，钱，全都投到那里面去了。你可以说他办厂办得不科学，用人不好，但不能否认，他为中国民族工业的艰难起步奠定了一点儿底子，那个时代，指责张之洞的人很多，但还真没几个能像他那样做事的。

跑题了，让我们说回"永和号"。

"永和号"虽然不是昆明湖水师学堂所用的船只，但确实是慈禧"颐和园小舰队"的组成部分。

那么，这些"颐和园小舰队"的轮船只是摆设充样子吗？倒也不是，它们和那些在此学习的水师学堂的学员们，有一个重要的任务，那便是为慈禧太后的座船进出颐和园及游湖提供牵引服务。

慈禧在昆明湖上至少有三艘御用座船，都是没有动力，需要拖带的。

慈禧最常用的座船是"镜春舻"，其船顶部有一桅杆，上饰一凤凰，尾部另有四面凤旗。慈禧的另一艘座船"木兰"，它的建筑蓝本"样式雷"烫样还曾参加了拍卖会。慈禧还有一条无动力的铁壳座船，名字很奇怪——"安澜福"。这是一艘无动力的钢制座船，侧面一排舷窗，顶部可搭贯通的遮阳篷，样式颇为洋气，只是没有动力，可能慈禧不喜欢机器的噪声。

算上光绪的座船"水云乡"和后来的"永和号"，在昆明湖上，慈禧拥有一支包括六艘船在内的近代化的"小舰队"。此外，从光绪十三年（1887年）四月醇亲王到昆明湖阅看水操外学堂操演驶船的记载来看，当时此处还有十余艘炮划（老式炮船）和铁扒（大型舢板）等——当然，随着老佛爷驾临颐和园，这些带响的船只肯定要远离。谁知道哪天混进个革命党，来个炮击排云殿，那事情可就大条了。

不过，从整体来看，昆明湖水师学堂的装备，耗银不超过十万两，再加上此后的维修等款项，一次也仅仅数十至数百两银钱,如光绪十五年(1889年)轮船修理及耗材等总计三百六十六两七钱六分,与修建颐和园动辄筹措几百万两的规模相去甚远,重办昆明湖水操不过是修建颐和园的幌子。这些"海防巨款"的去项显然和壮大海军没有什么关系。

慈禧的"小舰队"是为慈禧和皇室拖船的,肯定都没有武装。它们不仅出现在颐和园内,北京城有水的地方也能见到它们的身影。慈禧曾用银四百多万两整修城内三海建筑,作为游玩之地,她往返颐和园和三海之间乘坐的都是船只,拖船的工作自然不能少。

那么,这支"小舰队"到底是什么样子的呢?因为从来没有人想过给这些"差船"照个全家福,给今天的考证平添了很多困难,我们只能从残存的颐和园老照片中寻找它们的踪影了。

光绪二十四年(1898年),在德国摄影师班德萨切夫于颐和园拍到的一张照片上,其右侧是一艘不完整的明轮小轮船,首部带有龙纹装饰,酷似"永和",但前部比"永和"多一扇落地窗,而且结构也不一样,从其身材颀长的特点来看,推测它可能是较早的"捧日号"——据《颐和园光绪朝帝后御船录》记载,"捧日"与"翔云"酷似,只是前者使用明轮,后者使用螺旋桨。"翔云"仅存图样,但其细长的身姿与此船相似。

在光绪三十一年(1904年)拍摄的照片上,牵引御船进入颐和园的是一条小型火轮船。其前方便是著名的玉带桥。这艘拖船显然也是一艘火轮船,其后部安装有明轮,且船体狭小,与"永和""翔凤""翔云"不同。

而"捧日号"本只是用于颐和园园内，光绪三十二年（1905年）由于"翔凤"发生了锅炉爆炸才开始拖曳御船出入北京城内外，光绪三十一年时似乎也不应出现在这里。

以排除法而定，这条船当为光绪十七年（1891年）编入"颐和园小舰队"的"恒春号"。

由于缺乏资料，只能靠推测判断，故此这些船只的真实身份还有待于进一步考察证实。

昆明湖上的这支小舰队在光绪二十六年（1900年）八国联军入侵期间遭到一定破坏，"两宫回銮"后进行了整修，得以继续使用。

光绪三十四年（1908年），慈禧太后在"永和号"到达后半年便撒手人寰，光绪也几乎同时离世。即位的末代皇帝宣统当时只有三岁，当然不会有到颐和园游湖的雅兴。故此摄政王载沣便下令将颐和园的轮船、电灯等部门裁撤，设备封存，以节省开支。

到了民国年间，这些船只曾短暂为游人服务过，但因历史动荡，最终大多在没有记载的情况下消失了，除了"永和号"外，其他船舰至今不为人们所知。

有趣的是，从档案记载来看，这支小舰队还差点改变了历史进程——光绪三十四年，"永和号"的部件从日本运到北京，在颐和园组装完毕（从这个角度来说，它还是半个国货），随即进行了试航，结果，或许由于对设备不熟悉，或许由于昆明湖水师学堂的贵胄学生们技术不精（我个人倾向于后者），在试航途中该轮的锅炉竟然发生了爆炸，这似乎也预示着中日两国此后几十年的关系不会平顺。或许是出于安全考虑，慈禧一直没有乘坐它，只用它拖船，所谓皇家游艇，徒有虚名。

这件事怎么差点儿改变了历史进程呢？

盖因为这条船的试航事关国际关系和皇室，清廷方面不敢怠慢，主持这次高规格试航仪式的是大名鼎鼎的袁世凯。不料在仪式上这条船竟然炸了，这次爆炸造成的损失不大，袁大人也安然无恙。想一想，如果爆炸来得更猛烈些，袁大人来个"以身殉国"……

瞧，历史的拐点，可能就在不经意间到来了。

# 北海畔的大清皇家铁路

**【小编按语】**

【俗话说，要想富先修路，而大清王朝不重视修铁路，可不就被一段铁路葬送了数百年的基业。正是四川的保路运动引发了武昌起义，大清的大厦就此倾倒。在人们的印象中，晚清的掌权者慈禧太后极端保守，她曾两次下令拆铁路，但谁想如此极端保守的老顽固，后来竟然日日乘坐火车，也算是通勤一族呢！】

有这么一张照片，照片中有一片广阔的水面，从远处湖中错落有致的五座亭子，依稀可以辨认出这是北海公园五龙亭。而湖畔竟然有两名立马的外国军官，给整个画面平添了些许不协调的感觉。

但如果追寻历史，就会发现这虽然突兀，但也不算意外。这张照片拍摄于1900年。八国联军入侵北京期间，帝后西狩，有一些洋鬼子出入于皇家苑囿，并不是奇怪的事情。

而北海的这张照片，也恰恰解开了一个谜团。

在照片下方，可以看到湖畔路边有两条铁轨，这应该就是清末的第一条"皇家铁路"。

根据拍摄者的记录，这条铁路的宽度仅有六百毫米，是标准的窄轨铁路——这个记录可能略有出入，各国铁路的轨距各不相同，但最窄的为六百一十毫米。

整条铁路是沿中海和北海西岸修建的。这条铁路有很多名字，或被称作"紫光阁铁路（因其起点在这里）"，或被称作"西苑铁路（因为中海、南海和北海合称西苑三海）"，而外国人则称其为"冬宫铁路（Winter Palace railway）"。该铁路修建于1888年，仅供皇家使用，在八国联军入侵时期，它的部分枕木被拆走，不久因失修而停止使用。

中国的铁路始建于清末，起步十分坎坷。不算同治四年（1865年）杜兰德在北京城外修的展示性小铁路（旋即被拆毁），第一条修建在中国领土上的铁路应该是光绪二年（1876年）英国商人修建的吴淞铁路，因为民众极不习惯，竟被清朝地方政府买下来……拆了。

既然如此，怎么会在清末的北海公园里，出现了这样一条"皇家铁路"呢？

在"北京记忆"节目做主持人的时候，我曾经接待过一位嘉宾，他说他的家族曾在北海为慈禧修过铁路，也修理过九龙壁。经过考证，此事的始作俑者，应该是李鸿章。

这位洋务运动的先驱想通过在皇家园林里面修建铁路，达到推广的目的。为此，他从法国人那里花了六千银圆订购了铁轨，弄来了"小火车一列，上等极好座车一辆，上等座车二辆，中等座车二辆，机车一辆，行李车一辆，陈设华美，制作精良，器具材质光洁"（其中三辆后来拨给了火器营），以供太后使用——考虑到广告效应，法国人这个价格属于半卖半送。

李鸿章这个主意很有创意，假如慈禧都坐上了火车，哪个官员还敢对修铁路横加指责呢？清末的铁路长达九千公里，这条小铁路可说功不可没。

这条小铁路南起中海的瀛秀园门，沿中海西岸，出中海的福华门，入北海的阳泽门，沿北海西岸，经北海的小西天极乐世界，折而向东，经阐福寺山门前东行，终点为静心斋前。光绪十四年（1888年），连接紫光阁与静心斋、长达"七百六十二丈五尺"的小铁路正式竣工。据说慈禧对此铁路十分满意。当时光绪已经渐渐长大，慈禧也在考虑将来归政后退休的问题。她首先重修了西苑三海，光绪十四年小火车开通后便经常住在西苑瀛秀园。散朝后，慈禧便常携光绪一起到静心斋休息，然后自己乘火车回西苑。

后世人们看档案，发现光绪对修颐和园之事远比慈禧积极，不免惊讶。但仔细想想，我要是光绪，也得赶紧给老太太收拾颐和园——北海这地方离紫禁城太近了，这位"皇爸爸"随时可以入宫，一天来三回，怎么受得了？

可惜的是，今天在北海看不到这条铁路的遗迹了。慈禧的

"皇家铁路"仅仅使用了十二年，庚子年后再未启用。此后物料逐渐星散，特别是抗战期间日军缺乏金属，把大部分的铁轨都拆去熔炼了。

不过，也有说慈禧厌恶火车的鸣叫，抑或担心火车破坏风水，抑或跋扈不允许司机在其前方，故此不用机车，而用四个太监以绒绳拉火车运行。

在《昙花一现的慈禧西苑铁路》一文中，作者认为这是一种谣传。我个人也认同这种看法。据了解，慈禧对于新式机械并没有传说中的那般抵触，往返颐和园乘舟皆以轮船拖曳，也不曾听说她怕了轮船的噪声或者不允许开船的驾驶员在她前面，而且，历史上她不但坐过火车，而且还有自己的专列。

按照德龄女士的描述，慈禧的专列就像是一个小朝廷，不但穷奢极欲，而且车上也不乏钩心斗角。她记述慈禧乘车去奉天是不符合历史的，但慈禧从保定到北京是坐过火车的。慈禧的专列后来被张作霖拿去用了，在皇姑屯被炸的那列车，原是老佛爷的。

可见，慈禧对于火车破风水的说法并不当回事。基于这些，老萨认为所谓慈禧让太监用绒绳拉火车，传说的成分居多。那么沉重的车厢，仅仅依靠四个太监怎么拉得动呢？

一次和雪洱先生谈晚清铁路的建设，他对我说他做过研究，晚清修铁路的确争论激烈。但当时被朝廷拿来讨论的奏折中，没有一件是关于"风水""龙脉"的。当时大抵的情况是，地方督抚最为热心——因为铁路会带来新的收益。而与他们进行争论的官员，最关心的是两件事。第一，铁路是给我们带来了方便，但如果外国人打进来，也能将铁路收为他们所用，怎么办？第二，因铁路带来的社会不稳定因素怎样消除——比如谈到京津之间修筑铁路时，争论最激烈的，便是铁路修通后，两地间三万马车夫的生计问题如何解决。

这于清王朝而言，都是有道理的。

1939年3月，日军强渡修水，突破修水的防线后，仅仅一个星期便占领了南昌这座江南重镇（南昌战役，又称赣南战役），其速度之快令人咋舌。战后追究原因，一个重要原因便是当时为了保留反攻机会，从修水到南昌的战略公路没有破坏掉，日军集中装甲集群，利用这条道路打了一个小规模的"闪电战"。便利的交通，在战时是一把双刃剑。

然而，对照历史，会发现一个大国，永远要有便利的交通，才能保障各个省份之间的密切联系，及时处理各地出现的问题。秦代所修驰道便是古代的高铁，可以让秦帝国随时从都城派出军队，到边疆迎战来袭的匈奴骑兵。如果没有便利的交通，一个大国便难以控制庞大的国土，无法掌握民情，及时处理各种突发状况，如此这般，分崩离析恐怕就不远了。

清末和民国"不敢修路"，折射的是国家衰落时的无奈。

可别忘了，最终导致大清朝灭亡的辛亥革命，便是缘于四川的保路运动。一段铁路便毁了一个庞大的帝国！

但关于这么一条小铁路，却有一个令人费解之处——从中海到北海，入的是阳泽门。按照清廷的规矩（溥仪长大后才废除），门槛是不许拆的，那这几节火车是怎么进的门呢？

仍是一张老照片解了惑。原来在过门时，门的前后地面都被垫高了，铁轨从垫高的地面上通过，门槛自然得以保留。

《周易·系辞下》云：穷则变，变则通，通则久。审时度势、打破常规，中国人最会变通了。

后记

## 今夜有梦　当是故国中山

夜已经深沉，还有很多事情要做。但在女儿入睡之前，是写不成文字的，于是有了几十分钟的空闲。

通常这个时候我喜欢找一两本资料来翻一翻，做点儿积累，有时候会有惊喜发现。在书橱里逡巡良久，最后取出来的，是一本《故国中山》。

无缘由地，"故国中山"这四个字拨动了我的心弦。

中山于我，是一种故国的憔悴、故国的苍凉。

没有多少人知道中山国，正如没有多少人知道兰陵王和古楼兰。这个存在感淡薄的古国，在历史典籍中只是一抹身形缥缈的过客。

那我为何还要对它魂牵梦萦呢？

小的时候，故乡的一位老者告诉我，我们那个村子，都是从古中山国迁来的。如果我们真的是古中山国的后裔，只怕还带些狄人的血统。

也许只是一个传说吧，中山灭国已经两千多年了，如此久远，根据一个传说去寻找历史的真相无疑大海捞针。然而我又真的相信，我的身体里流淌的是古中山国人的血液。

就像今天犹太人相信自己是所罗门王的后裔，否则他们又为何到耶路撒冷去哭泣？

中山早已经不存在了，《故国中山》的作者程雪莉告诉我，一切都不存在了，没有人知道中山国的故事，中山国的错金技术早已失传，中山国的子孙们建起了许多小工厂，有的发了财，有的还在忙着发财。

故国北面，沙漠已经逼近。那里遗留下来的，只有剥蚀的夯土和地下的文物。

中山国不置史官，我们不知道它真实的过去，只知道中山的灭亡，不是它自己的错，在乐羊灭中山之后（即"乐羊子妻"典故中的乐羊），中山还曾经挣扎了很长时间。是那个时代灭亡了中山！

我们还记得中山，大约只因为人的心中，总不能是一片荒漠。

我和几位编导朋友讨论做几期历史节目，知道苏轼的人不多，知道王阳明的就更少了，秦淮八艳又是谁？我被一次次告知，我们的观众没有文化，要通俗、通俗再通俗。

沙漠真的不远了。

我不能不伤感，我们很多人对我们的文明、对我们的历史都不了解。

中山无疑是璀璨的，错金银的猛虎啮鹿屏风让人难忘的不在其工艺，而在那种奔放的想象力——那些被遗忘的人们，曾有着怎样矫健的思想！两千多年了，先人的精神没有消逝，还生动地展示着它的生命。

中山只是当时的一个小国家，那么，在华夏大地，又有多少文明的影子，被深埋在记忆中？故乡总在我们的梦里。

我们的梦里，总有家园。

今夜有梦，当是故国中山。